# 三言

［明］冯梦龙 编著

江西人民出版社
Jiangxi People's Publishing House

果麦文化 出品

# 目录

# 第一卷　蒋兴哥重会珍珠衫

仕至千钟非贵，年过七十常稀，浮名身后有谁知？万事空花游戏。

休逞少年狂荡，莫贪花酒便宜。脱离烦恼是和非，随分安闲得意。

这首词名为《西江月》，是劝人安分守己，随缘作乐，莫为酒、色、财、气四字，损却精神，亏了行止。求快活时非快活，得便宜处失便宜。

说起那四字中，总到不得那“色”字利害。眼是情媒，心为欲种。起手时，牵肠挂肚；过后去，丧魄销魂。假如墙花路柳，偶然适兴，无损于事；若是生心设计，败俗伤风，只图自己一时欢乐，却不顾他人的百年恩义，假如你有娇妻爱妾，别人调戏上了，你心下如何？古人有四句道得好：

人心或可昧，天道不差移。

我不淫人妇，人不淫我妻。

看官，则今日听我说《珍珠衫》这套词话，可见果报不爽[1]，好教少年子弟做个榜样。

话中单表一人，姓蒋，名德，小字兴哥，乃湖广襄阳府枣阳县人氏。父亲叫做蒋世泽，从小走熟广东，做客买卖。因为丧了妻房罗氏，只遗下这兴哥，年方九岁，别无男女。这蒋世泽割舍不下，又绝不得广东的衣食道路，千思百计，无可奈何，只得带那九岁的孩子同行做伴，就教他学些乖巧。这孩子虽则年小，生得：

> 眉清目秀，齿白唇红；行步端庄，言辞敏捷。聪明赛过读书家，伶俐不输长大汉。人人唤作粉孩儿，个个羡他无价宝。

蒋世泽怕人妒忌，一路上不说是嫡亲儿子，只说是内侄罗小官人。原来罗家也是走广东的，蒋家只走得一代，罗家倒走过三代了。那边客店牙行[2]，都与罗家世代相识，如自己亲眷一般。这蒋世泽做客，起头也还是丈人罗公领他走起的。因罗家近来屡次遭了屈官司，家道消乏，好几年不曾走动。这些客店牙行见了蒋世泽，哪一遍不动问罗家消息，好生牵挂。今番见蒋世泽带个孩子到来，问知是罗家小官人，且是生得十分清秀，应对聪明，想着他祖父三辈交情，如今又是第四辈了，哪一个不欢喜！

闲话休提。却说蒋兴哥跟随父亲做客，走了几遍，学得伶俐乖巧，生意行中，百般都会，父亲也喜不自胜。何期到一十七岁上，父亲一病身亡。且喜刚在家中，还不做客途之鬼。兴哥哭了一场，免

---

1 果报不爽：因果报应丝毫不差。
2 牙行：经纪、中介。

不得揩干泪眼，整理大事。殡殓之外，做些功德超度，自不必说。七七四十九日内，内外宗亲，都来吊孝。

本县有个王公，正是兴哥的新岳丈，也来上门祭奠，少不得蒋门亲戚陪侍叙话。中间说起兴哥少年老成，这般大事，亏他独力支持，因话随话间，就有人撺掇道："王老亲翁，如今令爱也长成了，何不乘凶完配，教他夫妇做伴，也好过日。"王公未肯应承，当日相别去了。众亲戚等安葬事毕，又去撺掇兴哥。兴哥初时也不肯，却被撺掇了几番，自想孤身无伴，只得应允。央原媒人往王家去说，王公只是推辞，说道："我家也要备些薄薄妆奁，一时如何来得？况且孝未期年，于礼有碍，便要成亲，且待小祥[1]之后再议。"媒人回话，兴哥见他说得正理，也不相强。

光阴如箭，不觉周年已到。兴哥祭过了父亲灵位，换去粗麻衣服，再央媒人王家去说，方才依允。不隔几日，六礼完备，娶了新妇进门。有《西江月》为证：

孝幕翻成红幕，色衣换去麻衣。画楼结彩烛光辉，合卺花筵齐备。

那羡妆奁富盛，难求丽色娇妻。今宵云雨足欢娱，来日人称恭喜。

说这新妇是王公最幼之女，小名唤作三大儿；因他是七月七日生的，又唤作三巧儿。王公先前嫁过的两个女儿，都是出色标致的。枣阳县中，人人称羡，造出四句口号，道是：

---

1 小祥：死者周年祭。

天下妇人多，王家美色寡。

有人娶着他，胜似为驸马。

常言道：“做买卖不着，只一时；讨老婆不着，是一世。”若干官宦大户人家，单拣门户相当，或是贪他嫁资丰厚，不分皂白，定了亲事。后来娶下一房奇丑的媳妇，十亲九眷面前，出来相见，做公婆的好没意思。又且丈夫心下不喜，未免私房走野[1]。偏是丑妇极会管老公，若是一般见识的，便要反目；若使顾惜体面，让他一两遍，他就做大起来。有此数般不妙，所以蒋世泽闻知王公惯生得好女儿，从小便送过财礼，定下他幼女与儿子为婚。今日娶过门来，果然娇姿艳质，说起来，比他两个姐儿加倍标致。正是：

吴宫西子不如，楚国南威难赛。

若比水月观音，一样烧香礼拜。

蒋兴哥人才本自齐整，又娶得这房美色的浑家，分明是一对玉人，良工琢就，男欢女爱，比别个夫妻更胜十分。三朝之后，依先换了些浅色衣服，只推制中，不与外事，专在楼上与浑家成双捉对，朝暮取乐，真个行坐不离，梦魂做伴。自古苦日难熬，欢时易过，暑往寒来，早已孝服完满，起灵除孝，不在话下。

兴哥一日间想起父亲存日广东生理[2]，如今耽搁三年有余了，那边还放下许多客账，不曾取得。夜间与浑家商议，欲要去走一遭。浑

1 走野：搞不正当的男女关系。

2 生理：生意、买卖。

家初时也答应道该去，后来说到许多路程，恩爱夫妻，何忍分离？不觉两泪交流。兴哥也自割舍不得，两下凄惨一场，又丢开了。如此已非一次。

光阴荏苒，不觉又挨过了二年。那时兴哥决意要行，瞒过了浑家，在外面暗暗收拾行李。拣了个上吉的日期，五日前方对浑家说知，道：“常言‘坐吃山空’，我夫妻两口，也要成家立业，终不然抛了这行衣食道路？如今这二月天气不寒不暖，不上路更待何时？”浑家料是留他不住了，只得问道：“丈夫此去几时可回？”兴哥道：“我这番出外，甚不得已，好歹一年便回，宁可第二遍多去几时罢了。”浑家指着楼前一棵椿树道：“明年此树发芽，便盼着官人回也。”说罢，泪下如雨。兴哥把衣袖替他揩拭，不觉自己眼泪也挂下来。两下里怨离惜别，分外恩情，一言难尽。

到第五日，夫妇两个啼啼哭哭，说了一夜的说话，索性不睡了。五更时分，兴哥便起身收拾，将祖上遗下的珍珠细软，都交付与浑家收管。自己只带得本钱银两、账目底本及随身衣服、铺陈之类，又有预备下送礼的人事，都装叠得停当。原有两房家人，只带一个后生些的去，留一个老成的在家，听浑家使唤，买办日用。两个婆娘，专管厨下。又有两个丫头，一个叫晴云，一个叫暖雪，专在楼中服侍，不许远离。吩咐停当了，对浑家说道：“娘子耐心度日。地方轻薄子弟不少，你又生得美貌，莫在门前窥瞰，招风揽火。”浑家道：“官人放心，早去早回。”两下掩泪而别。正是：

世上万般哀苦事，无非死别与生离。

兴哥上路，心中只想着浑家，整日的不瞅不睬。不一日，到了广东地方，下了客店。这伙旧时相识，都来会面，兴哥送了些人事。排家的治酒接风，一连半月一十日，不得空闲。兴哥在家时，原是淘虚了的身子，一路受些劳碌，到此未免饮食不节，得了个疟疾。一夏不好，秋间转成水痢。每日请医切脉，服药调治，直延到秋尽，方得安痊。把买卖都耽搁了，眼见得一年回去不成。正是：

只为蝇头微利，抛却鸳被良缘。

兴哥虽然想家，到得日久，索性把念头放慢了。

不提兴哥做客之事。且说这里浑家王三巧儿，自从那日丈夫吩咐了，果然数月之内，目不窥户，足不下楼。光阴似箭，不觉残年将尽，家家户户，闹哄哄的暖火盆，放爆竹，吃合家欢耍子[1]。三巧儿触景伤情，思想丈夫，这一夜好生凄楚！正合古人的四句诗，道是：

腊尽愁难尽，春归人未归。
朝来嗔寂寞，不肯试新衣。

明日正月初一日，是个岁朝。晴云、暖雪两个丫头，一力劝主母在前楼去看看街坊景象。原来蒋家住宅前后通连的两带楼房，第一带临着大街，第二带方做卧室，三巧儿闲常只在第二带中坐卧。这一日被丫头们撺掇不过，只得从边厢里走过前楼，吩咐推开窗子，把帘儿放下，三口儿在帘内观看。

这日街坊上好不闹杂！三巧儿道："多少东行西走的人，偏没个

1 耍子：玩儿。

卖卦先生在内！若有时，唤他来卜问官人消息也好。”晴云道：“今日是岁朝，人人要闲要的，哪个出来卖卦？”暖雪叫道：“娘！限在我两个身上，五日内包唤一个来占卦便了。”

到初四日早饭过后，暖雪下楼小解，忽听得街上当当的敲响。响的这件东西，唤作“报君知”，是瞎子卖卦的行头。暖雪等不及解完，慌忙捡了裤腰，跑出门外，叫住了瞎先生。拨转脚头，一口气跑上楼来，报知主母。

三巧儿吩咐，唤在楼下坐启内坐着，讨他课钱[1]，通陈[2]过了，走下楼梯，听他剖断。那瞎先生占成一卦，问是何用。那时厨下两个婆娘，听得热闹，也都跑将来了，替主母传语道：“这卦是问行人的。”瞎先生道：“可是妻问夫么？”婆娘道：“正是。”先生道：“青龙治世，财爻发动。若是妻问夫，行人在半途，金帛千箱有，风波一点无。青龙属木，木旺于春，立春前后，已动身了。月尽月初，必然回家，更兼十分财采。”三巧儿叫买办的，把三分银子打发他去，欢天喜地，上楼去了。真所谓“望梅止渴”“画饼充饥”。

大凡人不做指望，倒也不在心上；一做指望，便痴心妄想，时刻难过。三巧儿只为信了卖卦先生之语，一心只想丈夫回来，从此时常走向前楼，在帘内东张西望。直到二月初旬，椿树抽芽，不见些儿动静。三巧儿思想丈夫临行之约，愈加心慌，一日几遍，向外探望。也是合当有事，遇着这个俊俏后生。正是：

有缘千里能相会，无缘对面不相逢。

---

1 课钱：占卜用的铜钱。
2 通陈：祝告，向鬼神陈述心事。

这个俊俏后生是谁？原来不是本地，是徽州新安县人氏，姓陈，名商，小名叫做大喜哥，后来改口呼为大郎，年方二十四岁，且是生得一表人物，虽胜不得宋玉、潘安，也不在两人之下。这大郎也是父母双亡，凑了二三千金本钱，来走襄阳贩籴些米豆之类，每年常走一遍。他下处[1]自在城外，偶然这日进城来，要到大市街汪朝奉典铺中问个家信。那典铺正在蒋家对门，因此经过。你道怎生打扮？头上戴一顶苏样的百柱鬃帽，身上穿一件鱼肚白的湖纱道袍，又恰好与蒋兴哥平昔穿着相像。三巧儿远远瞧见，只道是他丈夫回了，揭开帘子，定睛而看。陈大郎抬头，望见楼上一个年少的美妇人，目不转睛的，只道心上欢喜了他，也对着楼上丢个眼色。谁知两个都错认了。三巧儿见不是丈夫，羞得两颊通红，忙忙把窗儿拽转，跑在后楼，靠着床沿上坐地，兀自心头突突的跳一个不住。谁知陈大郎的一片精魂，早被妇人眼光儿摄上去了。回到下处，心心念念的放他不下，肚里想道："家中妻子虽是有些颜色，怎比得妇人一半！欲待通个情款，怎奈无门可入。若得谋他一宿，就消花这些本钱，也不枉为人在世。"叹了几口气，忽然想起大市街东巷，有个卖珠子的薛婆，曾与他做过交易。这婆子能言快语，况且日逐串街走巷，哪一家不认得，须是与他商议，定有道理。

这一夜翻来覆去，勉强过了。次日起个清早，只推有事，讨些凉水梳洗，取了一百两银子，两大锭金子，急急的跑进城来。这叫做：

欲求生受用，须下死工夫。

1 下处：寓处，投宿的地方。

陈大郎进城，一径来到大市街东巷，去敲那薛婆的门。薛婆蓬着头，正在天井里拣珠子，听得敲门，一头收过珠包，一头问道："是谁？"才听说出"徽州陈"三字，慌忙开门请进，道："老身未曾梳洗，不敢为礼了。大官人起得好早！有何贵干？"陈大郎道："特特而来，若迟时，怕不相遇。"薛婆道："可是作成老身出脱些珍珠首饰么？"陈大郎道："珠子也要买，还有大买卖作成你。"薛婆道："老身除了这一行货，其余都不熟惯。"陈大郎道："这里可说得话么？"薛婆便把大门关上，请他到小阁儿坐着，问道："大官人有何吩咐？"大郎见四下无人，便向衣袖里摸出银子，解开布包，摊在桌上，道："这一百两白银，干娘收过了，方才敢说。"婆子不知高低，哪里肯受。大郎道："莫非嫌少？"慌忙又取出黄灿灿的两锭金子，也放在桌上，道："这十两金子，一并奉纳。若干娘再不收时，便是故意推调了。今日是我来寻你，非是你来求我。只为这桩大买卖，不是老娘成不得，所以特地相求。便说作不成时，这金银你只管受用。终不然我又来取讨，日后再没相会的时节了？我陈商不是恁般小样的人！"

看官，你说从来做牙婆的哪个不贪钱钞？见了这般黄白之物，如何不动火？薛婆当时满脸堆下笑来，便道："大官人休得错怪，老身一生不曾要别人一厘一毫不明不白的钱财。今日既承大官人吩咐，老身权且留下；若是不能效劳，依旧奉纳。"说罢，将金锭放银包内，一齐包起，叫声："老身大胆了。"拿向卧房中藏过，忙踅出来，道："大官人，老身且不敢称谢，你且说什么买卖，用着老身之处？"大郎道："急切要寻一件救命之宝，是处都无，只大市街上一家人家方有，特央干娘去借借。"婆子笑将起来道："又是作怪！老身在这条巷住过二十多年，不曾闻大市街有甚救命之宝。大官人你说，有宝的还是谁家？”大郎道：“敝乡里汪三朝奉典铺对门高楼子内是何人之宅？”婆子想了一回，道：“这是本地蒋兴哥家里，他男子出外做客，一年多了，只有女眷在家。”大郎道：“我这救命之宝，正要问他女眷借借。”便把椅儿掇近了婆子身边，向他诉出心腹，如此如此。婆子听罢，连忙摇首道：“此事大难！蒋兴哥新娶这房娘子，不上四年，夫妻两个如鱼似水，寸步不离。如今没奈何出去了，这小娘子足不下楼，甚是贞节。因兴哥做人有些古怪，容易嗔嫌，老身辈从不曾上他的阶头。连这小娘子面长面短，老身还不认得，如何应承得此事？方才所赐，是老身薄福，受用不成了。”

陈大郎听说，慌忙双膝跪下，婆子去扯他时，被他两手拿住衣袖，紧紧按定在椅上，动弹不得。口里说：“我陈商这条性命，都在干娘身上。你是必思量个妙计，作成我入马[1]，救我残生。事成之日，再有白金百两相酬；若是推阻，即今便是个死。”慌得婆子没理会处，连声应道：“是，是！莫要折杀老身，大官人请起，老身有话讲。”陈大郎方才起身，拱手道：“有何妙策，作速见教。”薛婆道：“此事须从容图之，只要成就，莫论岁月。若是限时限日，老身决难奉命。”陈大郎道：“若果然成就，便迟几日何妨。只是计将安出？”薛婆道：“明日不可太早，不可太迟，早饭后，相约在汪三朝奉典铺中相会，大官人可多带银两，只说与老身做买卖，其间自有道理。若是老身这两只脚跨进得蒋家门时，便是大官人的造化，大官人便可急回下处；莫在他门首盘桓，被人识破，误了大事。讨得三分机会，老身自来回复。”陈大郎道：“谨依尊命。”唱了个肥喏，欣然开门而去。正是：

1 入马：和女人勾搭上。

未曾灭项兴刘，先见筑坛拜将。

当日无话。到次日，陈大郎穿了一身齐整衣服，取上三四百两银子，放在个大皮匣内，唤小郎背着，跟随到大市街汪家典铺来。瞧见对门楼窗紧闭，料是妇人不在，便与管典的拱了手，讨个木凳儿坐在门前，向东而望。不多时，只见薛婆抱着一个篾丝箱儿来了。陈大郎唤住，问道："箱内何物？"薛婆道："珠宝首饰，大官人可用么？"大郎道："我正要买。"薛婆进了典铺，与管典的相见了，叫声咶噪，便把箱儿打开。内中有十来包珠子，又有几个小匣儿，都盛着新样簇花点翠的首饰，奇巧动人，光灿夺目。陈大郎拣几吊极粗极白的珠子，和那些簪珥之类，做一堆儿放着，道："这些我都要了。"婆子便把眼儿瞅着，说道："大官人要用时尽用，只怕不肯出这样大价钱。"陈大郎已自会意，开了皮匣，把这些银两白花花的，摊做一台，高声的叫道："有这些银子，难道买你的货不起？"

此时邻舍闲汉已自走过七八个人，在铺前站着看了。婆子道："老身取笑，岂敢小觑大官人。这银两须要仔细，请收过了，只要还得价钱公道便好。"两下一边的讨价多，一边的还钱少，差得天高地远。那讨价的一口不移，这里陈大郎拿着东西，又不放手，又不增添，故意走出屋檐，件件的翻覆认看，言真道假、弹斤估两的在日光中烜耀，惹得一市人都来观看，不住声的有人喝彩。婆子乱嚷道："买便买，不买便罢，只管耽搁人则甚？"陈大郎道："怎么不买？"两个又论了一番价。正是：

只因酬价争钱口，惊动如花似玉人。

王三巧儿听得对门喧嚷，不觉移步前楼，推窗偷看。只见珠光闪烁，宝色辉煌，甚是可爱。又见婆子与客人争价不定，便吩咐丫鬟去唤那婆子，借他东西看看。晴云领命，走过街去，把薛婆衣袂一扯，道："我家娘请你。"婆子故意问道："是谁家？"晴云道："对门蒋家。"婆子把珍珠之类，劈手夺将过来，忙忙的包了，道："老身没有许多空闲与你歪缠！"陈大郎道："再添些卖了罢。"婆子道："不卖，不卖！像你这样价钱，老身卖去多时了。"一头说，一头放入箱儿里，依先关锁了，抱着便走。晴云道："我替你老人家拿罢。"婆子道："不消。"头也不回，径到对门去了。陈大郎心中暗喜，也收拾银两，别了管典的，自回下处。正是：

眼望捷旌旗，耳听好消息。

晴云引薛婆上楼，与三巧儿相见了。婆子看那妇人，心下想道："真天人也，怪不得陈大郎心迷；若我做男子，也要浑了。"当下说道："老身久闻大娘贤慧，但恨无缘拜识。"三巧儿问道："你老人家尊姓？"婆子道："老身姓薛，只在这里东巷住，与大娘也是个邻里。"三巧儿道："你方才这些东西，如何不卖？"婆子笑道："若不卖时，老身又拿出来怎的？只笑那下路[1]客人，空自一表人才，不识货物。"说罢便去开了箱儿，取出几件簪珥，递与那妇人看，叫道："大娘，你道这样首饰，便工钱也费多少！他们还得忒不像样，教老身在主人家面前，如何告得许多消乏？"又把几串珠子提将起来道："这般头号的货，他们还做梦哩。"三巧儿

1 下路：长江下游一带。从前住在上游的人称下游来的人为"下路人"。

问了他讨价还价，便道：“真个亏你些儿。”婆子道：“还是大家宝眷，见多识广，比男子汉眼力倒胜十倍。”三巧儿唤丫鬟看茶。婆子道：“不扰茶了。老身有件要紧的事，欲往西街走走，遇着这个客人，缠了多时，正是：买卖不成，担误工程。这箱儿连锁放在这里，权烦大娘收拾，老身暂去，少停就来。”说罢便走。三巧儿叫晴云送他下楼，出门向西去了。

三巧儿心上爱了这几件东西，专等婆子到来酬价。一连五日不至。到第六日午后，忽然下一场大雨，雨声未绝，砰砰的敲门声响。三巧儿唤丫鬟开看，只见薛婆衣衫半湿，提个破伞进来，口儿道：

晴干不肯走，直待雨淋头。

把伞儿放在楼梯边，走上楼来万福道：“大娘，前晚失信了。”三巧儿慌忙答礼道：“这几日，在哪里去了？”婆子道：“小女托赖[1]，新添了个外甥，老身去看看，留住了几日，今早方回。半路上下起雨来，在一个相识人家借得把伞，又是破的，却不是晦气！”三巧儿道：“你老人家几个儿女？”婆子道：“只一个儿子，完婚过了。女儿倒有四个，这是我第四个了，嫁与徽州朱八朝奉做偏房，就在这北门外开盐店的。”三巧儿道：“你老人家女儿多，不把来当事了。本乡本土少什么一夫一妇的，怎舍得与异乡人做小？”婆子道：“大娘不知，倒是异乡人有情怀，虽则偏房，他大娘子只在家里，小女自在店中，呼奴使婢，一般受用。老身每遍去时，他当个尊长看待，更不怠慢。如今养了个儿子，愈加好了。”三巧儿道：“也是你

1 托赖：托福、仰赖。

老人家造化，嫁得着。”说罢，恰好晴云讨茶[1]上来，两个吃了。婆子道：“今日雨天没事，老身大胆，敢求大娘的首饰一看，看些巧样儿在肚里也好。”三巧儿道：“也只是平常生活，你老人家莫笑话。”就取一把钥匙，开了箱笼，陆续搬出许多钗、钿、缨络之类。薛婆看了，夸美不尽，道：“大娘有恁般珍异，把老身这几件东西，看不在眼了。”三巧儿道：“好说，我正要与你老人家请个实价。”婆子道：“娘子是识货的，何消老身费嘴。”

三巧儿把东西检过，取出薛婆的篾丝箱儿来放在桌上，将钥匙递与婆子道：“你老人家开了，检看个明白。”婆子道：“大娘忒精细了。”当下开了箱儿，把东西逐件搬出。三巧儿品评价钱，都不甚远。婆子并不争论，欢欢喜喜的道：“恁地，便不枉了人。老身就少赚几贯钱，也是快活的。”三巧儿道：“只是一件，目下凑不起价钱，只好现奉一半。等待我家官人回来，一并清楚，他也只在这几日回了。”婆子道：“便迟几日，也不妨事。只是价钱上相让多了，银水要足纹的。”三巧儿道：“这也小事。”便把心爱的几件首饰及珠子收起，唤晴云取杯现成酒来，与老人家坐坐。

婆子道：“造次如何好搅扰？”三巧儿道：“时常清闲，难得你老人家到此做伴扳话。你老人家若不嫌怠慢，时常过来走走。”婆子道：“多谢大娘错爱，老身家里当不过嘈杂，像宅上又忒清闲了。”三巧儿道：“你家儿子做甚生意？”婆子道：“也只是接些珠宝客人，每日的讨酒讨浆，刮[2]的人不耐烦。老身亏杀各宅们走动，在家时少，还好。若只在六尺地上转，怕不燥死了人。”三巧儿道：

1 讨茶：拿茶来招待客人。
2 刮：同“聒”，吵闹、喧闹。

“我家与你相近，不耐烦时就过来闲话。”婆子道：“只不敢频频打搅。”三巧儿道：“老人家说哪里话。”

只见两个丫鬟轮番的走动，摆了两副杯箸，两碗腊鸡，两碗腊肉，两碗鲜鱼，连果碟素菜，共一十六个碗。婆子道：“如何盛设！”三巧儿道：“现成的，休怪怠慢。”说罢，斟酒递与婆子，婆子将杯回敬，两下对坐而饮。

原来三巧儿酒量尽去得，那婆子又是酒壶酒瓮，吃起酒来，一发相投了，只恨会面之晚。那日直吃到傍晚，刚刚雨止，婆子作谢要回。三巧儿又取出大银盅来，劝了几盅。又陪他吃了晚饭。说道：“你老人再宽坐一时，我将这一半价钱付你去。”婆子道：“天晚了，大娘请自在，不争这一夜儿，明日却来领罢。连这篋丝箱儿，老身也不拿去了，省得路上泥滑滑的不好走。”三巧儿道：“明日专专望你。”婆子作别下楼，取了破伞，出门去了。正是：

世间只有虔婆[1]嘴，哄动多多少少人。

却说陈大郎在下处呆等了几日，并无音信。见这日天雨，料是婆子在家，拖泥带水的进城来问个消息，又不相值。自家在酒肆中吃了三杯，用了些点心，又到薛婆门首打听，只是未回。看看天晚，却待转身，只见婆子一脸春色，脚略斜的走入巷来。陈大郎迎着他，作了揖，问道：“所言如何？”婆子摇手道：“尚早。如今方下种，还没有发芽哩。再隔五六年，开花结果，才到得你口。你莫在此探头探脑，老娘不是管闲事的。”陈大郎见他醉了，只得转去。

---

1 虔婆：不正派的老婆子。

次日，婆子买了些时新果子、鲜鸡、鱼、肉之类，唤个厨子安排停当，装作两个盒子；又买一瓮上好的酽酒，央间壁小二挑了，来到蒋家门首。三巧儿这日不见婆子到来，正教晴云开门出来探望，恰好相遇。婆子教小二挑在楼下，先打发他去了。晴云已自报知主母。三巧儿把婆子当个贵客一般，直到楼梯口边迎他上去。婆子千恩万谢的福[1]了一回，便道："今日老身偶有一杯水酒，将来与大娘消遣。"三巧儿道："倒要你老人家赔钞，不当受了。"婆子央两个丫鬟搬将上来，摆作一桌子。三巧儿道："你老人家忒迂阔了，恁般大弄起来。"婆子笑道："小户人家，备不出什么好东西，只当一茶奉献。"晴云便去取杯箸，暖雪便吹起水火炉来。霎时酒暖，婆子道："今日是老身薄意，还请大娘转坐客位。"三巧儿道："虽然相扰，在寒舍岂有此理？"两下谦让多时，薛婆只得坐了客席。

这是第三次相聚，更觉熟分了。饮酒中间，婆子问道："官人出外好多时了还不回，亏他撇得大娘下。"三巧儿道："便是说过一年就转，不知怎地耽搁了。"婆子道："依老身说，放下了恁般如花似玉的娘子，便搏个堆金积玉也不为罕。"婆子又道："大凡走江湖的人，把客当家，把家当客。比如我第四个女婿朱八朝奉，有了小女，朝欢暮乐，哪里想家？或三年四年，才回一遍。住不上一两个月，又来了。家中大娘子替他担孤受寡，哪晓得他外边之事？"三巧儿道："我家官人倒不是这样人。"婆子道："老身只当闲话讲，怎敢将天比地？"当日两个猜谜掷色，吃得酩酊而别。

第三日，同小二来取家伙，就领这一半价钱。三巧儿又留他吃点心。

---

1 福：万福礼。

从此以后，把那一半赊钱为由，只做问兴哥的消息，不时行走。这婆子俐齿伶牙，能言快语，又半痴不颠的，惯与丫鬟们打诨，所以上下都欢喜他。三巧儿一日不见他来，便觉寂寞，叫老家人认了薛婆家里，早晚常去请他，所以一发来得勤了。世间有四种人惹他不得，引起了头，再不好绝他。是哪四种？

游方僧道、乞丐、闲汉、牙婆。

上三种人犹可，只有牙婆是穿房入户的，女眷们怕冷静时，十个九个倒要扳他来往。今日薛婆本是个不善之人，一般甜言软语，三巧儿遂与他成了至交，时刻少他不得。正是：

画虎画皮难画骨，知人知面不知心。

陈大郎几遍讨个消息，薛婆只回言尚早。其时五月中旬，天渐炎热。婆子在三巧儿面前，偶说起家中蜗窄，又是朝西房子，夏月最不相宜，不比这楼上高敞风凉。三巧儿道："你老人家若撇得家下，到此过夜也好。"婆子道："好是好，只怕官人回来。"三巧儿道："他就回，料道不是半夜三更。"婆子道："大娘不嫌蒿恼[1]，老身惯是捱相知[2]的，只今晚就取铺陈过来，与大娘做伴，何如？"三巧儿道："铺陈尽有，也不须拿得。你老人家回覆家里一声，索性在此过了一夏家去不好？"

---

1 蒿恼：打扰、骚扰。

2 捱相知：硬拉关系，强行结交。

婆子真个对家里儿子媳妇说了，只带个梳匣儿过来。三巧儿道："你老人家多事，难道我家油梳子也缺了，你又带来怎地？"婆子道："老身一生，怕的是同汤洗脸，合具梳头。大娘怕没有精致的梳具，老身如何敢用？其他姐儿们的，老身也怕用得，还是自家带了便当。只是大娘吩咐在哪一门房安歇？"三巧儿指着床前一个小小藤榻儿道："我预先排下你的卧处了，我两个亲近些，夜间睡不着好讲些闲话。"说罢，拣出一顶青纱帐来，教婆子自家挂了，又同吃了一会酒，方才歇息。两个丫鬟原在床前打铺相伴，因有了婆子，打发他在间壁房里去睡。

从此为始，婆子日间出去串街做买卖，黑夜便到蒋家歇宿。时常携壶挈榼的殷勤热闹，不一而足。床榻是丁字样铺下的，虽隔着帐子，却像是一头同睡。夜间絮絮叨叨，你问我答，凡街坊秽亵之谈，无所不至。这婆子或时装醉诈风起来，倒说起自家少年时偷汉的许多情事，去勾动那妇人的春心。害得那妇人娇滴滴一副嫩脸，红了又白，白了又红。婆子已知妇人心活，只是那话儿不好启齿。

光阴迅速，又到七月初七日了，正是三巧儿的生日。婆子清早备下两盒礼，与他做生。三巧儿称谢了，留他吃面，婆子道："老身今日有些穷忙，晚上来陪大娘，看牛郎织女做亲。"说罢自去了。

下得阶头不几步，正遇着陈大郎。路上不好讲话，随到个僻静巷里。陈大郎攒着两眉，埋怨婆子道："干娘，你好慢心肠！春去夏来，如今又立过秋了。你今日也说尚早，明日也说尚早，却不知我度日如年。再延挨几日，他丈夫回来，此事便付东流，却不活活的害死我也！阴司去少不得与你索命。"婆子道："你且莫猴急，老身正要相请，来得恰好。事成不成，只在今晚，须是依我而行。如此如此，这般这般。全要轻轻悄悄，莫带累人。"陈大郎点头道："好计，好计！事成之后，定当厚报。”说罢，欣然而去。正是：

排成窃玉偷香阵，费尽携云握雨心。

却说薛婆约定陈大郎这晚成事。午后细雨微茫，到晚却没有星月，婆子黑暗里引着陈大郎埋伏在左近，自己却去敲门。晴云点个纸灯儿，开门出来。婆子故意把衣袖一摸，说道：“失落了一条临清汗巾儿。姐姐，劳你大家寻一寻。”哄得晴云便把灯向街上照去。这里婆子捉个空，招着陈大郎一溜溜进门来，先引他在楼梯背后空处伏着。婆子便叫道：“有了，不要寻了。”晴云道：“恰好火也没了，我再去点个来照你。”婆子道：“走熟的路，不消用火。”两个黑暗里关了门，摸上楼来。

三巧儿问道：“你没了什么东西？”婆子袖里扯出个小帕儿来，道：“就是这个冤家，虽然不值甚钱，是一个北京客人送我的，却不道礼轻人意重。”三巧儿取笑道：“莫非是你老相交送的表记。”婆子笑道：“也差不多。”当夜两个耍笑饮酒。婆子道：“酒肴尽多，何不把些赏厨下男女？也教他闹哄哄，像个节夜。”三巧儿真个把四碗菜，两壶酒，吩咐丫鬟，拿下楼去。那两个婆娘，一个汉子，吃了一回，各去歇息不提。

再说婆子饮酒中间问道：“官人如何还不回家？”三巧儿道：“便是算来一年半了。”婆子道：“牛郎织女，也是一年一会，你比他倒多隔了半年。常言道一品官，二品客。做客的哪一处没有风花雪月？只苦了家中娘子。”三巧儿叹了口气，低头不语。婆子道：“是老身多嘴了。今夜牛女佳期，只该饮酒作乐，不该说伤情话儿。”说罢，便斟酒去劝那妇人。

约莫半酣，婆子又把酒去劝两个丫鬟，说道："这是牛郎织女的喜酒，劝你多吃几杯，后日嫁个恩爱的老公，寸步不离。"两个丫鬟被缠不过，勉强吃了，各不胜酒力，东倒西歪。三巧儿吩咐关了楼门，发放他先睡。他两个自在吃酒。

婆子一头吃，口里不住的说啰说皂道："大娘几岁上嫁的？"三巧儿道："十七岁。"婆子道："破得身迟，还不吃亏，我是十三岁上就破了身。"三巧儿道："嫁得恁般早？"婆子道："论起嫁，倒是十八岁了。不瞒大娘说，因是在间壁人家学针指，被他家小官人调诱，一时间贪他生得俊俏，就应承与他偷了。初时好不疼痛，两三遍后，就晓得快活。大娘你可也是这般么？"

三巧儿只是笑。婆子又道："那话儿倒是不晓得滋味的倒好，尝过的便丢不下，心坎里时时发痒。日里还好，夜间好难过哩。"三巧儿道："想你在娘家时阅人多矣，亏你怎生充得黄花女儿嫁去？"婆子道："我的老娘也晓得些影像，生怕出丑，教我一个童女方，用石榴皮、生矾两味煎汤洗过，那东西就缩紧了，我只做张做势的叫疼，就遮过了。"

三巧儿道："你做女儿时，夜间也少不得独睡。"婆子道："还记得在娘家时节，哥哥出外，我与嫂嫂一头同睡，两下轮番在肚子上学男子汉的行事。"三巧儿道："两个女人做对，有甚好处？"婆子走过三巧儿那边，挨肩坐了，说道："大娘，你不知，只要大家知音，一般有趣，也撒得火。"三巧儿举手把婆子肩胛上打一下，说道："我不信，你说谎。"

婆子见他欲心已动，有心去挑拨他，又道："老身今年五十二岁了，夜间常痴性发作，打熬不过，亏得你少年老成。"三巧儿道："你老人家打熬不过，终不然还去打汉子？"婆子道："败花枯柳，如今哪个要我了？不瞒大娘说，我也有个自取其乐，救急的法儿。”三巧儿道：“你说谎，又是什么法儿？”婆子道：“少停到床上睡了，与你细讲。”

说罢，只见一个飞蛾在灯上旋转，婆子便把扇来一扑，故意扑灭了灯，叫声：“啊呀！老身自去点个灯来。”便去开楼门。陈大郎已自走上楼梯伏在门边多时了。都是婆子预先设下的圈套。婆子道：“忘带个取灯儿[1]去了。”又走转来，便引着陈大郎，到自己榻上伏着。婆子下楼去了一回，复上来道：“夜深了，厨下火种都熄了，怎么处？”三巧儿道：“我点灯睡惯了，黑魆魆地，好不怕人。”婆子道：“老身伴你一床睡何如？”三巧儿正要问他救急的法儿，应道：“甚好。”婆子道：“大娘，你先上床，我关了门就来。”三巧儿先脱了衣服，床上去了，叫道：“你老人家快睡罢。”婆子应道：“就来了。”却在榻上拖陈大郎上来，赤条条的挺在三巧儿床上去。三巧儿摸着身子，道：“你老人家许多年纪，身上恁般光滑！”那人并不回言，钻进被里，就捧着妇人做嘴。妇人还认是婆子，双手相抱。那人蓦地腾身而上，就干起事来。那妇人一则多了杯酒，醉眼朦胧；二则被婆子挑拨，春心飘荡，到此不暇致详，凭他轻薄。

一个是闺中怀春的少妇，一个是客邸慕色的才郎。一个打熬许久，如文君初遇相如；一个盼望多时，如必正初谐陈女。分明久旱逢甘雨，胜过他乡遇故知。

陈大郎是走过风月场的人，颠鸾倒凤，曲尽其趣，弄得妇人魂不

1 取灯儿：一端涂有硫黄的竹木薄片儿或细条，用来点火，类似于今天的火柴。

附体。云雨毕后，三巧儿方问道：“你是谁？”陈大郎把楼下相逢，如此相慕，如此苦央薛婆用计，细细说了：“今番得遂平生，便死瞑目。”婆子走到床间说道：“不是老身大胆，一来可怜大娘青春独宿，二来要救陈郎性命；你两个也是宿世姻缘，非干老身之事。”三巧儿道：“事已如此，万一我丈夫知觉，怎么好？”婆子道：“此事你知我知，只买定了晴云、暖雪两个丫头，不许他多嘴，再有谁人漏泄？在老身身上，管成你夜夜欢娱，一些事也没有。只是日后不要忘记了老身。”三巧儿到此，也顾不得许多了，两个又狂荡起来，直到五更鼓绝，天色将明，两个兀自不舍。婆子催促陈大郎起身，送他出门去了。

自此无夜不会，或是婆子同来，或是汉子自来。两个丫鬟被婆子把甜话儿偎他，又把利害话儿吓他；又教主母赏他几件衣服；汉子到时，不时把些碎银子赏他们买果儿吃，骗得欢欢喜喜，已自做了一路。夜来明去，一出一入，都是两个丫鬟迎送，全无阻隔。真个是你贪我爱，如胶似漆，胜如夫妇一般。陈大郎有心要结识这妇人，不时的置办好衣服、好首饰送他，又替他还了欠下婆子的一半价钱，又将一百两银子谢了婆子。往来半年有余，这汉子约有千金之费。三巧儿也有三十多两银子东西，送那婆子。婆子只为图这些不义之财，所以肯做牵头。这都不在话下。

古人云：天下无不散的筵席。

才过十五元宵夜，又是清明三月天。

陈大郎思想蹉跎了多时生意，要得还乡。夜来与妇人说知，两下恩深义重，各不相舍。妇人倒情愿收拾了些细软，跟随汉子逃走，去做长久夫妻。陈大郎道：“使不得。我们相交始末，都在薛婆肚里。

就是主人家吕公，见我每夜进城，难道没有些疑惑？况客船上人多，瞒得哪个？两个丫鬟又带去不得。你丈夫回来，跟究出情由，怎肯干休？娘子权且耐心，到明年此时，我到此觅个僻静下处，悄悄通个信儿与你，那时两口儿同走，神鬼不觉，却不安稳？”妇人道：“万一你明年不来，如何？”陈大郎就设起誓来。妇人道：“既然你有真心，奴家也决不相负。你若到了家乡，倘有便人，托他捎个书信到薛婆处，也教奴家放意。”陈大郎道：“我自用心，不消吩咐。”

又过几日，陈大郎雇下船只，装载粮食完备，又来与妇人作别。这一夜倍加眷恋。两下说一会，哭一会，又狂荡一会，整整的一夜不曾合眼。到五更起身，妇人便去开箱，取出一件宝贝，叫做“珍珠衫”，递与陈大郎道：“这件衫儿，是蒋门祖传之物，暑天若穿了他，清凉透骨。此去天道渐热，正用得着。奴家把与你做个记念，穿了此衫，就如奴家贴体一般。”陈大郎哭得出声不得，软作一堆。妇人就把衫儿亲手与汉子穿下，叫丫鬟开了门户，亲自送他出门，再三珍重而别。诗曰：

> 昔年含泪别夫郎，今日悲啼送所欢。
> 堪恨妇人多水性，招来野鸟胜文鸾。

话分两头。却说陈大郎有了这珍珠衫儿，每日贴体穿着，便夜间脱下，也放在被窝中同睡，寸步不离。一路遇了顺风，不两月行到苏州府枫桥地面。那枫桥是柴米牙行聚处，少不得投个主家脱货，不在话下。

忽一日，赴个同乡人的酒席，席上遇个襄阳客人，生得风流标致。那人非别，正是蒋兴哥。原来兴哥在广东贩了些珍珠、玳瑁、苏木、沉香之类，搭伴起身。那伙同伴商量，都要到苏州发卖。兴哥久闻得“上说天堂，下说苏杭”，好个大码头所在，有心要去走一遍，做这一回买卖，方才回去。还是去年十月中到苏州的。因是隐姓为商，都称为罗小官人，所以陈大郎更不疑惑。他两个萍水相逢，年相若，貌相似，谈吐应对之间，彼此敬慕。即席间问了下处，互相拜望，两下遂成知己，不时会面。

兴哥讨完了客账，欲待起身，走到陈大郎寓所作别，大郎置酒相待，促膝谈心，甚是款洽。此时五月下旬，天气炎热。两个解衣饮酒，陈大郎露出珍珠衫来。兴哥心中骇异，又不好认他的，只夸奖此衫之美。陈大郎恃了相知，便问道：“贵县大市街有个蒋兴哥家，罗兄可认得否？”兴哥倒也乖巧，回道：“在下出外日多，里中虽晓得有这个人，并不相认，陈兄为何问他？”陈大郎道：“不瞒兄长说，小弟与他有些瓜葛。”便把三巧儿相好之情，告诉了一遍。扯着衫儿看了，眼泪汪汪道：“此衫是他所赠。兄长此去，小弟有封书信，奉烦一寄，明日侵早送到贵寓。”

兴哥口里答应道：“当得，当得。”心下沉吟：“有这等异事！现在珍珠衫为证，不是个虚话了。”当下如针刺肚，推故不饮，急急起身别去。

回到下处，想了又恼，恼了又想，恨不得学个缩地法儿，顷刻到家。连夜收拾，次早便上船要行。

只见岸上一个人气吁吁的赶来，却是陈大郎。亲把书信一大包，递与兴哥，叮嘱千万寄去。气得兴哥面如土色，说不得，话不得，死不得，活不得。只等陈大郎去后，把书看时，面上写道：“此书烦寄大市街东巷薛妈妈家。”兴哥性起，一手扯开，却是八尺多长一条桃红绉纱汗巾。又有个纸糊长匣儿，内有羊脂玉凤头簪一根。书上写道：“微物二件，烦干娘转寄心爱娘子三巧儿亲收，聊表记念。相会之期，准在来春。珍重，珍重。”兴哥大怒，把书扯得粉碎，撇在河中；提起玉簪在船板上一掼，折作两段，一念想起道：“我好糊涂！何不留此做个证见也好。”便捡起簪儿和汗巾，做一包收拾，催促开船。

急急的赶到家乡，望见了自家门首，不觉堕下泪来。想起：“当初夫妻何等恩爱，只为我贪着蝇头微利，撇他少年守寡，弄出这场丑来，如今悔之何及！”在路上性急，巴不得赶回。及至到了，心中又苦又恨，行一步，懒一步。进得自家门里，少不得忍住了气，勉强相见。兴哥并无言语，三巧儿自己心虚，觉得满脸惭愧，不敢殷勤上前扳话。兴哥搬完了行李，只说去看看丈人丈母，依旧到船上住了一晚。

次早回家，向三巧儿说道：“你的爹娘同时害病，势甚危笃。昨晚我只得住下，看了他一夜。他心中只牵挂着你，欲见一面。我已雇下轿子在门首，你可作速回去，我也随后就来。”三巧儿见丈夫一夜不回，心里正在疑虑，闻说爹娘有病，却认真了，如何不慌？慌忙把箱笼上匙钥递与丈夫，唤个婆娘跟了，上轿而去。兴哥叫住了婆娘，向袖中摸出一封书来，吩咐他送与王公：“送过书，你便随轿回来。”

却说三巧儿回家，见爹娘双双无恙，吃了一惊。王公见女儿不接而回，也自骇然，在婆子手中接书，拆开看时，却是休书一纸，上写道：

立休书人蒋德，系襄阳府枣阳县人。从幼凭媒聘定王氏为妻。岂期过门之后，本妇多有过失，正合七出之条[1]。因念夫妻之情不忍明言，情愿退还本宗，听凭改嫁，并无异言，休书是实。

成化二年 月 日 手掌为记

1 七出之条：七种可使妻子被休的过失。

书中又包着一条桃红汗巾，一支打折的羊脂玉凤头簪。王公看了大惊，叫过女儿问其缘故。三巧儿听说丈夫把他休了，一言不发，啼哭起来。王公气忿忿的一径跟到女婿家来，蒋兴哥连忙上前作揖。王公回礼，便问道："贤婿，我女儿是清清白白嫁到你家的，如今有何过失，你便把他休了？须还我个明白。"蒋兴哥道："小婿不好说得，但问令爱便知。"王公道："他只是啼哭，不肯开口，教我肚里好闷！小女从幼聪慧，料不到得[1]犯了淫盗。若是小小过失，你可也看老汉薄面，恕了他罢。你两个是七八岁上定下的夫妻，完婚后并不曾争论一遍两遍，且是和顺。你如今做客才回，又不曾住过三朝五日，有什么破绽落在你眼里？你直如此狠毒，也被人笑话，说你无情无义。"

蒋兴哥道："丈人在上，小婿也不敢多讲。家下有祖遗下珍珠衫一件，是令爱收藏，只问他如今在否。若在时，半字休提；若不在，只索休怪了。"王公忙转身回家，问女儿道："你丈夫只问你讨什么珍珠衫，你端的拿与何人去了？"那妇人听得说着了他紧要的关目，羞得满脸通红，开不得口，一发号啕大哭起来，慌得王公没做理会处。王婆劝道："你不要只管啼哭，实实的说个真情与爹妈知道，也好与你分剖。"妇人哪里肯说，悲悲咽咽，哭一个不住。王公只得把休书和汗巾、簪子，都付与王婆，教他慢慢的偎着女儿，问他个明白。

王公心中纳闷，走在邻家闲话去了。王婆见女儿哭得两眼赤肿，生怕苦坏了他，安慰了几句言语，走往厨房下去暖酒，要与女儿消愁。三巧儿在房中独坐，想着珍珠衫泄露的缘故，好生难解！这汗巾簪子，又不知哪里来的。沉吟了半晌，道："我晓得了。这折簪是镜

---

1 不到得：不至于。

破钗分之意，这条汗巾，分明教我悬梁自尽。他念夫妻之情，不忍明言，是要全我的廉耻。可怜四年恩爱，一旦决绝，是我做的不是，负了丈夫恩情。便活在人间，料没有个好日，不如缢死，倒得干净。”说罢，又哭了一回，把个坐兀子填高，将汗巾兜在梁上，正欲自缢。

也是寿数未绝，不曾关上房门。恰好王婆暖得一壶好酒走进房来，见女儿安排这事，急得他手忙脚乱，不放酒壶，便上前去拖拽。不期一脚踢番坐兀子，娘儿两个跌作一团，酒壶都泼翻了。王婆爬起来，扶起女儿，说道：“你好短见！二十多岁的人，一朵花还没有开足，怎做这没下梢的事？莫说你丈夫还有回心转意的日子，便真个休了，恁般容貌，怕没人要你？少不得别选良姻，图个下半世受用。你且放心过日子去，休得愁闷。”王公回家，知道女儿寻死，也劝了他一番，又嘱付王婆用心提防。过了数日，三巧儿没奈何，也放下了念头。正是：

夫妻本是同林鸟，大限来时各自飞。

再说蒋兴哥把两条索子，将晴云、暖雪捆缚起来，拷问情由。那丫头初时抵赖，吃打不过，只得从头至尾，细细招将出来。已知都是薛婆勾引，不干他人之事。到明朝，兴哥领了一伙人，赶到薛婆家里，打得他雪片相似，只饶[1]他拆了房子。薛婆情知自己不是，躲过一边，并没一人敢出头说话。兴哥见他如此，也出了这口气。回去唤个牙婆，将两个丫头都卖了。楼上细软箱笼，大小共十六只，写三十二条封皮，打叉封了，更不开动。这是甚意儿？只因兴哥夫妇本是十二

1 只饶：只差。

分相爱的，虽则一时休了，心中好生痛切。见物思人，何忍开看？

话分两头。却说南京有个吴杰进士，除授[1]广东潮阳县知县，水路上任，打从襄阳经过。不曾带家小，有心要择一美妾。一路看了多少女子，并不中意。闻得枣阳县王公之女，大有颜色，一县闻名，出五十金财礼，央媒议亲。王公倒也乐从，只怕前婿有言，亲到蒋家，与兴哥说知。兴哥并不阻挡。临嫁之夜，兴哥雇了人夫，将楼上十六个箱笼，原封不动，连匙钥送到吴知县船上，交割与三巧儿，当个赔嫁。妇人心上倒过意不去。旁人晓得这事，也有夸兴哥做人忠厚的，也有笑他痴呆的，还有骂他没志气的，正是人心不同。

闲话休提。再说陈大郎在苏州脱货完了，回到新安，一心只想着三巧儿。朝暮看了这件珍珠衫，长吁短叹。老婆平氏心知这衫儿来得跷蹊，等丈夫睡着，悄悄的偷去，藏在天花板上。陈大郎早起要穿时，不见了衫儿，与老婆取讨。平氏哪里肯认。急得陈大郎性发，倾箱倒箧的寻个遍，只是不见，便破口骂老婆起来。惹得老婆啼啼哭哭，与他争嚷，闹吵了两三日，陈大郎情怀撩乱，忙忙的收拾银两，带个小郎，再望襄阳旧路而进。

将近枣阳，不期遇了一伙大盗，将本钱尽皆劫去，小郎也被他杀了。陈商眼快，走向船梢舵上伏着，幸免残生。思想还乡不得，且到旧寓住下，待会了三巧儿，与他借些东西，再图恢复。叹了一口气，只得离船上岸。

走到枣阳城外主人吕公家，告诉其事，又道：“如今要央卖珠子的薛婆，与一个相识人家借些本钱营运。”吕公道：“大郎不知，那婆子为勾引蒋兴哥的浑家，做了些丑事。去年兴哥回来，问浑家讨什

---

1 除授：除旧职、授新官，即拜官授职。

么‘珍珠衫’。原来浑家赠与情人去了，无言回答。兴哥当时休了浑家回去，如今转嫁与南京吴进士做第二房夫人了。那婆子被蒋家打得个片瓦不留，婆子安身不牢，也搬在隔县去了。”

陈大郎听得这话，好似一桶冷水没头淋下。这一惊非小，当夜发寒发热，害起病来。这病又是郁症，又是相思症，也带些怯症，又有些惊症，床上卧了两个多月，翻翻覆覆只是不愈，连累主人家小厮，服侍得不耐烦。陈大郎心上不安，打熬起精神，写成家书一封，请主人来商议，要觅个便人捎信往家中，取些盘缠，就要个亲人来看觑[1]同回。这几句正中了主人之意。恰好有个相识的承差，奉上司公文要往徽宁一路。水陆驿递，极是快的。吕公接了陈大郎书札，又替他应出五钱银子，送与承差，央他乘便寄去。果然的“自行由得我，官差急如火”，不够几日，到了新安县。问着陈商家里，送了家书，那承差飞马去了。正是：

只为千金书信，又成一段姻缘。

话说平氏拆开家信，果是丈夫笔迹，写道：

陈商再拜，贤妻平氏见字：别后襄阳遇盗，劫资杀仆。某受惊患病，见卧旧寓吕家，两月不愈。字到可央一的当亲人，多带盘缠，速来看视。伏枕草草。

平氏看了，半信半疑，想道：“前番回家，亏折了千金资本。据

1 看觑：照顾、看望。

这件珍珠衫，一定是邪路上来的。今番又推被盗，多讨盘缠，怕是假话。”又想道：“他要个的当亲人，速来看视，必然病势利害。这话是真，也未可知。如今央谁人去好？”左思右想，放心不下。与父亲平老朝奉商议。收拾起细软家私，带了陈旺夫妇，就请父亲做伴，雇个船只，亲往襄阳看丈夫去。到得京口，平老朝奉痰火病发，央人送回去了。平氏引着男女，上水[1]前进。

不一日，来到枣阳城外，问着了旧主人吕家。原来十日前，陈大郎已故了。吕公赔些钱钞，将就入殓。平氏哭倒在地，良久方醒，慌忙换了孝服，再三向吕公说，欲待开棺一见，另买副好棺材，重新殓过。吕公执意不肯，平氏没奈何，只得买木做个外椁包裹，请僧做法事超度，多焚冥资。吕公已自索了他二十两银子谢仪，随他闹吵，并不言语。

过了一月有余，平氏要选个好日子，扶柩而回。吕公见这妇人年少姿色，料是守寡不终，又且囊中有物，思想儿子吕二，还没有亲事，何不留住了他，完其好事，可不两便？吕公买酒请了陈旺，央他老婆委曲进言，许以厚谢。陈旺的老婆是个蠢货，哪晓得什么委曲？不顾高低，一直的对主母说了。平氏大怒，把他骂了一顿，连打几个耳光子，连主人家也数落了几句。吕公一场没趣，敢怒而不敢言。正是：

羊肉馒头没得吃，空教惹得一身骚。

吕公便去撺掇陈旺逃走。陈旺也思量没甚好处了，与老婆商议，教他做脚[2]，里应外合，把银两首饰，偷得罄尽，两口儿连夜走了。

---

1 上水：向上游航行、逆水。
2 做脚：做眼线、做内应。

吕公明知其情，反埋怨平氏，不该带这样歹人出来，幸而偷了自家主母的东西，若偷了别家的，可不连累人？又嫌这灵柩碍他生理，教他快些抬去；又道后生寡妇，在此住居不便，催促他起身。平氏被逼不过，只得别赁下一间房子住了，雇人把灵柩移来，安顿在内。这凄凉景象，自不必说。

间壁有个张七嫂，为人甚是活动。听得平氏啼哭，时常走来劝解。平氏又时常央他典卖几件衣服用度，极感其意。不够几月，衣服都典尽了。从小学得一手好针线，思量要到个大户人家，教习女红度日，再做区处[1]。正与张七嫂商量这话，张七嫂道："老身不好说得，这大户人家，不是你少年人走动的。死的没福自死了，活的还要做人，你后面日子正长哩。终不然做针线娘了得你下半世？况且名声不好，被人看得轻了。还有一件，这个灵柩如何处置，也是你身上一件大事。便出赁房钱，终久是不了之局。"

平氏道："奴家也都虑到，只是无计可施了。"张七嫂道："老身倒有一策，娘子莫怪我说。你千里离乡，一身孤寡，手中又无半钱，想要搬这灵柩回去，多是虚了。莫说你衣食不周，到底难守；便多守得几时，亦有何益？依老身愚见，莫若趁此青年美貌，寻个好对头，一夫一妇的随了他去。得些财礼，就买块土来葬了丈夫，你的终身又有所托，可不生死无憾？"

平氏见他说得近理，沉吟了一会，叹口气道："罢，罢，奴家卖身葬夫，旁人也笑我不得。"张七嫂道："娘子若定了主意时，老身现有个主儿在此，年纪与娘子相近，人物齐整，又是大富之家。"平氏道："他既是富家，怕不要二婚的。"张七嫂道："他也是续弦

1 区处：安排、处理。

了，原对老身说：不拘头婚二婚，只要人才出众。似娘子这般丰姿，怕不中意？”

原来张七嫂曾受蒋兴哥之托，央他访一头好亲。因是前妻三巧儿出色标致，所以如今只要访个美貌的。那平氏容貌，虽不及得三巧儿，论起手脚伶俐，胸中泾渭，又胜似他。

张七嫂次日就进城，与蒋兴哥说了。兴哥闻得是下路人，愈加欢喜。这里平氏分文财礼不要，只要买块好地殡葬丈夫要紧。张七嫂往来回复了几次，两相依允。

话休烦絮。却说平氏送了丈夫灵柩入土，祭奠毕了，大哭一场，免不得起灵除孝。临期，蒋家送衣饰过来，又将他典下的衣服都赎回了。成亲之夜，一般大吹大擂，洞房花烛。正是：

规矩熟闲虽旧事，恩情美满胜新婚。

蒋兴哥见平氏举止端庄，甚相敬重。一日，从外而来，平氏正在打叠衣箱，内有珍珠衫一件。兴哥认得了，大惊问道：“此衫从何而来？”平氏道：“这衫儿来得跷蹊。”便把前夫如此张致[1]，夫妻如此争嚷，如此赌气分别，述了一遍。又道：“前日艰难时，几番欲把他典卖；只愁来历不明，怕惹出是非，不敢露人眼目。连奴家至今，不知这物事哪里来的。”兴哥道：“你前夫陈大郎名字，可叫做陈商？可是白净面皮，没有须，左手长指甲的么？”平氏道：“正是。”蒋兴哥把舌头一伸，合掌对天道：“如此说来，天理昭彰，好怕人也！”

1 张致：装模作样。

平氏问其缘故，蒋兴哥道："这件珍珠衫，原是我家旧物。你丈夫奸骗了我的妻子，得此衫为表记。我在苏州相会，见了此衫，始知其情，回来把王氏休了。谁知你丈夫客死。我今续弦，但闻是徽州陈客之妻，谁知就是陈商！却不是一报还一报？"平氏听罢，毛骨竦然。从此恩情愈笃。这才是"蒋兴哥重会珍珠衫"的正话。诗曰：

天理昭昭不可欺，两妻交易孰便宜？
分明欠债偿他利，百岁姻缘暂换时。

再说蒋兴哥有了管家娘子，一年之后，又往广东做买卖。也是合当有事。一日到合浦县贩珠，价都讲定，主人家老儿只拣一粒绝大的偷过了，再不承认。兴哥不忿，一把扯他袖子要搜。何期去得势重，将老儿拖翻在地，跌下便不做声。忙去扶时，气已断了。儿女亲邻，哭的哭，叫的叫，一阵的簇拥将来，把兴哥捉住，不由分说，痛打一顿，关在空房里。连夜写了状词，只等天明，县主早堂，连人进状。县主准了，因这日有公事，吩咐把凶身锁押，次日候审。

你道这县主是谁？姓吴名杰，南畿进士，正是三巧儿的晚老公。初选原在潮阳，上司因见他清廉，调在这合浦县采珠的所在来做官。是夜，吴杰在灯下将准过的状词细阅。三巧儿正在旁边闲看，偶见宋福所告人命一词，凶身罗德，枣阳县客人，不是蒋兴哥是谁？想起旧日恩情，不觉痛酸，哭告丈夫道："这罗德是贱妾的亲哥，出嗣在母舅罗家的。不期客边，犯此大辟[1]。官人可看妾之面，救他一命还乡。"县主道："且看临审如何。若人命果真，教我也难宽宥。"

---

1 大辟：死刑。

三巧儿两眼噙泪，跪下苦苦哀求。县主道：“你且莫忙，我自有道理。”明早出堂，三巧儿又扯住县主衣袖哭道：“若哥哥无救，贱妾亦当自尽，不能相见了。”

当日县主升堂，第一就问这起。只见宋福、宋寿弟兄两个，哭啼啼的与父亲执命，禀道：“因争珠怀恨，登时打闷，仆地身死。望爷爷做主。”县主问众干证口词，也有说打倒的，也有说推跌的。蒋兴哥辨道：“他父亲偷了小人的珠子，小人不念，与他争论。他因年老脚挫，自家跌死，不干小人之事。”县主问宋福道：“你父亲几岁了？”宋福道：“六十七岁了。”县主道：“老年人容易昏绝，未必是打。”宋福、宋寿坚执是打死的。县主道：“有伤无伤，须凭检验。既说打死，将尸发在漏泽园[1]去，俟晚堂听检。”

原来宋家也是个大户，有体面的，老儿曾当过里长，儿子怎肯把父亲在尸场剔骨？两个双双叩头道：“父亲死状，众目共见，只求爷爷到小人家里相验，不愿发检。”县主道：“若不见贴骨伤痕，凶身怎肯伏罪？没有尸格[2]，如何申得上司过？”弟兄两个只是求告。县主发怒道：“你既不愿检，我也难问。”慌的他弟兄两个连连叩头道：“但凭爷爷明断。”县主道：“望七之人，死是本等。倘或不因打死，屈害了一个平人，反增死者罪过。就是你做儿子的，巴得父亲到许多年纪，又把个不得善终的恶名与他，心中何忍？但打死是假，推仆是真，若不重罚罗德，也难出你的气。我如今教他披麻戴孝，与亲儿一般行礼，一应殡殓之费，都要他支持。你可服么？”弟兄两个道：“爷爷吩咐，小人敢不遵依？”兴哥见县主不用刑罚，断得干

1 漏泽园：官设的坟地，供家贫无葬地者安葬。这里指验尸之所。
2 尸格：验尸的表格。

净，喜出望外。当下原、被告都叩头称谢。县主道："我也不写审单，着差人押出，待事完回话，把原词与你销讫便了。"正是：

> 公堂造业真容易，要积阴功亦不难。
> 试看今朝吴大尹，解冤释罪两家欢。

却说三巧儿自丈夫出堂之后，如坐针毡，一闻得退衙，便迎住问个消息。县主道："我如此如此断了，看你之面，一板也不曾责他。"三巧儿千恩万谢，又道："妾与哥哥久别，渴思一会，问取爹娘消息。官人如何做个方便，使妾兄妹相见，此恩不小。"县主道："这也容易。"

看官们，你道三巧儿被蒋兴哥休了，恩断义绝，如何恁地用情？他夫妇原是十分恩爱的，因三巧儿做下不是，兴哥不得已而休之，心中兀自不忍，所以改嫁之夜，把十六只箱笼，完完全全的赠他。只这一件，三巧儿的心肠，也不容不软了。今日他身处富贵，见兴哥落难，如何不救？这叫做知恩报恩。

再说蒋兴哥遵了县主所断，着实小心尽礼，更不惜费，宋家弟兄都没话了。丧葬事毕，差人押到县中回复。县主唤进私衙赐坐，说道："尊舅这场官司，若非令妹再三哀恳，下官几乎得罪了。"兴哥不解其故，回答不出。少停茶罢，县主请入内书房，教小夫人出来相见。你道这番意外相逢，不像个梦景么？他两个也不行礼，也不讲话，紧紧的你我相抱，放声大哭。就是哭爹哭娘，从没见这般哀惨，连县主在旁，好生不忍，便道："你两人且莫悲伤，我看你不像哥妹，快说真情，下官有处。"两个哭得半休不休的，哪个肯说？却被县主盘问不过，三巧儿只得跪下，说道："贱妾罪当万死，此人乃妾之前夫也。”蒋兴哥料瞒不得，也跪下来，将从前恩爱，及休妻再嫁之事，一一诉知。说罢，两人又哭作一团，连吴知县也堕泪不止，道：“你两人如此相恋，下官何忍拆开。幸然在此三年，不曾生育，即刻领去完聚。”两个插烛也似拜谢。

县主急忙讨个小轿，送三巧儿出衙。又唤集人夫，把原来赔嫁的十六个箱笼抬去，都教兴哥收领。又差典吏一员，护送他夫妇出境——此乃吴知县之厚德。正是：

> 珠还合浦重生采，剑合丰城倍有神。
> 堪羡吴公存厚道，贪财好色竟何人！

此人向来艰子[1]，后行取到吏部，在北京纳宠，连生三子，科第不绝，人都说阴德之报，这是后话。

再说蒋兴哥带了三巧儿回家，与平氏相见。论起初婚，王氏在前。只因休了一番，这平氏倒是明媒正娶，又且平氏年长一岁，让平氏为正房，王氏反做偏房，两个姊妹相称。从此一夫二妇，团圆到老。有诗为证：

> 恩爱夫妻虽到头，妻还作妾亦堪羞。
> 殃祥果报无虚谬，咫尺青天莫远求。

1 艰子：不生儿子。

# 第二卷　苏知县罗衫再合

早潮才罢晚潮来，一月周流六十回。

不独光阴朝复暮，杭州老去被潮催。

这四句诗，是唐朝白乐天杭州钱塘江看潮所作。话中说杭州府有一才子，姓李，名宏，字敬之。此人胸藏锦绣，腹隐珠玑，奈时运未通，三科不第。时值深秋，心怀抑郁，欲渡钱塘，往严州访友，命童子收拾书囊行李，买舟而行。划出江口，天已下午，李生推篷一看，果然秋江景致，更自非常。有宋朝苏东坡《江城子》词为证：

凤凰山下雨初晴，水风清，晚霞明。一朵芙蕖开过尚盈盈。何处飞来双白鹭，如有意，慕娉婷。

忽闻江上弄哀筝，苦含情，遣谁听。烟敛云收，依约是湘灵。欲待曲终寻问取，人不见，数峰青。

李生正看之间，只见江口有一座小亭，匾曰“秋江亭”。舟人道：“这亭子上每日有游人登览，今日如何冷静？”李生想道：“似我失意之人，正好乘着冷静时去看一看。”叫：“家长，与我移舟到秋江亭去。”舟人依命，将船放到亭边，停桡稳缆。李生上岸，步进亭子，将那四面窗槅推开，倚栏而望，见山水相衔，江天一色。李生心喜，叫童子将桌椅拂净，焚起一炉好香，取瑶琴横于桌上，操了一回。曲终音止，举眼见墙壁上多有留题，字迹不一。独有一处连真带草，其字甚大。李生起而观之，乃是一首词，名《西江月》，是说酒、色、财、气四件的短处：

酒是烧身焇焰，色为割肉钢刀，财多招忌损人苗，气是无烟火药。

四件将来合就，相当不欠分毫。劝君莫恋最为高，才是修身正道。

李生看罢，笑道：“此词未为确论，人生在世，酒色财气四者脱离不得。若无酒，失了祭享宴会之礼；若无色，绝了夫妻子孙之事；若无财，天子庶人皆没用度；若无气，忠臣义士也尽委靡。我如今也作一词与他解释，有何不可？”当下磨得墨浓，蘸得笔饱，就在《西江月》背后，也带草连真，和他一首：

三杯能和万事，一醉善解千愁，阴阳和顺喜相求，孤寡须知绝后。

财乃润家之宝，气为造命之由，助人情性反为仇，持论何多差谬！

李生写罢，掷笔于桌上。见香烟未烬，方欲就坐，再抚一曲，忽然画檐前一阵风起。

善聚庭前草，能开水上萍。
唯闻千树吼，不见半分形。

李生此时，不觉神思昏迷，伏几而卧。朦胧中，但闻环佩之声，异香满室，有美女四人，一穿黄，一穿红，一穿白，一穿黑，自外而入，向李生深深万福。李生此时似梦非梦，便问：“四女何人？为何至此？”四女乃含笑而言：“妾姊妹四人，乃古来神女，遍游人间。前日有诗人在此游玩，作《西江月》一首，将妾等辱骂，使妾等羞愧无地。今日蒙先生也作《西江月》一首，与妾身解释前冤，特来拜谢。”李生心中开悟，知是酒色财气四者之精，全不畏惧，便道：“四位贤姐，各请通名。”四女各言诗一句，穿黄的道：

杜康造下万家春。

穿红的道：

一面红妆爱杀人。

穿白的道：

生死穷通都属我。

穿黑的道：

氤氲世界满乾坤。

原来那黄衣女是酒，红衣女是色，白衣女是财，黑衣女是气。李生心下了然，用手轻招四女：“你四人听我分剖。”

香甜美味酒为先，美貌芳年色更鲜。

财积千箱称富贵，善调五气是真仙。

四女大喜，拜谢道：“既承解释，复劳褒奖，乞先生于吾姊妹四人之中，选择一名无过之女，奉陪枕席，少效恩环[1]。”李生摇手，连声道：“不可，不可！小生有志攀月中丹桂，无心恋野外闲花。请勿多言，恐亏行止。”四女笑道：“先生差矣。妾等乃巫山洛水之俦，非路柳墙花之比。汉司马相如文章魁首，唐李卫公开国元勋，一纳文君，一收红拂，反作风流话柄，不闻取讥于后世。况佳期良会，错过难逢，望先生三思！”

李生到底是少年才子，心猿意马，拿把不定，不免转口道：“既贤姐们见爱，但不知哪一位是无过之女？小生情愿相留。”言之未已，只见那黄衣酒女急急移步上前道：“先生，妾乃无过之女。”李生道：“怎见贤姐无过？”酒女道：“妾亦有《西江月》一首。”

善助英雄壮胆，能添锦绣诗肠。神仙造下解愁方，雪月风花玩赏。

1 恩环：衔环以报恩。

又道："还有一句要紧言语，先生听着。"

好色能生疾病，贪杯总是清狂。八仙醉倒紫云乡，不羡公侯卿相。

李生大笑道："好个'八仙醉倒紫云乡'，小生情愿相留。"

方留酒女，只见那红衣色女向前，柳眉倒竖，星眼圆睁，道："先生不要听贱婢之言！贱人，我且问你：你只讲酒的好处就罢了，何重己轻人，乱讲好色的能生疾病？终不然三四岁孩儿害病，也从好色中来？你只夸己的好处，却不知己的不好处。"

平帝丧身因酒毒，江边李白损其躯。
劝君休饮无情水，醉后教人心意迷！

李生道："有理。古人亡国丧身，皆酒之过，小生不敢相留。"

只见红衣女妖妖娆娆的走近前来，道："妾身乃是无过之女，也有《西江月》为证。"

每羡鸳鸯交颈，又看连理花开。无知花鸟动情怀，岂可人无欢爱？

君子好逑淑女，佳人贪恋多才。红罗帐里两和谐，一刻千金难买。

李生沉吟道："真个'一刻千金难买'！"

才欲留色女，那白衣女早已发怒骂道："贱人，怎么说'千金难买’？终不然我倒不如你？说起你的过处尽多。”

尾生桥下水涓涓，吴国西施事可怜。

贪恋花枝终有祸，好姻缘是恶姻缘。

李生道：“尾生丧身，夫差亡国，皆由于色，其过也不下于酒。请去！请去！”遂问白衣女：“你却如何？”白衣女上前道：

收尽三才权柄，荣华富贵从生。纵教好善圣贤心，空手难施德行。

有我人皆钦敬，无我到处相轻。休因闲气斗和争，问我须知有命。

李生点头道：“汝言有理，世间所敬者财也。我若有财，取科第如反掌耳。”

才动喜留之意，又见黑衣女粉脸生嗔，星眸带怒，骂道：“你为何说‘休争闲气’？为人在世，没了气还好？我想着你……”

有财有势是英雄，命若无时枉用功。

昔日石崇因富死，铜山不助邓通穷。

李生摇首不语，心中暗想：“石崇因财取祸，邓通空有钱山不救其饿，财有何益？”便问气女：“卿言虽则如此，但不知卿于平昔间处世何如？”黑衣女道：“像妾处世呵。”

一自混元开辟，阴阳二字成功。含为元气散为风，万物得之萌动。但看生身六尺，喉间三寸流通。财和酒色尽包笼，无气谁人享用？

气女说罢，李生还未及答，只见酒色财三女齐声来讲：“先生休听其言，我三人岂被贱婢包笼乎？且听我数他过失：

霸王自刎在乌江，有智周瑜命不长。
多少阵前雄猛将，皆因争气一身亡。

先生也不可相留！李生踌躇思想：“呀！四女皆为有过之人——四位贤姐，小生褥薄衾寒，不敢相留，都请回去。”四女此时互相埋怨，这个说：“先生留我，为何要你打短？”那个说：“先生爱我，为何要你争先？”话不投机，一时间打骂起来。

酒骂色，盗人骨髓；色骂酒，专惹非灾；财骂气，能伤肺腑；气骂财，能损情怀。直打得酒女乌云乱，色女宝髻歪，财女捶胸叫，气女倒尘埃。一个个蓬松鬓发遮粉脸，不整金莲撒凤鞋。

四女打在一团，搅在一处。

李生暗想：“四女相争，不过为我一人耳。”方欲向前劝解，被气女用手一推：“先生闪开，待我打死这三个贱婢！”李生猛然一惊，衣袖拂着琴弦，当的一声响，惊醒回来，擦磨睡眼，定睛看时，那见四女踪迹！李生抚髀长叹：“我因关心太切，遂形于梦寐之间。据适间梦中所言，四者皆为有过，我为何又作这一首词赞扬其美？使后人观吾此词，恣意于酒色，沉迷于财气，我即为祸之魁首。如今欲要说他不好，难以悔笔。也罢，如今再题四句，等人酌量而行。”就在粉墙《西江月》之后，又挥一首：

饮酒不醉最为高，好色不乱乃英豪。
无义之财君莫取，忍气饶人祸自消。

这段评话，虽说酒色财气一般有过，细看起来，酒也有不会饮的，气也有耐得住的，无如财色二字害事。但是贪财好色的又免不得吃几杯酒，免不得淘几场气，酒气二者又总括在财色里面了。今日说一桩异闻，单为财色二字弄出天大的祸来。后来悲欢离合，做了锦片一场佳话，正是：

说时惊破奸人胆，话出伤残义士心。

却说国初永乐年间，北直隶涿州，有个兄弟二人，姓苏，其兄名云，其弟名雨。父亲早丧，单有母亲张氏在堂。那苏云自小攻书，学业淹贯，二十四岁上，一举登科，殿试二甲，除授浙江金华府兰溪县大尹。苏云回家，住了数日，凭限已到，不免择日起身赴任。苏云对夫人郑氏说道：“我早登科甲，初任牧民，立心愿为好官，此去只饮兰溪一杯水。所有家财，尽数收拾，将十分之三留为母亲供膳，其余带去任所使用。”当日拜别了老母，嘱咐兄弟苏雨：“好生侍养高堂，为兄的若不得罪于地方，到三年考满[1]，又得相见。”说罢，不

1 考满：明代对官员政绩的一种考核制度。

觉惨然泪下。苏雨道：“哥哥荣任是美事，家中自有兄弟支持，不必挂怀。前程万里，须自保重！”

苏雨又送了一程方别。苏云同夫人郑氏，带了苏胜夫妻二人，伏事[1]登途，到张家湾地方，苏胜禀道：“此去是水路，该用船只，偶有顺便回头的官座，老爷坐去稳便。”苏知县道：“甚好。”原来坐船有个规矩，但是顺便回家，不论客货私货，都装载得满满的，却去揽一位官人乘坐，借其名号，免他一路税课，不要那官人的船钱，反出几十两银子送他，为孝顺之礼，谓之坐舱钱。

苏知县是个老实的人，何曾晓得恁样规矩，闻说不要他船钱，已自够了，还想什么坐舱钱。那苏胜私下得了他四五两银子酒钱，喜出望外，从旁撺掇。苏知县同家小下了官舱，一路都是下水，渡了黄河，过了扬州广陵驿，将近仪真。因船是年远的，又带货太重，发起漏来，满船人都慌了。苏知县叫快快拢岸，一时间将家眷和行李都搬上岸来。只因搬这一番，有分教苏知县全家受祸。正合着二句古语，道是：

漫藏诲盗，冶容诲淫。

却说仪真县有个惯做私商的人，姓徐名能，在五坝上街居住。久揽山东王尚书府中一只大客船，装载客人，南来北往，每年纳还船租银两。他合着一班水手，叫做赵三、翁鼻涕、杨辣嘴、范剥皮、沈胡子，这一班都不是个良善之辈。又有一房家人，叫做姚大。时常揽了载，约莫有些油水看得入眼时，半夜三更悄地将船移动，到僻静去

1 伏事：伺候、服侍。

处，把客人谋害，劫了财帛。如此十余年，徐能也做了些家事。这些伙计，一个个羹香饭熟，饱食暖衣，正所谓“为富不仁，为仁不富”。

你道徐能是仪真县人，如何却揽山东王尚书府中的船只？况且私商起家千金，自家难道打不起一只船？是有个缘故，王尚书初任南京为官，曾在扬州娶了一位小奶奶，后来小奶奶父母却移家于仪真居住，王尚书时常周给。后因路遥不便，打这只船与他，教他赁租用度。船上竖的是山东王尚书府的水牌，下水时，就是徐能包揽去了。徐能因为做那私商的道路，倒不好用自家的船，要借尚书府的名色，又有势头，人又不疑心他，所以一向不致败露。今日也是苏知县合当有事，恰好徐能的船空闲在家。徐能正在岸上寻主顾，听说官船发漏，忙走来看，看见搬下许多箱笼囊箧，心中早有七分动火。结末又走个娇娇滴滴少年美貌的奶奶上来，徐能是个贪财好色的都头，不觉心窝发痒，眼睛里迸出火来。又见苏胜搬运行李，料是个仆人，在人丛中将苏胜背后衣袂一扯。苏胜回头，徐能陪个笑脸问道：“是哪里去的老爷，莫非要换船么？”苏胜道：“家老爷是新科进士，选了兰溪县知县，如今去到任，因船发了漏，权时上岸，若就有个好船换得，省得又落主人家。”徐能指着河里道：“这山东王尚书府中水牌在上的，就是小人的船，新修整得好，又坚固又干净，惯走浙直水路，水手又都是得力的。今晚若下船时，明早祭了神福，等一阵顺风，不几日就吹到了。”苏胜欢喜，便将这话禀知家主。苏知县叫苏胜先去看了舱口，就议定了船钱。因家眷在上，不许搭载一人。徐能俱依允了。当下先称了一半船钱，那一半直待到县时找足。

苏知县家眷行李重复移下了船。徐能慌忙去寻那一班不做好事的帮手，赵三等都齐了，只有翁、范二人不到。买了神福，正要开船，岸上又有一个汉子跳下船来道：“我也相帮你们去！”徐能看见，呆了半晌。原来徐能有一个兄弟，叫做徐用，班中都称为徐大哥、徐二哥。真个是有性善有性不善，徐能惯做私商，徐用偏好善，但是徐用在船上，徐能要动手脚，往往被兄弟阻住，十遍倒有八九遍做不成，所以今日徐能瞒了兄弟不去叫他。那徐用却自有心，听得说有个少年知县换船到任，写了[1]哥子的船，又见哥哥去唤这一班如狼似虎的人，不对他说，心下有些疑惑，故意要来船上相帮。徐能却怕兄弟阻挡他这番稳善的生意，心中默默不喜。正是：

泾渭自分清共浊，薰莸[2]不混臭和香。

却说苏知县临欲开船，又见一个汉子赶将下来，心中倒有些疑虑，只道是趁船的，叫苏胜："你问那方才来的是什么人？"苏胜去问了来，回复道："船头叫做徐能，方才来的叫做徐用，就是徐能的亲弟。"苏知县想道："这便是一家了。"是日开船，约有数里，徐能就将船泊岸，说道："风还不顺，众弟兄且吃神福酒。"徐能饮酒中间，只推出恭上岸，招兄弟徐用对他说道："我看苏知县行李沉重，不下千金，跟随的又只一房家人，这场好买卖不可错过，你却不要阻挡我。"徐用道："哥哥，此事断然不可！他若任所回来，盈囊满箧，必是贪赃所致，不义之财，取之无碍。如今方才赴任，不过家中带来几两盘费，哪有千金？况且少年科甲，也是天上一位星宿，哥哥若害了他，天理也不容，后来必然懊悔。"徐能道："财采倒不打紧，还有一事，好一个标致奶奶！你哥正死了嫂嫂，房中没有个得意

1 写了：立约租赁。
2 莸：臭草。

掌家的，这是天付姻缘，兄弟这番须作成做哥的则个！”徐用又道：“从来相女配夫。既是奶奶，必然也是宦家之女，把他好夫好妇拆散了，强逼他成亲，到底也不和顺，此事一发不可。”

这里兄弟二人正在唧唧哝哝，船艄上赵三望见了，正不知他商议甚事，一跳跳上岸来。徐用见赵三上岸，洋洋的倒走开了。赵三问徐能：“适才与二哥说什么？”徐能附耳述了一遍。赵三道：“既然二哥不从，倒不要与他说了，只消兄弟一人便与你完成其事。今夜须如此如此，这般这般。”徐能大喜道：“不枉叫做赵一刀。”原来赵三为人粗暴，动不动自夸道：“我是一刀两段的性子，不学那粘皮带骨。”因此起个异名，叫做赵一刀。当下众人饮酒散了，权时歇息。

看看天晚，苏知县夫妇都睡了。约至一更时分，闻得船上起身，收拾篷索。叫苏胜问时，说道：“江船全靠顺风，趁这一夜风驶去，明早便到南京了。老爷们睡稳莫要开口，等我自行。”哪苏知县是北方人，不知水面的勾当，听得这话，就不问他了。

却说徐能撑开船头，见风已不顺，正中其意，拽起满篷，倒使转向黄天荡去。那黄天荡是极野去处，船到荡中，四望无际。姚大便去抛铁锚，杨辣嘴把定头舱门口，沈胡子守舵，赵三当先提着一口泼风刀，徐能手执板斧随后，只不叫徐用一人。却说苏胜打铺睡在舱口，听得有人推门进来，便从被窝里钻出头向外张望，赵三看得真，一刀砍去，正劈着脖子，苏胜只叫得一声：“有贼！”又复一刀砍杀，拖出舱口，向水里撺下去了。苏胜的老婆和衣睡在那里，听得嚷，摸将出来，也被徐能一斧劈倒。姚大点起火把，照得舱中通亮。慌得苏知县双膝跪下，叫道：“大王，行李分毫不要了，只求饶命！”徐能道：“饶你不得！”举斧照顶门砍下，却被一人拦腰抱住道：“使不得！”却便似：

秋深[1]逢赦至，病笃遇仙来！

你道是谁？正是徐能的亲弟徐用，晓得众人动弹，不干好事，走进舱来，却好抱住了哥哥，扯在一边，不容他动手。徐能道："兄弟，今日骑虎之势，罢不得手了。"徐用道："他中了一场进士，不曾做得一日官，今日劫了他财帛，占了他妻小，杀了他家人，又教他刀下身亡，也忒罪过。"徐能道："兄弟，别事听得你，这一件听不得你，留了他便是祸根，我等性命难保，放了手！"徐用越抱得紧了，便道："哥哥，既然放他不得，抛在湖中，也得个全尸而死。"徐能道："便依了兄弟言语。"徐用道："哥哥撇下手中凶器，兄弟方好放手。"徐能果然把板斧撇下，徐用放了手。徐能对苏知县道："免便免你一斧，只是松你不得。"便将棕缆捆作一团，如一只馄饨相似，向水面扑通的撺将下去。眼见得苏知县不活了，夫人郑氏只叫得苦，便欲跳水。徐能哪里容他，把舱门关闭，拨回船头，将篷扯满，又使转来。原来江湖中除了顶头大逆风，往来都使得篷。

仪真至邵伯湖，不过五十余里，到天明，仍到了五坝口上。徐能回家，唤了一乘肩舆，教管家的朱婆先扶了奶奶上轿，一路哭哭啼啼，竟到了徐能家里。徐能吩咐朱婆："你好生劝慰奶奶：'到此地位，不由不顺从，不要愁烦。今夜若肯从顺，还你终身富贵，强似跟那穷官。'说得成时，重重有赏。"朱婆领命，引着奶奶归房。

徐能同众人将船中箱笼，尽数搬运上岸，打开看了，作六分均分。杀倒一口猪，烧利市纸，连翁鼻涕、范剥皮都请将来，做庆贺筵席。徐用心中甚是不忍，想着哥哥不仁，到夜来必然去逼苏奶奶，若

---

1 秋深：古代处决死囚，一般在秋天。

不从他，性命难保，若从时，可不坏了他名节。虽在席中，如坐针毡。众人大酒大肉，直吃到夜。徐用心生一计，将大折碗满斟热酒，碗内约有斤许。徐用捧了这碗酒，到徐能面前跪下。徐能慌忙来搀道：“兄弟为何如此？”徐用道：“夜来船中之事，做兄弟的违拗了兄长，必然见怪。若果然不怪，可饮兄弟这瓯酒。”

徐能虽是强盗，兄弟之间，倒也和睦，只恐徐用疑心，将酒一饮而尽。众人见徐用劝了酒，都起身把盏道：“今日徐大哥娶了新嫂，是个大喜，我等一人庆一杯。”此时徐能七八已醉，欲推不饮，众人道：“徐二哥是弟兄，我们异姓，偏不是弟兄？”徐能被缠不过，只得每人陪过，吃得酩酊大醉。

徐用见哥哥坐在椅上打瞌睡，只推出恭，提个灯笼，走出大门，从后门来，门却锁了。徐用从墙上跳进屋里，将后门锁裂开，取灯笼藏了。厨房下两个丫头在那里烫酒，徐用不顾，径到房前。只见房门掩着，里面说话声响，徐用侧耳而听，却是朱婆劝郑夫人成亲，正不知劝过几多言语了，郑夫人不允，只是啼哭。朱婆道：“奶奶既立意不顺从，何不就船中寻个自尽？今日到此，哪里有地孔钻去？”郑夫人哭道：“妈妈，不是奴家贪生怕死，只为有九个月身孕在身，若死了不打紧，我丈夫就绝后了。”朱婆道：“奶奶，你就生下儿女来，谁容你存留？老身又是妇道家，做不得程婴、杵臼[1]，也是枉然。”

徐用听到这句话，一脚把房门踢开，唬得郑夫人魂不附体，连朱婆也都慌了。徐用道：“不要忙，我是来救你的。我哥哥已醉，乘此机会，送你出后门去逃命，异日相会，须记得不干我徐用之事。”郑夫人叩头称谢。朱婆因说了半日，也十分可怜郑夫人，情愿与他做伴

1 程婴、杵臼：使计救出赵氏孤儿的赵家门客。

逃走。徐用身边取出十两银子，付与朱婆做盘缠，引二人出后门，又送了他出了大街，嘱咐“小心在意”，说罢，自去了。好似：

捶碎玉笼飞彩凤，掣开金锁走蛟龙。

单说朱婆与郑夫人寻思黑夜无路投奔，信步而行，只拣僻静处走去，顾不得鞋弓步窄。约行十五六里，苏奶奶心中着忙，倒也不怕脚痛，那朱婆却走不动了。没奈何，彼此相扶，又挨了十余里，天还未明。朱婆原有个气急的症候，走了许多路，发喘起来，道：“奶奶，不是老身有始无终，其实寸步难移，恐怕反拖累奶奶。且喜天色微明，奶奶前去，好寻个安身之外。老身在此处途路还熟，不消挂念。”郑夫人道：“奴家患难之际，只得相撇了，只是妈妈遇着他人，休得漏了奴家消息！”朱婆道：“奶奶尊便，老身不误你的事。”郑夫人才转得身，朱婆叹口气想道：“没处安身，索性做个干净好人。”望着路旁有口义井，将一双旧鞋脱下，投井而死。郑夫人眼中流泪，只得前行。

又行了十里，共三十余里之程，渐觉腹痛难忍。此时天色将明，望见路旁有一茅庵，其门尚闭。郑夫人叩门，意欲借庵中暂歇。庵内答应开门。郑夫人抬头看见，惊上加惊，想道：“我来错了，原来是僧人！闻得南边和尚们最不学好，躲了强盗，又撞了和尚，却不晦气。千死万死，左右一死，且进门观其动静。”那僧人看见郑夫人丰姿服色，不像个以下之人，甚相敬重，请入净室问讯。叙话起来，方知是尼僧。郑夫人方才心定，将黄天荡遇盗之事，叙了一遍。

那老尼姑道：“奶奶暂住几日不妨，却不敢久留，恐怕强人访知，彼此有损……”说犹未毕，郑夫人腹痛一阵紧一阵。老尼年逾五十，也是半路出家的，晓得有些道儿，问道：“奶奶这痛阵，倒像要分娩一般？”郑夫人道：“实不相瞒，奴家怀九个月孕，因昨夜走急了路，肚疼，只怕是分娩了。”老尼道：“奶奶莫怪我说，这里是佛地，不可污秽。奶奶可往别处去，不敢相留。”郑夫人眼中流泪，哀告道：“师父，慈悲为本，这十方[1]地面不留，教奴家更投何处？想是苏门前世业重，今日遭此冤劫，不如死休！”老尼心慈，道：“也罢，庵后有个厕屋，奶奶若没处去，权在那厕屋里住下，等生产过了，进庵未迟。”

郑夫人出于无奈，只得捧着腹肚，走到庵后厕屋里去。虽则厕屋，喜得不是个露坑，倒还干净。郑夫人到了屋内，一连几阵紧痛，产下一个孩儿。老尼听得小儿啼哭之声，忙走来看，说道：“奶奶且喜平安。只是一件，母子不能并留。若留下小的，我与你托人抚养，你就休住在此；你若要住时，把那小官人弃了。不然佛地中啼啼哭哭，被人疑心，查得根由，又是祸事。”

郑夫人左思右量，两下难舍，便道：“我有道理。”将自己贴肉穿的一件罗衫脱下，包裹了孩儿，拔下金钗一股，插在孩儿胸前，对天拜告道：“夫主苏云，倘若不该绝后，愿天可怜，遣个好人收养此儿。”祝罢，将孩儿递与老尼，央他放在十字路口。老尼念声“阿弥陀佛”，接了孩儿，走去约莫半里之遥，地名大柳村，撇于柳树之下。

分明路侧重逢弃，疑是空桑再产伊。

老尼转来，回复了郑夫人，郑夫人一恸几死，老尼劝解，自不必

1 十方：谓无边无量的佛门世界。

说。老尼净了手，向佛前念了血盆经，送汤送水价看觑郑夫人。郑夫人将随身簪珥手钏，尽数解下，送与老尼为陪堂[1]之费。等待满月，进庵做了道姑，拜佛看经。过了数月，老尼恐在本地有是非，又引他到当涂县慈湖老庵中潜住，更不出门，不在话下。

却说徐能醉了，睡在椅上，直到五鼓方醒。众人见主人酒醉，先已各散去讫。徐能醒来，想起苏奶奶之事，走进房看时，却是个空房，连朱婆也不见了。叫丫鬟问时，一个个目睁口呆，对答不出。看后门大开，情知走了，虽然不知去向，也少不得追赶。料他不走南路，必走北路，望僻静处，一直追来。也是天使其然，一径走那苏奶奶的旧路，到义井跟头，看见一双女鞋，原是他先前老婆的旧鞋，认得是朱婆的，疑猜道："难道他特地奔出去，到于此地，舍得性命？"巴着井栏一望，黑洞洞地，不要管他，再赶一程。又行十余里，已到大柳村前，全无踪迹。

正欲回身，只听得小孩子哭响，走上一步看时，那大柳树之下一个小孩儿，且是生得端正，怀间有金钗一股，正不知什么人撇下的，心中暗想："我徐能年近四十，尚无子息，这不是皇天有眼，赐与我为嗣？"轻轻抱在怀里，那孩儿就不哭了。徐能心下十分之喜，也不想追赶，抱了孩子就回。到得家中，想姚大的老婆，新育一个女儿，未及一月死了，正好接奶。把那一股钗子，就做赏钱，赏了那婆娘，教他好生喂乳，"长大之时，我自看顾你。"有诗为证：

插下蔷薇有刺藤，养成乳虎自伤生。
凡人不识天公巧，种就殃苗待长成。

---

1 陪堂：带发修行的人自备生活费用，长期住在寺庙或尼庵。

话分两头。再说苏知县被强贼撺入黄天荡中，自古道“死生有命”，若是命不该活，一千个也休了。只为苏知县后来还有造化，在水中半沉半浮，直漂到向水闸边。恰好有个徽州客船泊于闸口，客人陶公夜半正起来撒溺，觉得船底下有物，叫水手将篙摘起，却是一个人，浑身捆缚，心中骇异，不知是死的活的？正欲推去水中，有这等异事，那苏知县在水中浸了半夜，还不曾死，开口道：“救命！救命！”陶公见是活的，慌忙解开绳索，将姜汤灌醒，问其缘故。苏知县备细告诉，被山东王尚书船家所劫，如今待往上司去告理。

陶公是本分生理之人，听得说要与山东王尚书家打官司，只恐连累，有懊悔之意。苏知县看见颜色变了，怕不相容，便改口道：“如今盘费一空，文凭又失，此身无所着落，倘有安身之处，再作道理。”陶公道：“先生休怪我说，你若要去告理，在下不好管得闲事；若只要个安身之处，敝村有个市学，倘肯相就，权住几时。”苏知县道：“多谢！多谢！”陶公取些干衣服，教苏知县换了，带回家中。

这村名虽唤作三家村，共有十四五家，每家多有儿女上学，却是陶公做领袖，分派各家轮流供给，在家教学，不放他出门。看官牢记着，那苏知县自在村中教学，正是：

> 未司社稷民人事，权作之乎者也师。

却说苏老夫人在家思念儿子苏云，对次子苏雨道：“你哥哥为官，一去三年，杳无音信，你可念手足之情，亲往兰溪任所，讨个音耗回来，以慰我悬悬之望。”苏雨领命，收拾包裹，陆路短盘[1]，水

---

1 短盘：走一程，休息一下。

路搭船，不则一月，来到兰溪。那苏雨是朴实庄家，不知委曲，一径走到县里。值知县退衙，来私宅门口敲门。守门皂隶急忙拦住，问是什么人。苏雨道："我是知县老爷亲属，你快通报。"皂隶道："大爷好利害，既是亲属，可通个名姓，小人好传云板[1]。"苏雨道："我是苏爷的嫡亲兄弟，特地从涿州家乡而来。"皂隶兜脸打一啐，骂道："见鬼，大爷自姓高，是江西人，牛头不对马嘴！"正说间，后堂又有几个闲荡的公人听得了，走来帮兴，骂道："哪里来这光棍，打他出去就是。"苏雨再三分辩，哪个听他。正在那里七张八嘴，东扯西拽，惊动了衙内的高知县，开私宅出来，问甚缘由。

苏雨听说大爷出衙，睁眼看时，却不是哥哥，已自心慌，只得下跪禀道："小人是北直隶涿州苏雨，有亲兄苏云，于三年前，选本县知县，到任以后杳无音信。老母在家悬望，特命小人不远千里，来到此间，何期遇了恩相。恩相既在此荣任，必知家兄前任下落。"高知县慌忙扶起，与他作揖，看坐，说道："你令兄向来不曾到任，吏部只道病故了，又将此缺补与下官。既是府上都没消息，不是覆舟，定是遭寇了。若是中途病亡，岂无一人回籍？"

苏雨听得，哭将起来道："老母家中悬念，只望你衣锦还乡。谁知死得不明不白，教我如何回覆老母？"高知县旁观，未免同袍之情，甚不过意，宽慰道："事已如此，足下休得烦恼。且在敝治宽住一两个月，待下官差人四处打听令兄消息，回府未迟。一应路费，都在下官身上。"便吩咐门子，于库房取书仪[2]十两，送与苏雨为程敬[3]，

1 云板：长扁形铁片，旧时官署用击响云板作为报事集众的信号。

2 书仪：旧时馈赠钱物时写的礼帖和封签。泛指馈赠的钱物。

3 程敬：赠给远行者的财礼。

着一名皂隶送苏二爷于城隍庙居住。苏雨虽承高公美意，心下痛苦，昼夜啼哭，住了半月，忽感一病，服药不愈，呜呼哀哉。

未得兄弟生逢，又见娘儿死别。

高知县买棺亲往殡殓，停柩于庙中，吩咐道士，小心看视。不在话下。

再说徐能，自抱那小孩儿回来，教姚大的老婆做了乳母，养为己子。俗语道：只愁不养，不愁不长。那孩子长成六岁，聪明出众，取名徐继祖，上学攻书。十三岁经书精通，游庠[1]补廪[2]。十五岁上登科，起身会试，从涿州经过。走得乏了，下马歇脚。见一老婆婆，面如秋叶，发若银丝，自提一个瓷瓶向井头汲水。徐继祖上前与婆婆作揖，求一瓯清水解渴。老婆婆老眼朦胧，看见了这小官人，清秀可喜，便留他家里吃茶。

徐继祖道："只怕老娘府上路远。"婆婆道："十步之内，就是老身舍下。"徐继祖真个下马，跟到婆婆家里。见门庭虽像旧家，甚是冷落，后边房屋都被火焚了，瓦砾成堆，无人收拾，只剩得厅房三间，将土墙隔断，左一间老婆婆做个卧房，右一间放些破家伙，中间虽则空下，旁边供两个灵位，开写着长儿苏云，次儿苏雨。厅侧边是个耳房，一个老婢在内烧火。老婆婆请小官人于中间坐下，自己陪坐，唤老婢泼出一盏热腾腾的茶，将托盘托将出来道："小官人吃茶。"

---

1 游庠：就读于府或州县的学宫。

2 补廪：补入廪生的名额。廪生是第一等秀才，可获得官府的生活补助。

老婆婆看着小官人，目不转睛，不觉两泪交流。徐继祖怪而问之。老婆婆道：“老身七十八岁了，就说错了句言语，料想郎君不怪。”徐继祖道：“有话但说，何怪之有！”老婆婆道：“官人尊姓？青春几岁？”徐继祖叙出姓名，年方一十五岁，今科侥幸中举，赴京会试。

老婆婆屈指暗数了一回，扑簌簌泪珠滚一个不住。徐继祖也不觉惨然，道：“婆婆如此哀楚，必有伤心之事！”老婆婆道：“老身有两个儿子，长子苏云，叨中进士，职受兰溪县尹，十五年前，同着媳妇赴任，一去杳然。老身又遣次男苏雨亲往任所体探，连苏雨也不回来。后来闻人传说，大儿丧于江盗之手，次儿没于兰溪。老身痛苦无伸，又被邻家失火，延烧卧室。老身和这婢子两口，权住这几间屋内，坐以待死。适才偶见郎君面貌与苏云无二，又刚是十五岁，所以老身感伤不已。今日天色已晚，郎君若不嫌贫贱，在草舍权住一晚，吃老身一餐素饭。”说罢又哭。徐继祖是个慈善的人，也是天性自然感动，心内倒可怜这婆婆，也不忍别去，就肯住了。老婆婆宰鸡煮饭，管待徐继祖，叙了二三更的话，就留在中间歇息。

次早，老婆婆起身，又留吃了早饭，临去时依依不舍，在破箱子内取出一件不曾开折的罗衫出来相赠，说道：“这衫是老身亲手做的，男女衫各做一件，却是一般花样。女衫把与儿妇穿去了，男衫因打摺时被灯煤落下，烧了领上一个孔，老身嫌不吉利，不曾把与亡儿穿，至今老身收着。今日老身见了郎君，就如见我苏云一般。郎君受了这件衣服，倘念老身衰暮之景，来年春闱得第，衣锦还乡，是必相烦，差人于兰溪县打听苏云、苏雨一个实信见报，老身死亦瞑目。”说罢放声痛哭。徐继祖没来由，不觉也掉下泪来。老婆婆送了徐继祖上马，哭进屋去了。徐继祖不胜伤感。

到了京师，连科中了二甲进士，除授中书。朝中大小官员，见他少年老成，诸事历练，甚相敬重。也有打听他未娶，情愿赔了钱，送女儿与他做亲。徐继祖为不曾禀命于父亲，坚意推辞。在京二年，为急缺风宪事，选授监察御史，差往南京刷卷[1]，就便回家省亲归娶，刚好一十九岁。徐能此时已做了太爷，在家中耀武扬威，甚是得志。正合着古人两句：

常将冷眼观螃蟹，看你横行得几时？

再说郑氏夫人在慈湖尼庵，一住十九年，不曾出门。一日照镜，觉得庞儿非旧，潸然泪下，想道："杀夫之仇未报，孩儿又不知生死，就是那时有人收留，也不知落在谁手，住居何乡。我如今容貌憔瘦，又是道姑打扮，料无人认得。况且吃了这几年安逸茶饭，定害[2]庵中，心中过意不去。如今不免出外托钵，一来也帮贴庵中，二来往仪真一路去，顺便打听孩儿消息。常言：大海浮萍，也有相逢之日。或者天可怜，有近处人家拾得，抚养在彼，母子相会，对他说出根由，教他做个报仇之人，却不了却心愿。"当下与老尼商议停妥，托了钵盂，出庵而去。

一路抄化，到于当涂县内，只见沿街搭彩，迎接刷卷御史徐爷。郑夫人到一家化斋，其家乃是里正，辞道："我家为接官一事，甚是匆忙，改日来布施罢！"却有间壁一个人家，有女眷闲立在门前观看搭彩，看这道姑，生得十分精致，年也却不甚长，见化不得斋，便去

1 刷卷：检查和清理民刑案件。
2 定害：打扰、烦扰。

叫唤他。郑氏闻唤，到彼问讯过了，那女眷便延进中堂，将素斋款待，问其来历。郑氏料非贼党，想道："我若隐忍不说，到底终无结末。"遂将十九年前苦情，数一数二，告诉出来。谁知屏后那女眷的家长伏着，听了半日，心怀不平，转身出来，叫道姑："你受恁般冤苦，见今刷卷御史到任，如何不去告状申理？"郑氏道："小道是女流，幼未识字，写不得状词。"那家长道："要告状，我替你写。"便去买一张三尺三的绵纸，从头至尾写道：

告状妇郑氏，年四十二岁，系直隶涿州籍贯。夫苏云，由进士选授浙江兰溪县尹。于某年相随赴任，路经仪真，因船漏过载。岂期船户积盗徐能，纠伙多人，中途劫夫财，谋夫命，又欲奸骗氏身。氏幸逃出，庵中潜躲，迄今一十九年，沉冤无雪。徐盗现在五坝街住。恳乞天台捕获正法，生死衔恩，激切上告！

郑氏收了状子，作谢而出。走到接官亭，徐御史正在宁太道周兵备船中答拜，船头上一清如水。郑氏不知利害，径跄上船。管船的急忙拦阻，郑氏便叫起屈来。徐爷在舱中听见，也是一缘一会，偏觉得音声凄惨，叫巡捕官接进状子，同周兵备观看。不看犹可，看毕时，唬得徐御史面如土色。屏去从人，私向周兵备请教："这妇人所告，正是老父。学生欲待不准他状，又恐在别衙门告理。"周兵备呵呵大笑道："先生大人，正是青年，不知机变，此事亦有何难？可吩咐巡捕官带那妇人明日察院中审问。到那其间，一顿板子，将那妇人敲死，可不绝了后患？"徐御史起身相谢道："承教了。"辞别周兵备，吩咐了巡捕官说话，押那告状的妇人，明早带进衙门面审。

当下回察院中安歇，一夜不睡，想道："我父亲积年为盗，这妇人所告，或是真情。当先劫财杀命，今日又将妇人打死，却不是冤上加冤？若是不打杀他时，又不是小可利害。”蓦然又想起三年前涿州遇见老妪，说儿子苏云被强人所算，想必就是此事了。又想道：“我父亲劫掠了一生，不知造下许多冤业，有何阴德，积下儿子科第？我记得小时上学，学生中常笑我不是亲生之子，正不知我此身从何而来。此事除非奶公姚大知其备细。”心生一计，写就一封家书，书中道：“到任忙促，不及回家，特地迎接父叔诸亲，南京衙门相会。路上乏人服侍，可先差奶公姚大来当涂采石驿，莫误，莫误！”次日开门，将家书吩咐承差，送到仪真五坝街上太爷亲拆。

巡捕官带郑氏进衙，徐继祖见了那郑氏，不由人心中惨然，略问了几句言语，就问道：“那妇人有儿子没有？如何自家出身告状？”郑氏眼中流泪，将庵中产儿，并罗衫包裹，和金钗一股，留于大柳村中始末，又备细说了一遍。徐继祖委决不下，吩咐郑氏：“你且在庵中暂住，待我察访强盗着实，再来唤你。”郑氏拜谢去了。

徐继祖起马到采石驿住下，等得奶公姚大到来。日间无话，直至黄昏深后，唤姚大至于卧榻，将好言抚慰，问道：“我是谁人所生？”姚大道：“是太爷生的。”再三盘问，只是如此。徐爷发怒道：“我是他生之子，备细都已知道。你若说得明白，念你妻子乳哺之恩，免你本身一刀。若不说之时，发你在本县，先把你活活敲死！”姚大道：“实是太爷亲生，小的不敢说谎。”徐爷道：“黄天荡打劫苏知县一事，难道你不知？”姚大又不肯明言。

徐爷大怒，便将宪票一幅，写下姚大名字，发去当涂县打一百讨气绝[1]缴。姚大见佥了宪票，着了忙，连忙磕头道：“小的愿说，只

---

1 讨气绝：谓把人打死。

求老爷莫在太爷面前泄露。”徐爷道：“凡事有我做主，你不须惧怕！”姚大遂将打劫苏知县，谋苏奶奶为妻，及大柳树下拾得小孩子回家，教老婆接奶，备细说了一遍。徐爷又问道：“当初裹身有罗衫一件，又有金钗一股，如今可在？”姚大道：“罗衫上染了血迹，洗不净，至今和金钗留在。”此时徐爷心中已自了然，吩咐道：“此事只可你我二人知道，明早打发你回家，取了钗子、罗衫，星夜到南京衙门来见我。”姚大领命自去。徐爷次早，一面差官：“将盘缠银两好生接取慈湖庵郑道姑到京中来见我。”一面发牌起程，往南京到任。正是：

少年科第荣如锦，御史威名猛似雷。

且说苏云知县在三家村教学，想起十九年前之事，老母在家，音信隔绝，妻房郑氏怀孕在身，不知生死下落，日夜忧惶，将此情告知陶公，欲到仪真寻访消息。陶公苦劝安命，莫去惹事。苏云乘清明日各家出去扫墓，乃写一谢帖留在学馆之内，寄谢陶公，收拾了笔墨出门。一路卖字为生，行至常州烈帝庙，日晚投宿。梦见烈帝庙中，灯烛辉煌，自己拜祷求签，签语云：

陆地安然水面凶，一林秋叶遇狂风。
要知骨肉团圆日，只在金陵豸府中。

五更醒来，记得一字不忘，自家暗解道：“江中被盗遇救，在山中住这几年，首句‘陆地安然水面凶’已自应了。‘一林秋叶遇狂风’，应了骨肉分飞之象。难道还有团圆日子？金陵是南京地面，御史衙门号为豸府。我如今不要往仪真，径到南都御史衙门告状，或者有伸冤之日。”

天明起来，拜了神道，讨其一筶：“若该往南京，乞赐圣筶。”掷下果然是个圣筶。苏公欢喜，出了庙门，直至南京，写下一张词状，到操江御史衙门去出告，状云：

> 告状人苏云，直隶涿州人。忝中某科进士，初选兰溪知县，携家赴任，行至仪真，祸因舟漏，重雇山东王尚书家船只过载。岂期舟子徐能、徐用等，惯于江洋打劫，夜半移船僻处，缚云抛水。幸遇救免，教授糊口，行李一空，妻仆不知存亡。势宦养盗，非天莫剿，上告！

那操江林御史，正是苏爷的同年，看了状词，甚是怜悯。即刻行个文书，支会山东抚按，着落王尚书身上要强盗徐能、徐用等。刚刚发了文书，刷卷御史徐继祖来拜。操院偶然叙及此事，徐继祖有心，别了操院出门，即时叫听事官：“将操院差人唤到本院御门，有话吩咐。”徐爷回衙门，听事官唤到操院差人进衙磕头，禀道：“老爷有何吩咐？”徐爷道：“那王尚书船上强盗，本院已知一二。今本院赏你盘缠银二两，你可暂停两三日，待本院唤你们时，你可便来，管你有处缉拿真赃真盗，不须到山东去得。”差人领命去了。

少顷，门上通报太爷到了。徐爷出迎，就有踌躇之意。想着养育教训之恩，恩怨也要分明，今日且尽个礼数，当下差官往河下接取到衙。原来徐能、徐用起身时，连这一班同伙赵三、翁鼻涕、杨辣嘴、范剥皮、沈胡子，都倚仗通家兄弟面上，备了百金贺礼，一齐来庆贺徐爷。这是天使其然，自来投死。姚大先进衙磕头。徐爷教请太爷、二爷到衙，铺毡拜见。徐能端然而受。次要拜徐用，徐用抵死推辞，不肯要徐爷下拜，只是长揖。赵三等一伙，向来在徐能家，把徐继祖当作子侄之辈，今日高官显耀，时势不同，赵三等口称“御史公”，徐继祖口称“高亲”，两下宾主相见，备饭款待。

至晚，徐继祖在书房中，密唤姚大，讨他的金钗及带血罗衫看了。那罗衫花样与涿州老婆婆所赠无二。“那老婆婆又说我的面庞与他儿子一般，他分明是我的祖母，那慈湖庵中道姑是我亲娘，更喜我爷不死，现在此间告状，骨肉团圆，在此一举。”

次日大排筵宴在后堂，管待徐能一伙七人，大吹大擂介饮酒。徐爷只推公务，独自出堂，先教聚集民壮快手五六十人，安排停当，听候本院挥扇为号，一齐进后堂擒拿七盗。又唤操院公差，快快请告状的苏爷，到衙门相会。不一时，苏爷到了，一见徐爷便要下跪。徐爷双手扶住，彼此站立，问其情节，苏爷含泪而语。

徐爷道：“老先生休得愁烦，后堂有许多贵相知在那里，请去认一认。”苏爷走入后堂。一者此时苏爷青衣小帽，二者年远了，三者出其不意，徐能等已不认得苏爷了。苏爷时刻在念，倒也还认得这班人的面貌，看得仔细，吃了一惊，倒身退出，对徐爷道：“这一班人，正是船中的强盗，为何在此？”徐爷且不回话，举扇一挥，五六十个做公的蜂拥而入，将徐能等七人，一齐捆缚。徐能大叫道：“继祖孩儿，救我则个！”徐爷骂道：“死强盗，谁是你的孩儿？你认得这位十九年前苏知县老爷么？”徐能就骂徐用道：“当初不听吾言，只叫他全尸而死，今日悔之何及！”又叫姚大出来对证，各各无言。徐爷吩咐巡捕官：“将这八人与我一总发监，明日本院自备文书，送到操院衙门去。”

发放已毕，吩咐开门，请苏爷复入后堂。苏爷看见这一伙强贼，都在酒席上擒拿，正不知什么意故，方欲待请问明白，然后叩谢，只见徐爷将一张交椅置于面南，请苏爷上坐，纳头便拜。苏爷慌忙扶住道："老大人素无一面，何须过谦如此？"徐爷道："愚男一向不知父亲踪迹，有失迎养，望乞恕不孝之罪！"苏爷还说道："老大人不要错了！学生并无儿子。"徐爷道："不孝就是爹爹所生，如不信时，有罗衫为证。"徐爷先取涿州老婆婆所赠罗衫，递与苏爷，苏爷认得领上灯煤烧孔，道："此衫乃老母所制，从何而得？"徐爷道："还有一件。"又将血渍的罗衫及金钗取来。

苏爷观看，又认得："此钗乃吾妻首饰，原何也在此？"徐爷将涿州遇见老母，及采石驿中道姑告状，并姚大招出情由，备细说了一遍。苏爷方才省悟，抱头而哭。事有凑巧，这里恰才父子相认，门外传鼓报道："慈湖观音庵中郑道姑已唤到。"徐爷忙教请进后堂。苏爷与奶奶别了一十九年，到此重逢。苏爷又引孩儿拜见了母亲。痛定思痛，夫妻母子，哭作一堆，然后打扫后堂，重排个庆贺筵席。正是：

树老抽枝重茂盛，云开见月倍光明。

次早，南京五府六部六科十三道，及府县官员，闻知徐爷骨肉团圆，都来拜贺。操江御史将苏爷所告状词，奉还徐爷，听其自审。徐爷别了列位官员，吩咐手下，取大毛板伺候。于监中吊出众盗，一个个脚镣手扭，跪于阶下。徐爷在徐家生长，已熟知这班凶徒杀人劫财，非止一事，不消拷问。只有徐用平昔多曾谏训，且苏爷夫妇都受他活命之恩，叮嘱儿子要出脱他。徐爷一笔出豁[1]了他，赶出衙门，徐

1 出豁：开脱。

用拜谢而去。山东王尚书窎远无干，不须推究。徐能、赵三首恶，打八十。杨辣嘴、沈胡子在船上帮助，打六十。姚大虽也在船上出尖，其妻有乳哺之恩，与翁鼻涕、范剥皮各只打四十板。虽有多寡，都打得皮开肉绽，鲜血迸流。姚大受痛不过，叫道："老爷亲许免小人一刀，如何失信？"徐爷又免他十板，只打三十。打完了，吩咐收监。

徐爷退于后堂，请命于父亲，草下表章，将此段情由，具奏天子。先行出姓，改名苏泰，取否极泰来之义；次要将诸贼不时处决[1]，各贼家财，合行籍没为边储之用；表尾又说："臣父苏云，二甲出身，一官未赴，十九年患难之余，宦情已淡。臣祖母年逾八秩，独居故里，未知存亡。臣年十九未娶，继祀无望。恳乞天恩给假，从臣父暂归涿州，省亲归娶。"云云。奏章已发。

此时徐继祖已改名苏泰，将新名写帖，遍拜南京各衙门。又写年侄[2]帖子，拜谢了操江林御史。又记着祖母言语，写书差人往兰溪县查问苏雨下落。兰溪县差人先来回报，苏二爷十五年前曾到，因得病身死，高知县殡殓，棺寄在城隍庙中。苏爷父子痛哭了一场，即差的当人，赍了盘费银两，重到兰溪，于水路雇船装载二爷灵柩回涿州祖坟安葬。

不一日，奏章准了下来，一一依准，仍封苏泰为御史之职，钦赐父子驰驿还乡。刑部请苏爷父子同临法场监斩诸盗。苏泰预先吩咐狱中将姚大缢死，全尸也算免其一刀。徐能叹口气道："我虽不曾与苏奶奶成亲，做了三年太爷，死亦甘心了。"各盗面面相觑，延颈受死。但见：

1 不时处决：立即处决。

2 年侄：同榜登第的人称为同年，同年之子称为年侄。

两声破鼓响，一棒碎锣鸣。监斩官如十殿阎王，刽子手似飞天罗刹。刀斧劫来财帛，万事皆空；江湖使尽英雄，一朝还报。森罗殿前，个个尽惊凶鬼至；阳间地上，人人都庆贼人亡！

在先上本时，便有文书知会扬州府官、仪真县官，将强盗六家，预先赶出人口，封锁门户，纵有金宝如山，都为官物。家家女哭儿啼，人离财散，自不必说。只有姚大的老婆，原是苏御史的乳母，一步一哭，到南京来求见御史老爷。苏御史因有乳哺之恩，况且丈夫已经正法，罪不及孥；又恐奶奶伤心，不好收留，把五十两银子赏他为终身养生送死之资，打发他随便安身。

京中无事，苏太爷辞了年兄林操江，御史公别了各官，起马前站，打两面金字牌，一面写着“奉旨省亲”，一面写着“钦赐归娶”，旗幡鼓吹，好不齐整，闹嚷嚷的从扬州一路而回。道经仪真，苏太爷甚是伤感，郑老夫人又对儿子说起朱婆投井之事，又说亏了庵中老尼。御史公差地方访问义井。居民有人说，十九年前，是曾有个死尸，浮于井面，众人捞起三日，无人识认，只得敛钱买棺盛殓，埋于左近一箭之地。地方回复了，御史公备了祭礼，及纸钱冥锭，差官到义井坟头，通名致祭。又将白金百两，送与庵中老尼，另封白银十两，付老尼启建道场，超度苏二爷、朱婆及苏胜夫妇亡灵。这叫做以直报怨，以德报德。苏公父子亲往拈香拜佛。

诸事已毕，不一日行到山东临清，头站先到渡口驿，惊动了地方上一位乡宦，那人姓王名贵，官拜一品尚书，告老在家。那徐能揽的山东王尚书船，正是他家。徐能盗情发了，操院拿人，闹动了仪真一县，王尚书的小夫人家属，恐怕连累，都搬到山东，依老尚书居住。后来打听得苏御史审明，船虽尚书府水牌，只是租赁，王府并不知情。老尚书甚是感激，今日见了头行，亲身在渡口驿迎接，见了苏公父子，满口称谢，设席款待。席上问及："御史公钦赐归娶，不知谁家老先儿的宅眷？"苏云答道："小儿尚未择聘。"王尚书道："老夫有一末堂幼女，年方二八，才貌颇称，倘蒙御史公不弃老朽，老夫愿结丝萝。"苏太爷谦让不遂，只得依允，就于临清暂住，择吉行聘成亲。有诗为证：

月下赤绳曾绾足，何须射中雀屏目。
当初恨杀尚书船，谁想尚书为眷属。

三朝以后，苏公便欲动身，王尚书苦留。苏太爷道："久别老母，未知存亡，归心已如箭矣！"王尚书不好耽搁。过了七日，备下千金妆奁，别起夫马，送小姐随夫衣锦还乡。一路无话。

到了涿州故居，且喜老夫人尚然清健，见儿子媳妇俱已半老，不觉感伤；又见孙儿就是向年汲水所遇的郎君，欢喜无限。当初只恨无子，今日抑且有孙。两代甲科，仆从甚众，旧居火焚之余，安顿不下，暂借察院居住。起建御史第，府县都来助工，真个是"不日成之"。苏云在家，奉养太夫人直至九十余岁方终。苏泰历官至坐堂都御史。夫人王氏，所生二子，将次子承继为苏雨之后，二子俱登第。至今闾里中传说苏知县报冤唱本。后人有诗云：

月黑风高浪沸扬，黄天荡里贼猖狂。
平陂往复皆天理，哪见凶人寿命长？

# 第三卷　杜十娘怒沉百宝箱

扫荡残胡立帝畿，龙翔凤舞势崔嵬。
左环沧海天一带，右拥太行山万围。
戈戟九边雄绝塞，衣冠万国仰垂衣。
太平人乐华胥世，永永金瓯共日辉。

这首诗，单夸我朝燕京建都之盛。说起燕都的形势，北倚雄关，南压区夏，真乃金城天府，万年不拔之基。当先洪武爷扫荡胡尘，定鼎金陵，是为南京。到永乐爷从北平起兵靖难[1]，迁于燕都，是为北京。只因这一迁，把个苦寒地面，变作花锦世界。自永乐爷九传至于万历爷，此乃我朝第十一代的天子。这位天子，聪明神武，德福兼全，十岁登基，在位四十八年，削平了三处寇乱。哪三处？

日本关白平秀吉，西夏哱承恩，播州杨应龙。

---

1 靖难：平定祸乱，清除奸臣。

平秀吉侵犯朝鲜，哱承恩、杨应龙是土官谋叛，先后削平。远夷莫不畏服，争来朝贡。真个是：

一人有庆民安乐，四海无虞国太平。

话中单表万历二十年间，日本国关白作乱，侵犯朝鲜。朝鲜国王上表告急，天朝发兵泛海往救。有户部官奏准，目今兵兴之际，粮饷未充，暂开纳粟入监之例。原来纳粟入监的，有几般便宜：好读书，好科举，好中，结末来又有个小小前程结果。以此宦家公子，富室子弟，倒不愿做秀才，都去援例做太学生。自开了这例，两京太学生，各添至千人之外。内中有一人，姓李，名甲，字子先，浙江绍兴府人氏。父亲李布政所生三儿，唯甲居长。自幼读书在庠，未得登科，援例入于北雍[1]。因在京坐监，与同乡柳遇春监生同游教坊司院内，与一个名姬相遇。那名姬姓杜，名媺，排行第十，院中都称为杜十娘，生得：

浑身雅艳，遍体娇香。两弯眉画远山青，一对眼明秋水润。脸如莲萼，分明卓氏文君；唇似樱桃，何减白家樊素[2]。可怜一片无瑕玉，误落风尘花柳中。

那杜十娘自十三岁破瓜，今一十九岁，七年之内，不知历过了多少公子王孙，一个个情迷意荡，破家荡产而不惜。院中传出四句口号

---

1 北雍：明代两京均设有国子监，南京的称为南雍，北京的称为北雍。
2 樊素：诗人白居易家的侍姬，善歌。白居易有“樱桃樊素口”诗句。

来，道是：

坐中若有杜十娘，斗筲之量饮千觞。

院中若识杜老媺，千家粉面都如鬼。

却说李公子，风流年少，未逢美色，自遇了杜十娘，喜出望外，把花柳情怀，一担儿挑在他身上。那公子俊俏庞儿，温存性儿，又是撒漫的手儿，帮衬的勤儿，与十娘一双两好，情投意合。十娘因见鸨儿贪财无义，久有从良之志。又见李公子忠厚志诚，甚有心向他。奈李公子惧怕老爷，不敢应承。虽则如此，两下情好愈密，朝欢暮乐，终日相守，如夫妇一般；海誓山盟，各无他志。真个：

恩深似海恩无底，义重如山义更高。

再说杜妈妈女儿被李公子占住，别的富家巨室，闻名上门，求一见而不可得。初时李公子撒漫用钱，大差大使，妈妈胁肩谄笑，奉承不暇。日往月来，不觉一年有余，李公子囊箧渐渐空虚，手不应心，妈妈也就怠慢了。

老布政在家闻知儿子嫖院，几遍写字来唤他回去。他迷恋十娘颜色，终日延挨。后来闻知老爷在家发怒，越不敢回。古人云："以利相交者，利尽而疏。"那杜十娘与李公子真情相好，见他手头愈短，心头愈热。妈妈也几遍教女儿打发李甲出院，见女儿不统口[1]，又几遍将言语触突李公子，要激怒他起身。公子性本温克，词气愈和。妈

1 统口：开口应允。

妈没奈何，日逐只将十娘叱骂道："我们行户人家，吃客穿客，前门送旧，后门迎新；门庭闹如火，钱帛堆成垛。自从那李甲在此，混帐一年有余，莫说新客，连旧主顾都断了，分明接了个钟馗老，连小鬼也没得上门。弄得老娘一家人家，有气无烟，成什么模样！"

杜十娘被骂，耐性不住，便回答道："那李公子不是空手上门的，也曾费过大钱来。"妈妈道："彼一时，此一时，你只教他今日费些小钱儿，把与老娘办些柴米，养你两口也好。别人家养的女儿便是摇钱树，千生万活；偏我家晦气，养了个退财白虎，开了大门，七件事般般都在老身心上。倒替你这小贱人白白养着穷汉，教我衣食从何处来？你对那穷汉说：有本事出几两银子与我，到得你跟了他去，我别讨个丫头过活却不好？"

十娘道："妈妈，这话是真是假？"妈妈晓得李甲囊无一钱，衣衫都典尽了，料他没处设法。便应道："老娘从不说谎，当真哩。"十娘道："娘，你要他许多银子？"妈妈道："若是别人，千把银子也讨了，可怜那穷汉出不起，只要他三百两，我自去讨一个粉头代替。只一件，须是三日内交付与我，左手交银，右手交人。若三日没有银时，老身也不管三七二十一，公子不公子，一顿孤拐，打那光棍出去，那时莫怪老身！"

十娘道："公子虽在客边乏钞，谅三百金还措办得来。只是三日忒近，限他十日便好。"妈妈想道："这穷汉一双赤手，便限他一百日，他哪里来银子。没有银子，便铁皮包脸，料也无颜上门。那时重整家风，媺儿也没得话讲。"答应道："看你面，便宽到十日。第十日没有银子，不干老娘之事。"十娘道："若十日内无银，料他也无颜再见了。只怕有了三百两银子，妈妈又翻悔起来。"妈妈道："老身年五十一岁了，又奉十斋[1]，怎敢说谎？不信时与你拍掌为定。若翻悔时，做猪做狗。”

从来海水斗难量，可笑虔婆意不良。

料定穷儒囊底竭，故将财礼难娇娘。

是夜，十娘与公子在枕边，议及终身之事。公子道：“我非无此心。但教坊落籍[2]，其费甚多，非千金不可。我囊空如洗，如之奈何！”十娘道：“妾已与妈妈议定，只要三百金，但须十日内措办。郎君游资虽罄，然都中岂无亲友可以借贷？倘得如数，妾身遂为君之所有，省受虔婆之气。”公子道：“亲友中为我留恋行院，都不相顾。明日只做束装起身，各家告辞，就开口假贷路费，凑聚将来，或可满得此数。”起身梳洗，别了十娘出门。十娘道：“用心作速，专听佳音。”公子道：“不须吩咐。”

公子出了院门，来到三亲四友处，假说起身告别，众人倒也欢喜。后来叙到路费欠缺，意欲借贷。常言道：“说着钱，便无缘。”亲友们就不招架。他们也见得是，道李公子是风流浪子，迷恋烟花，年许不归，父亲都为他气坏在家。他今日抖然要回，未知真假。倘或说骗盘缠到手，又去还脂粉钱，父亲知道，将好意翻成恶意，始终只是一怪，不如辞了干净。便回道：“目今正值空乏，不能相济，惭愧！惭愧！”人人如此，个个皆然，并没有个慷慨丈夫，肯统口许他一十、二十两。

1 十斋：佛教用语，指每月有十天持斋把素并禁止屠宰。

2 落籍：指从教坊的簿籍中除名。脱离乐籍，妓女方可从良。

李公子一连奔走了三日，分毫无获，又不敢回决十娘，权且含糊答应。到第四日又没想头，就羞回院中。平日间有了杜家，连下处也没有了，今日就无处投宿，只得往同乡柳监生寓所借歇。

柳遇春见公子愁容可掬，问其来历。公子将杜十娘愿嫁之情，备细说了。遇春摇首道："未必，未必。那杜媺曲中[1]第一名姬，要从良时，怕没有十斛明珠，千金聘礼。那鸨儿如何只要三百两？想鸨儿怪你无钱使用，白白占住他的女儿，设计打发你出门。那妇人与你相处已久，又碍却面皮，不好明言。明知你手内空虚，故意将三百两卖个人情，限你十日。若十日没有，你也不好上门；便上门时，他会说你笑你，落得一场亵渎，自然安身不牢。此乃烟花逐客之计。足下三思，休被其惑。据弟愚意，不如早早开交为上。"

公子听说，半晌无言，心中疑惑不定。遇春又道："足下莫要错了主意。你若真个还乡，不多几两盘费，还有人搭救。若是要三百两时，莫说十日，就是十个月也难。如今的世情，哪肯顾缓急二字的。那烟花也算定你没处告债，故意设法难你。"公子道："仁兄所见良是。"口里虽如此说，心中割舍不下。依旧又往外边东央西告，只是夜里不进院门了。

公子在柳监生寓中，一连住了三日，共是六日了。杜十娘连日不见公子进院，十分着紧，就教小厮四儿街上去寻。四儿寻到大街，恰好遇见公子。四儿叫道："李姐夫，娘在家里望你。"公子自觉无颜，回复道："今日不得工夫，明日来罢。"四儿奉了十娘之命，一把扯住，死也不放，道："娘叫咱寻你，是必同去走一遭。"李公子心上也牵挂着婊子，没奈何，只得随四儿进院。

---

1 曲中：妓院。

见了十娘，默默无言。十娘问道：“所谋之事如何？”公子眼中流下泪来。十娘道：“莫非人情淡薄，不能足三百之数么？”公子含泪而言，道出二句：

不信上山擒虎易，果然开口告人难。

一连奔走六日，并无铢两，一双空手，羞见芳卿，故此这几日不敢进院。今日承命呼唤，忍耻而来，非某不用心，实是世情如此。十娘道：“此言休使虔婆知道。郎君今夜且住，妾别有商议。”

十娘自备酒肴，与公子欢饮。睡至半夜，十娘对公子道：“郎君果不能办一钱耶？妾终身之事，当如何也？”公子只是流涕，不能答一语。

渐渐五更天晓，十娘道：“妾所卧絮褥内藏有碎银一百五十两，此妾私蓄，郎君可持去。三百金，妾任其半，郎君亦谋其半，庶[1]易为力。限只四日，万勿迟误。”十娘起身将褥付公子，公子惊喜过望，唤童儿持褥而去。径到柳遇春寓中，又把夜来之情与遇春说了。将褥拆开看时，絮中都裹着零碎银子，取出兑时果是一百五十两。遇春大惊道：“此妇真有心人也。既系真情，不可相负。吾当代为足下谋之。”公子道：“倘得玉成，决不有负。”

当下柳遇春留李公子在寓，自出头各处去借贷。两日之内，凑足一百五十两交付公子道：“吾代为足下告债，非为足下，实怜杜十娘之情也。”

李甲拿了三百两银子，喜从天降，笑逐颜开，欣欣然来见十娘，

1 庶：或许、也许。

刚是第九日，还不足十日。十娘问道：“前日分毫难借，今日如何就有一百五十两？”公子将柳监生事情，又述了一遍。十娘以手加额道：“使吾二人得遂其愿者，柳君之力也。”两个欢天喜地，又在院中过了一晚。

次日，十娘早起，对李甲道：“此银一交，便当随郎君去矣。舟车之类，合当预备。妾昨日于姊妹中借得白银二十两，郎君可收下为行资也。”公子正愁路费无出，但不敢开口，得银甚喜。说犹未了，鸨儿恰来敲门叫道：“媺儿，今日是第十日了。”公子闻叫，启户相延道：“承妈妈厚意，正欲相请。”便将银三百两放在桌上。

鸨儿不料公子有银，默然变色，似有悔意，十娘道：“儿在妈妈家中八年，所致金帛，不下数千金矣。今日从良美事，又妈妈亲口所订，三百金不欠分毫，又不曾过期。倘若妈妈失信不许，郎君持银去，儿即刻自尽。恐那时人财两失，悔之无及也。”鸨儿无词以对，腹内筹划了半晌，只得取天平兑准了银子，说道：“事已如此，料留你不住了。只是你要去时，即今就去。平时穿戴衣饰之类，毫厘休想。”说罢，将公子和十娘推出房门，讨锁来就落了锁。

此时九月天气，十娘才下床，尚未梳洗，随身旧衣，就拜了妈妈两拜。李公子也作了一揖。一夫一妇，离了虔婆大门。

鲤鱼脱却金钩去，摆尾摇头再不来。

公子教十娘且住片时：“我去唤个小轿抬你，权往柳荣卿寓所去，再作道理。”十娘道：“院中诸姊妹平昔相厚，理宜话别。况前日又承他借贷路费，不可不一谢也。”乃同公子到各姊妹处谢别，姊妹中唯谢月朗、徐素素与杜家相近，尤与十娘亲厚。十娘先到谢月朗家，月朗见十娘秃髻旧衫，惊问其故，十娘备述来因。又引李甲相见，十娘指月朗道："前日路资，是此位姐姐所贷，郎君可致谢。"李甲连连作揖。

月朗便教十娘梳洗，一面去请徐素素来家相会。十娘梳洗已毕，谢、徐二美人各出所有，翠钿金钏，瑶簪宝珥，锦袖花裙，鸾带绣履，把杜十娘装扮得焕然一新，备酒作庆贺筵席。月朗让卧房与李甲、杜媺二人过宿。次日，又大排筵席，遍请院中姊妹。凡十娘相厚者，无不毕集。都与他夫妇把盏称喜。吹弹歌舞，各逞其长，务要尽欢，直饮至夜分。

十娘向众姊妹一一称谢。众姊妹道："十姊为风流领袖，今从郎君去，我等相见无日。何日长行，姊妹们尚当奉送。"月朗道："候有定期，小妹当来相报。但阿姊千里间关，同郎君远去，囊箧萧条，曾无约束[1]，此乃吾等之事。当相与共谋之，勿令姊有穷途之虑也。"众姊妹各唯唯而散。

是晚，公子和十娘仍宿谢家。至五鼓，十娘对公子道："吾等此去，何处安身？郎君亦曾计议有定着否？"公子道："老父盛怒之下，若知娶妓而归，必然加以不堪，反致相累。展转寻思，尚未有万全之策。"十娘道："父子天性，岂能终绝。既然仓卒难犯，不若与郎君于苏杭胜地，权作浮居。郎君先回，求亲友于尊大人面前劝解和顺，然后携妾于归，彼此安妥。"公子道："此言甚当。"

次日，二人起身辞了谢月朗，暂往柳监生寓中，整顿行装。杜十娘见了柳遇春，倒身下拜，谢其周全之德："异日我夫妇必当重报。"遇春慌忙答礼道："十娘钟情所欢，不以贫窭易心，此乃女中

1 约束：置办行装。

豪杰。仆因风吹火，谅区区何足挂齿！”三人又饮了一日酒。

次早，择了出行吉日，雇倩[1]轿马停当。十娘又遣童儿寄信，别谢月朗。临行之际，只见肩舆纷纷而至，乃谢月朗与徐素素拉众姊妹来送行。月朗道：“十姊从郎君千里间关，囊中消索，吾等甚不能忘情。今合具薄贶，十姊可检收，或长途空乏，亦可少助。”说罢，命从人挈一描金文具至前，封锁甚固，正不知什么东西在里面。十娘也不开看，也不推辞，但殷勤作谢而已。须臾，舆马齐集，仆夫催促起身。柳监生三杯别酒，和众美人送出崇文门外，各各垂泪而别。正是：

他日重逢难预必，此时分手最堪怜。

再说李公子同杜十娘行至潞河，舍陆从舟，却好有瓜洲差使船转回之便，讲定船钱，包了舱口。比及下船时，李公子囊中并无分文余剩。你道杜十娘把二十两银子与公子，如何就没了？公子在院中嫖得衣衫褴褛，银子到手，未免在解库中取赎几件穿着，又置办了铺盖，剩来只够轿马之费。

公子正当愁闷，十娘道：“郎君勿忧，众姊妹合赠，必有所济。”乃取钥开箱。公子在旁自觉惭愧，也不敢窥觑箱中虚实。只见十娘在箱里取出一个红绢袋来，掷于桌上道：“郎君可开看之。”公子提在手中，觉得沉重，启而观之，皆是白银，计数整五十两。

十娘仍将箱子下锁，亦不言箱中更有何物。但对公子道：“承众姊妹高情，不唯途路不乏，即他日浮寓吴越间，亦可稍佐吾夫妻山水之费矣。”公子且惊且喜道：“若不遇恩卿，我李甲流落他乡，死无

1 倩：请。

葬身之地矣！此情此德，白头不敢忘也。”自此每谈及往事，公子必感激流涕。十娘亦曲意抚慰，一路无话。

不一日，行至瓜洲，大船停泊岸口。公子别雇了民船，安放行李。约明日侵晨，剪江而渡。其时仲冬中旬，月明如水，公子和十娘坐于舟首。公子道：“自出都门，困守一舱之中，四顾有人，未得畅语。今日独据一舟，更无避忌。且已离塞北，初近江南，宜开怀畅饮，以舒向来抑郁之气，恩卿以为何如？”十娘道：“妾久疏谈笑，亦有此心，郎君言及，足见同志耳。”

公子乃携酒具于船首，与十娘铺毡并坐，传杯交盏，饮至半酣，公子执卮对十娘道：“恩卿妙音，六院推首。某相遇之初，每闻绝调，辄不禁神魂之飞动。心事多违，彼此郁郁，鸾鸣凤奏，久矣不闻。今清江明月，深夜无人，肯为我一歌否？”十娘兴亦勃发，遂开喉顿嗓，取扇按拍，呜呜咽咽，歌出元人施君美《拜月亭》杂剧上“状元执盏与婵娟”一曲，名《小桃红》。真个：

声飞霄汉云皆驻，响入深泉鱼出游。

却说他舟有一少年，姓孙，名富，字善赉，徽州新安人氏。家资巨万，积祖扬州种盐。年方二十，也是南雍中朋友。生性风流，惯向青楼买笑，红粉追欢；若嘲风弄月，倒是个轻薄的头儿。

事有偶然，其夜亦泊舟瓜洲渡口，独酌无聊。忽听得歌声嘹亮，凤吟鸾吹，不足喻其美。起立船头，伫听半晌，方知声出邻舟。正欲相访，音响倏已寂然。乃遣仆者潜窥踪迹，访于舟人。但晓得是李相公雇的船，并不知歌者来历。孙富想道：“此歌者必非良家，怎生得他一见？”辗转寻思，通宵不寐。挨至五更，忽闻江风大作。及晓，彤云密布，狂雪飞舞。怎见得，有诗为证：

千山云树灭，万径人踪绝。
扁舟蓑笠翁，独钓寒江雪。

因这风雪阻渡，舟不得开。孙富命艄公移船，泊于李家舟之旁。孙富貂帽狐裘，推窗假作看雪。值十娘梳洗方毕，纤纤玉手，揭起舟旁短帘，自泼盂中残水，粉容微露，却被孙富窥见了，果是国色天香。魂摇心荡，迎眸注目，等候再见一面，杳不可得。沉思久之，乃倚窗高吟高学士《梅花诗》二句，道：

雪满山中高士卧，月明林下美人来。

李甲听得邻舟吟诗，舒头出舱，看是何人。只因这一看，正中了孙富之计。孙富吟诗，正要引李公子出头，他好乘机攀话。当下慌忙举手，就问："老兄尊姓何讳？"李公子叙了姓名乡贯，少不得也问那孙富，孙富也叙过了。又叙了些太学中的闲话，渐渐亲熟。孙富便道："风雪阻舟，乃天遣与尊兄相会，实小弟之幸也。舟次无聊，欲同尊兄上岸，就酒肆中一酌，少领清诲，万望不拒。"公子道："萍水相逢，何当厚扰？"孙富道："说哪里话！'四海之内，皆兄弟也。'"喝教艄公打跳[1]，童儿张伞，迎接公子过船，就于船头作揖。然后让公子先行，自己随后，各各登跳上涯。

行不数步，就有个酒楼，二人上楼，拣一副洁净座头，靠窗而

1 打跳：搭上供上下船用的跳板。

坐。酒保列上酒肴。孙富举杯相劝，二人赏雪饮酒。先说些斯文中套话，渐渐引入花柳之事。二人都是过来之人，志同道合，说得入港，一发成相知了。孙富屏去左右，低低问道：“昨夜尊舟清歌者，何人也？”李甲正要卖弄在行，遂实说道：“此乃北京名姬杜十娘也。”孙富道：“既系曲中姊妹，何以归兄？”

公子遂将初遇杜十娘，如何相好，后来如何要嫁，如何借银讨他，始末根由，备细述了一遍。孙富道：“兄携丽人而归，固是快事，但不知尊府中能相容否？”公子道：“贱室不足虑。所虑者，老父性严，尚费踌躇耳！”孙富将机就机，便问道：“既是尊大人未必相容，兄所携丽人，何处安顿？亦曾通知丽人，共作计较否？”公子攒眉而答道：“此事曾与小妾议之。”孙富欣然问道：“尊宠必有妙策。”公子道：“他意欲侨居苏杭，流连山水。使小弟先回，求亲友宛转于家君之前。俟家君回嗔作喜，然后图归，高明以为何如？”

孙富沉吟半晌，故作愀然之色，道：“小弟乍会之间，交浅言深，诚恐见怪。”公子道：“正赖高明指教，何必谦逊？”孙富道：“尊大人位居方面[1]，必严帷薄之嫌[2]，平时既怪兄游非礼之地，今日岂容兄娶不节之人。况且贤亲贵友，谁不迎合尊大人之意者？兄枉去求他，必然相拒。就有个不识时务的进言于尊大人之前，见尊大人意思不允，他就转口了。兄进不能和睦家庭，退无词以回复尊宠。即使留连山水，亦非长久之计。万一资斧困竭，岂不进退两难！”

公子自知手中只有五十金，此时费去大半，说到资斧困竭，进退两难，不觉点头道是。孙富又道：“小弟还有句心腹之谈，兄肯俯听

---

1 方面：地方的军政要职或长官。
2 帷薄之嫌：男女之间非礼的交往。

否？”公子道：“承兄过爱，更求尽言。”孙富道：“疏不间亲，还是莫说罢。”公子道：“但说何妨。”孙富道：“自古道妇人水性无常，况烟花之辈，少真多假。他既系六院名姝，相识定满天下。或者南边原有旧约，借兄之力，挈带而来，以为他适之地。”公子道：“这个恐未必然。”孙富道：“即不然，江南子弟，最工轻薄，兄留丽人独居，难保无逾墙钻穴之事。若挈之同归，愈增尊大人之怒。为兄之计，未有善策。况父子天伦，必不可绝。若为妾而触父，因妓而弃家，海内必以兄为浮浪不经之人。异日妻不以为夫，弟不以为兄，同袍不以为友，兄何以立于天地之间？兄今日不可不熟思也！”

公子闻言，茫然自失，移席问计：“据高明之见，何以教我？”孙富道：“仆有一计，于兄甚便。只恐兄溺枕席之爱，未必能行，使仆空费词说耳！”公子道：“兄诚有良策，使弟再睹家园之乐，乃弟之恩人也。又何惮而不言耶？”孙富道：“兄飘零岁余，严亲怀怒，闺阁离心，设身以处兄之地，诚寝食不安之时也。然尊大人所以怒兄者，不过为迷花恋柳，挥金如土，异日必为弃家荡产之人，不堪承继家业耳。兄今日空手而归，正触其怒。兄倘能割衽席之爱，见机而作，仆愿以千金相赠。兄得千金以报尊大人，只说在京授馆，并不曾浪费分毫，尊大人必然相信。从此家庭和睦，当无间言。须臾之间，转祸为福，兄请三思。仆非贪丽人之色，实为兄效忠于万一也！”

李甲原是没主意的人，本心惧怕老子，被孙富一席话，说透胸中之疑，起身作揖道：“闻兄大教，顿开茅塞。但小妾千里相从，义难顿绝，容归与商之。得其心肯，当奉复耳。”孙富道：“说话之间，宜放婉曲。彼既忠心为兄，必不忍使兄父子分离，定然玉成兄还乡之事矣。”二人饮了一回酒，风停雪止，天色已晚。孙富教家童算还了酒钱，与公子携手下船。正是：

逢人且说三分话，未可全抛一片心。

却说杜十娘在舟中，摆设酒果，欲与公子小酌，竟日未回，挑灯以待。公子下船，十娘起迎，见公子颜色匆匆，似有不乐之意，乃满斟热酒劝之。公子摇首不饮，一言不发，竟自床上睡了。十娘心中不悦，乃收拾杯盘，为公子解衣就枕。问道："今日有何见闻，而怀抱郁郁如此？"公子叹息而已，终不启口。问了三四次，公子已睡去了。十娘委决不下，坐于床头而不能寐。到夜半，公子醒来，又叹一口气。十娘道："郎君有何难言之事，频频叹息？"

公子拥被而起，欲言不语者几次，扑簌簌掉下泪来。十娘抱持公子于怀间，软言抚慰道："妾与郎君情好，已及二载，千辛万苦，历尽艰难，得有今日。然相从数千里，未曾哀戚。今将渡江，方图百年欢笑，如何反起悲伤，必有其故。夫妇之间，死生相共，有事尽可商量，万勿讳也。"

公子再四被逼不过，只得含泪而言道："仆天涯穷困，蒙恩卿不弃，委曲相从，诚乃莫大之德也。但反覆思之，老父位居方面，拘于礼法，况素性方严，恐添嗔怒，必加黜逐。你我流荡，将何底止？夫妇之欢难保，父子之伦又绝。日间蒙新安孙友邀饮，为我筹及此事，寸心如割。"十娘大惊道："郎君意将如何？"公子道："仆事内之人，当局而迷。孙友为我画一计颇善，但恐恩卿不从耳！"十娘道："孙友者何人？计如果善，何不可从？"公子道："孙友名富，新安盐商，少年风流之士也。夜间闻子清歌，因而问及。仆告以来历，并谈及难归之故，渠意欲以千金聘汝。我得千金，可借口以见吾父母；

而恩卿亦得所天[1]。但情不能舍，是以悲泣。”说罢，泪如雨下。

十娘放开两手，冷笑一声道：“为郎君画此计者，此人乃大英雄也。郎君千金之资，既得恢复；而妾归他姓，又不致为行李之累。发乎情，止乎礼，诚两便之策也。那千金在哪里？”公子收泪道：“未得恩卿之诺，金尚留彼处，未曾过手。”十娘道：“明早快快应承了他，不可错过机会。但千金重事，须得兑足交付郎君之手，妾始过舟，勿为贾竖子所欺。”

时已四鼓，十娘即起身挑灯梳洗道：“今日之妆，乃迎新送旧，非比寻常。”于是脂粉香泽，用意修饰，花钿绣袄，极其华艳，香风拂拂，光采照人。装束方完，天色已晓。孙富差家童到船头候信。十娘微窥公子，欣欣似有喜色，乃催公子快去回话，及早兑足银子。公子亲到孙富船中，回复依允。孙富道：“兑银易事，须得丽人妆台为信。”公子又回复了十娘，十娘即指描金文具道：“可便抬去。”孙富喜甚，即将白银一千两，送到公子船中。十娘亲自检看，足色足数，分毫无爽，乃手把船舷，以手招孙富。孙富一见，魂不附体。十娘启朱唇，开皓齿道：“方才箱子可暂发来，内有李郎路引一纸，可检还之也。”孙富视十娘已为瓮中之鳖，即命家童送那描金文具，安放船头之上。

十娘取钥开锁，内皆抽屉小箱。十娘叫公子抽第一层来看，只见翠羽明珰，瑶簪宝珥，充牣于中，约值数百金。十娘遽投之江中。李甲与孙富及两船之人，无不惊诧。又命公子再抽一箱，乃玉箫金管。又抽一箱，尽古玉紫金玩器，约值数千金。十娘尽投之于水。舟中岸上之人，观者如堵。齐声道：“可惜！可惜！”正不知什么缘故。最

1 所天：所依靠的人，这里指丈夫。

后又抽一箱，箱中复有一匣。开匣视之，夜明之珠，约有盈把。其他祖母绿、猫儿眼，诸般异宝，目所未睹，莫能定其价之多少。众人齐声喝彩，喧声如雷。十娘又欲投之于江。李甲不觉大悔，抱持十娘恸哭，那孙富也来劝解。

十娘推开公子在一边，向孙富骂道："我与李郎备尝艰苦，不是容易到此。汝以奸淫之意，巧为谗说，一旦破人姻缘，断人恩爱，乃我之仇人。我死而有知，必当诉之神明，尚妄想枕席之欢乎！"又对李甲道："妾风尘数年，私有所积，本为终身之计。自遇郎君，山盟海誓，白首不渝。前出都之际，假托众姊妹相赠，箱中韫藏百宝，不下万金。将润色郎君之装，归见父母，或怜妾有心，收佐中馈[1]，得终委托，生死无憾。谁知郎君相信不深，惑于浮议，中道见弃，负妾一片真心。今日当众目之前，开箱出视，使郎君知区区千金，未为难事。妾椟中有玉，恨郎眼内无珠。命之不辰，风尘困瘁，甫得脱离，又遭弃捐。今众人各有耳目，共作证明，妾不负郎君，郎君自负妾耳！"

于是众人聚观者，无不流涕，都唾骂李公子负心薄幸。公子又羞又苦，且悔且泣，方欲向十娘谢罪，十娘抱持宝匣，向江心一跳。众人急呼捞救，但见云暗江心，波涛滚滚，杳无踪影。可惜一个如花似玉的名姬，一旦葬于江鱼之腹！

三魂渺渺归水府，七魄悠悠入冥途。

当时旁观之人，皆咬牙切齿，争欲拳殴李甲和那孙富。慌得李孙二人，手足无措，急叫开船，分途遁去。李甲在舟中，看了千金，转

---

1 中馈：妻室。佐中馈即辅佐主妇，意为做妾。

忆十娘，终日愧悔，郁成狂疾，终身不痊。孙富自那日受惊，得病卧床月余，终日见杜十娘在旁诟骂，奄奄而逝。人以为江中之报也。

却说柳遇春在京坐监完满，束装回乡，停舟瓜埠。偶临江净脸，失坠铜盆于水，觅渔人打捞。及至捞起，乃是个小匣儿。遇春启匣观看，内皆明珠异宝，无价之珍。遇春厚赏渔人，留于床头把玩。是夜，梦见江中一女子，凌波而来，视之，乃杜十娘也。近前万福，诉以李郎薄幸之事。又道："向承君家慷慨，以一百五十金相助，本意息肩[1]之后，徐图报答，不意事无终始。然每怀盛情，悒悒未忘。早间曾以小匣托渔人奉致，聊表寸心，从此不复相见矣。"言讫，猛然惊醒，方知十娘已死，叹息累日。

后人评论此事，以为孙富谋夺美色，轻掷千金，固非良士。李甲不识杜十娘一片苦心，碌碌蠢才，无足道者。独谓十娘千古女侠，岂不能觅一佳侣，共跨秦楼之凤，乃错认李公子，明珠美玉，投于盲人，以致恩变为仇，万种恩情，化为流水，深可惜也！有诗叹云：

不会风流莫妄谈，单单情字费人参。
若将情字能参透，唤作风流也不惭。

---

1 息肩：卸去负担，栖止休息。这里指安顿下来。

# 第四卷　卖油郎独占花魁

年少争夸风月，场中波浪偏多。有钱无貌意难和，有貌无钱不可。

就是有钱有貌，还须着意揣摩。知情识趣俏哥哥，此道谁人赛我。

这首词名为《西江月》，是风月机关中撮要之论。常言道："妓爱俏，妈爱钞。"所以子弟[1]行中，有了潘安般貌，邓通般钱，自然上和下睦，做得烟花寨内的大王，鸳鸯会上的主盟。然虽如此，还有个两字经儿，叫做帮衬。帮者，如鞋之有帮；衬者，如衣之有衬。但凡做小娘[2]的，有一分所长，得人衬贴，就当十分。若有短处，曲意替他遮护，更兼低声下气，送暖偷寒，逢其所喜，避其所讳，以情度情，岂有不爱之理。这叫做帮衬。风月场中，只有会帮衬的最讨便宜，无貌而有貌，无钱而有钱。假如郑元和在卑田院做了乞儿，此时

1 子弟：旧时称嫖客为子弟。
2 小娘：妓女。

囊箧俱空，容颜非旧，李亚仙于雪天遇之，便动了一个恻隐之心，将绣襦包裹，美食供养，与他做了夫妻。这岂是爱他之钱，恋他之貌？只为郑元和识趣知情，善于帮衬，所以亚仙心中舍他不得。你只看亚仙病中想马板肠汤吃，郑元和就把个五花马杀了，取肠煮汤奉之。只这一节上，亚仙如何不念其情？后来郑元和中了状元，李亚仙封作汧国夫人。《莲花落》打出万年策，卑田院变作了白玉楼。一床锦被遮盖，风月场中反为美谈。这是：

运退黄金失色，时来铁也生光。

话说大宋自太祖开基，太宗嗣位，历传真、仁、英、神、哲，共是七代帝王，都则偃武修文，民安国泰。到了徽宗道君皇帝，信任蔡京、高俅、杨戬、朱勔之徒，大兴苑囿，专务游乐，不以朝政为事。以致万民嗟怨，金虏乘之而起，把花锦般一个世界，弄得七零八落。直至二帝蒙尘，高宗泥马渡江，偏安一隅，天下分为南北，方得休息。其中数十年，百姓受了多少苦楚。正是：

甲马丛中立命，刀枪队里为家。
杀戮如同戏耍，抢夺便是生涯。

内中单表一人，乃汴梁城外安乐村居住，姓莘，名善，浑家阮氏。夫妻两口，开个六陈铺儿[1]。虽则粜米为生，一应麦豆茶酒油盐杂货，无所不备，家道颇颇得过。年过四旬，只生一女，小名叫做

---

1 六陈铺儿：杂粮铺、粮食铺。

瑶琴。自小生得清秀，更且资性聪明。七岁上，送在村学中读书，日诵千言。十岁时，便能吟诗作赋。曾有《闺情》一绝，为人传诵。诗云：

朱帘寂寂下金钩，香鸭沉沉冷画楼。
移枕怕惊鸳并宿，挑灯偏惜蕊双头。

到十二岁，琴、棋、书、画，无所不通。若提起女工一事，飞针走线，出人意表。此乃天生伶俐，非教习之所能也。莘善因为自家无子，要寻个养女婿，来家靠老。只因女儿灵巧多能，难乎其配。所以求亲者颇多，都不曾许。不幸遇了金虏猖獗，把汴梁城围困，四方勤王之师虽多，宰相主了和议，不许厮杀，以致虏势愈甚。打破了京城，劫迁了二帝。那时城外百姓，一个个亡魂丧胆，携老扶幼，弃家逃命。

却说莘善领着浑家阮氏和十二岁的女儿，同一般逃难的，背着包裹，结队而走。

忙忙如丧家之犬，急急如漏网之鱼。担渴担饥担劳苦，此行谁是家乡；叫天叫地叫祖宗，唯愿不逢鞑虏。正是：宁为太平犬，莫作乱离人！

正行之间，谁想鞑子倒不曾遇见，却逢着一阵败残的官兵。他看见许多逃难的百姓，多背得有包裹，假意呐喊道："鞑子来了！"沿路放起一把火来。此时天色将晚，吓得众百姓落荒乱窜，你我不相顾。他就乘机抢掠，若不肯与他，就杀害了。这是乱中生乱，苦上加苦。

却说莘氏瑶琴，被乱军冲突，跌了一跤，爬起来，不见了爹娘。不敢叫唤，躲在道旁古墓之中，过了一夜。到天明，出外看时，但见满目风沙，死尸横路。昨日同时避难之人，都不知所往。瑶琴思念父母，痛哭不已。欲待寻访，又不认得路径，只得望南而行。哭一步，挨一步，约莫走了二里之程，心上又苦，腹中又饥。望见土房一所，想必其中有人，欲待求乞些汤饮。及至向前，却是破败的空屋，人口俱逃难去了。瑶琴坐于土墙之下，哀哀而哭。

自古道：无巧不成话。恰好有一人从墙下而过，那人姓卜，名乔，正是莘善的近邻。平昔是个游手游食，不守本分，惯吃白食，用白钱的主儿，人都称他是卜大郎。也是被官军冲散了同伙，今日独自而行，听得啼哭之声，慌忙来看。

瑶琴自小相认，今日患难之际，举目无亲，见了近邻，分明见了亲人一般，急忙收泪，起身相见。问道："卜大叔，可曾见我爹妈么？"卜乔心中暗想："昨日被官军抢去包裹，正没盘缠。天生这碗衣饭送来与我，正是奇货可居。"便扯个谎，道："你爹和妈寻你不见，好生痛苦。如今前面去了。吩咐我道：'倘或见我女儿，千万带了他来，送还了我。'许我厚谢。"瑶琴虽是聪明，正当无可奈何之际，君子可欺以其方[1]，遂全然不疑，随着卜乔便走，正是：

情知不是伴，事急且相随。

卜乔将随身带的干粮，把些与他吃了，吩咐道："你爹妈连夜走的。若路上不能相遇，直要过江到建康府，方可相会。一路上同行，

1 君子可欺以其方：君子为人正直，不耍心眼，有时人就利用这一点欺骗他。

我权把你当女儿，你权叫我做爹。不然，只道我收留迷失子女，不当稳便。”瑶琴依允。从此陆路同步，水路同舟，爹女相称。到了建康府，路上又闻得金兀术四太子，引兵渡江。眼见得建康不得宁息。又闻得康王即位，已在杭州驻跸[1]，改名临安。遂趁船到润州。

过了苏常嘉湖直到临安地面，暂且饭店中居住。也亏卜乔，自汴京至临安，三千余里，带那莘瑶琴下来。身边藏下些散碎银两，都用尽了，连身上外盖衣服，脱下准[2]了店钱，只剩得莘瑶琴一件活货，欲行出脱。访得西湖上烟花王九妈家要讨养女，遂引九妈到店中，看货还钱。九妈见瑶琴生得标致，讲了财礼五十两。卜乔兑足了银子，将瑶琴送到王家。原来卜乔有智，在王九妈前只说："瑶琴是我亲生之女，不幸到你门户人家，须是款款的教训，他自然从愿，不要性急。"在瑶琴面前又只说："九妈是我至亲，权时把你寄顿他家。待我从容访知你爹妈下落，再来领你。"以此，瑶琴欣然而去。

可怜绝世聪明女，堕落烟花罗网中。

王九妈新讨了瑶琴，将他浑身衣服，换个新鲜，藏于曲楼深处，终日好茶好饭，去将息他，好言好语，去温暖他。瑶琴既来之，则安之。住了几日，不见卜乔回信。思量爹妈，噙着两行珠泪，问九妈道："卜大叔怎不来看我？"九妈道："哪个卜大叔？"瑶琴道："便是引我到你家的那个卜大郎。"九妈道："他说是你的亲爹。"瑶琴道："他姓卜，我姓莘。"遂把汴梁逃难，失散了爹妈，中途遇

1 驻跸：帝王出行，中途暂住。
2 准：兑换、抵偿。

见了卜乔，引到临安，并卜乔哄他的说话，细述一遍。九妈道："原来恁地，你是个孤身女儿，无脚蟹。我索性与你说明罢：那姓卜的把你卖在我家，得银五十两去了。我们是门户人家，靠着粉头过活。家中虽有三四个养女，并没个出色的。爱你生得齐整，把做个亲女儿相待。待你长成之时，包你穿好吃好，一生受用。"瑶琴听说，方知被卜乔所骗，放声大哭。九妈劝解，良久方止。

自此九妈将瑶琴改作王美，一家都称为美娘，教他吹弹歌舞，无不尽善。长成一十四岁，娇艳非常。临安城中，这些富豪公子，慕其容貌，都备着厚礼求见。也有爱清标[1]的，闻得他写作俱高，求诗求字的，日不离门。弄出天大的名声出来，不叫他美娘，叫他做花魁娘子。西湖上子弟编出一支《挂枝儿》，单道那花魁娘子的好处：

> 小娘中，谁似得王美儿的标致，又会写，又会画，又会作诗，吹弹歌舞都余事[2]。常把西湖比西子，就是西子比他也还不如。哪个有福的汤[3]着他身儿，也情愿一个死。

只因王美有了个盛名，十四岁上，就有人来讲梳弄[4]。一来王美不肯，二来王九妈把女儿做金子看成，见他心中不允，分明奉了一道圣旨，并不敢违拗。又过了一年，王美年方十五。原来门户中梳弄，也有个规矩。十三岁太早，谓之试花，皆因鸨儿爱财，不顾痛苦；那子弟也只搏个虚名，不得十分畅快取乐。十四岁谓之开花，此时天

---

1 清标：丰姿清逸、出众。这里指有才艺。
2 余事：小事、不算一回事。
3 汤：方言，挨、擦。
4 梳弄：妓女第一次接客。

癸[1]已至，男施女受，也算当时了。到十五谓之摘花，在平常人家，还算年小，唯有门户人家，以为过时。王美此时未曾梳弄，西湖上子弟又编出一支《挂珠儿》来：

> 王美儿，似木瓜，空好看。十五岁，还不曾与人汤一汤。有名无实成何干，便不是石女，也是二行子[2]的娘。若还有个好好的，羞羞也，如何熬得这些时痒！

王九妈听得这些风声，怕坏了门面，来劝女儿接客。王美执意不肯，说道："要我会客时，除非见了亲生爹妈。他肯做主时，方才使得！"王九妈心里又恼他，又不舍得难为他，捱了好些时。

偶然有个金二员外，大富之家，情愿出三百两银子，梳弄美娘。九妈得了这主大财，心生一计，与金二员外商议，若要他成就，除非如此如此。金二员外意会了。

其日八月十五日，只说请王美湖上看潮。请至舟中，三四个帮闲，俱是会中之人，猜拳行令，做好做歉，将美娘灌得烂醉如泥。扶到王九妈家楼中，卧于床上，不省人事。此时天气和暖，又没几层衣服，妈儿亲手服侍，剥得他赤条条，任凭金二员外行事。金二员外那话儿，又非兼人之具。轻轻的撑开两股，用些涎沫，送将进去。比及美娘梦中觉痛，醒将转来，已被金二员外要得够了。欲待挣扎，怎奈手足俱软，由他轻薄了一回。直待绿暗红飞，方始雨收云散。正是：

---

1 天癸：指月经。

2 二行子：二尾子、两性人。

雨中花蕊方开罢，镜里娥眉不似前。

五鼓时，美娘酒醒，已知鸨儿用计，破了身子。自怜红颜命薄，遭此强横，起来解手，穿了衣服，自在床边一个斑竹榻上，朝着里壁睡了，暗暗垂泪。金二员外来亲近他时，被他劈头劈脸，抓有几个血痕。金二员外好生没趣。挨得天明，对妈儿说声：“我去也！”妈儿要留他时，已自出门去了。

从来梳弄的子弟，早起时，妈儿进房贺喜，行户中都来称庆，还要吃几日喜酒。那子弟多则住一二月，最少也住半月二十日，只有金二员外侵早出门，是从来未有之事。王九妈连叫诧异，披衣起身上楼，只见美娘卧于榻上，满眼流泪。九妈要哄他上行，连声招许多不是。美娘只不开口。九妈只得下楼去了。美娘哭了一日，茶饭不沾。从此托病，不肯下楼，连客也不肯会面了。

九妈心下焦燥，欲待把他凌虐，又恐他烈性不从，反冷了他的心肠。欲待由他，本是要他赚钱。若不接客时，就养到一百岁也没用。踌躇数日，无计可施。

忽然想起，有个结义妹子，叫做刘四妈，时常往来。他能言快语，与美娘甚说得着，何不接取他来，下个说词。若得他回心转意，大大的烧个利市。当下叫保儿去请刘四妈到前楼坐下，诉以衷情。刘四妈道：“老身是个女随何、雌陆贾[1]，说得罗汉思情，嫦娥想嫁。这件事都在老身身上。”九妈道：“若得如此，做姐的情愿与你磕头。你多吃杯茶去，免得说话时口干。”刘四妈道：“老身天生这副海口，便说到明日，还不干哩。”

---

1 随何、陆贾：二人皆西汉初辩士，善当说客。

刘四妈吃了几杯茶，转到后楼，只见楼门紧闭。刘四妈轻轻的叩了一下，叫声：“侄女！”美娘听得是四妈声音，便来开门。两下相见了。四妈靠桌朝下而坐，美娘旁坐相陪。四妈看他桌上铺着一幅细绢，才画得个美人的脸儿，还未曾着色。四妈称赞道：“画得好！真是巧手！九阿姐不知怎生样造化，偏生遇着你这一个伶俐女儿。又好人物，又好技艺，就是堆上几千两黄金，满临安走遍，可寻出个对儿么？”美娘道：“休得见笑，今日甚风吹得姨娘到来？”刘四妈道：“老身时常要来看你，只为家务在身，不得空闲。闻得你恭喜梳弄了，今日偷空而来，特特与九阿姐叫喜。”

美儿听得提起梳弄二字，满脸通红，低着头不来答应。刘四妈知他害羞，便把椅儿掇上一步，将美娘的手儿牵着，叫声：“我儿！做小娘的，不是个软壳鸡蛋，怎的这般嫩得紧？似你恁地怕羞，如何赚得大主银子？”美娘道：“我要银子做甚？”四妈道：“我儿，你便不要银子，做娘的看得你长大成人，难道不要出本？自古道：靠山吃山，靠水吃水。九阿姐家有几个粉头，哪一个赶得上你的脚跟来？一园瓜，只看得你是个瓜种。九阿姐待你也不比其他，你是聪明伶俐的人，也须识些轻重。闻得你自梳弄之后，一个客也不肯相接，是什么意儿？都像你的意时，一家人口，似蚕一般，哪个把桑叶喂他？做娘的抬举你一分，你也要与他争口气儿，莫要反讨众丫头批点。”美娘道：“由他批点，怕怎地！”刘四妈道：“啊呀！批点是个小事，你可晓得门户中的行径么？”美娘道：“行径便怎的？”刘四妈道：“我们门户人家，吃着女儿，穿着女儿，用着女儿，侥幸讨得一个像样的，分明是大户人家置了一所良田美产。年纪幼小时，巴不得风吹得大。到得梳弄过后，便是田产成熟，日日指望花利到手受用。前门迎新，后门送旧，张郎送米，李郎送柴，往来热闹，才是个出名的姊妹行家。”美娘道：“羞答答，我不做这样事！”

刘四妈掩着口，格的笑了一声，道：“不做这样事，可是由得你的？一家之中，有妈妈做主，做小娘的若不依他教训，动不动一顿皮鞭，打得你不生不死。那时不怕你不走他的路儿。九阿姐一向不难为你，只可惜你聪明标致，从小娇养的，要惜你的廉耻，存你的体面。方才告诉我许多话，说你不识好歹，放着鹅毛不知轻，顶着磨子不知重，心下好生不悦。教老身来劝你。你若执意不从，惹他性起，一时翻过脸来，骂一顿，打一顿，你待走上天去！凡事只怕个起头。若打破了头时，朝一顿，暮一顿，那时熬这些痛苦不过，只得接客。却不把千金声价弄得低微了。还要被姊妹中笑话。依我说，吊桶已自落在他井里，挣不起了。不如千欢万喜，倒在娘的怀里，落得自己快活。”

美娘道：“奴是好人家儿女，误落风尘。倘得姨娘主张从良，胜造九级浮屠。若要我倚门献笑，送旧迎新，宁甘一死，决不情愿。”刘四妈道：“我儿，从良是个有志气的事，怎么说道不该！只是从良也有几等不同。”美娘道：“从良有甚不同之处？”刘四妈道：“有个真从良，有个假从良；有个苦从良，有个乐从良；有个趁好的从良，有个没奈何的从良；有个了从良，有个不了的从良。我儿耐心听我分说。

“如何叫做真从良？大凡才子必须佳人，佳人必须才子，方成佳配。然而好事多磨，往往求之不得。幸然两下相逢，你贪我爱，割舍不下，一个愿讨，一个愿嫁，好像捉对的蚕蛾，死也不放。这个谓之真从良。

“怎么叫做假从良？有等子弟爱着小娘，小娘却不爱那子弟。本心不愿嫁他，只把个嫁字儿哄他心热，撒漫使钱。比及成交，却又推故不就。又有一等痴心的子弟，晓得小娘心肠不对他，偏要娶他回去。拚着一主大钱，动了妈儿的火，不怕小娘不肯。勉强进门，心中不顺，故意不守家规，小则撒泼放肆，大则公然偷汉。人家容留不得，多则一年，少则半载，依旧放他出来，为娼接客。把从良二字，只当个赚钱的题目。这个谓之假从良。

“如何叫做苦从良？一般样子弟爱小娘，小娘不爱那子弟，却被他以势凌之。妈儿惧祸，已自许了。做小娘的，身不由主，含泪而行。一入侯门，如海之深，家法又严，抬头不得。半妾半婢，忍死度日。这个谓之苦从良。

“如何叫做乐从良？做小娘的，正当择人之际，偶然相交个子弟，见他情性温和，家道富足，又且大娘子乐善，无男无女，指望他日过门，与他生育，就有主母之分。以此嫁他，图个日前安逸，日后出身。这个谓之乐从良。

“如何叫做趁好的从良？做小娘的，风花雪月，受用已够，趁这盛名之下，求之者众，任我拣择个十分满意的嫁他，急流勇退，及早回头，不致受人怠慢。这个谓之趁好的从良。

“如何叫做没奈何的从良？做小娘的，原无从良之意，或因官司逼迫，或因强横欺瞒，又或因债负太多，将来赔偿不起，别口气，不论好歹，得嫁便嫁，买静求安，藏身之法，这谓之没奈何的从良。

“如何叫做了从良？小娘半老之际，风波历尽，刚好遇个老成的孤老，两下志同道合，收绳卷索，白头到老。这个谓之了从良。

“如何叫做不了的从良？一般你贪我爱，火热的跟他，却是一时之兴，没有个长算。或者尊长不容，或者大娘妒忌，闹了几场，发回妈家，追取原价。又有个家道凋零，养他不活，苦守不过，依旧出来赶趁[1]。这谓之不了的从良。”

美娘道：“如今奴家要从良，还是怎地好？”刘四妈道：“我儿，老身教你个万全之策。”美娘道：“若蒙教导，死不忘恩！”

刘四妈道：“从良一事，入门为净。况且你身子已被人捉弄过了，就是今夜嫁人，叫不得个黄花女儿。千错万错，不该落于此地，这就是你命中所招了。做娘的费了一片心机，若不帮他几年，趁过千把银子，怎肯放你出门？还有一件，你便要从良，也须拣个好主儿。这些臭嘴臭脸的，难道就跟他不成？你如今一个客也不接，晓得哪个该从，哪个不该从？假如你执意不肯接客，做娘的没奈何，寻个肯出钱的主儿，卖你去做妾，这也叫做从良。那主儿或是年老的，或是貌丑的，或是一字不识的村牛，你却不肮脏了一世！比着把你料在水里，还有扑通的一声响，讨得旁人叫一声可惜。依着老身愚见，还是俯从人愿，凭着做娘的接客。似你恁般才貌，等闲的料也不敢相扳。无非是王孙公子，贵客豪门，也不辱莫了你。一来风花雪月，趁着年少受用；二来作成妈儿起个家事；三来你自己也积攒些私房，免得日后求人。过了十年五载，遇个知心着意的，说得来，话得着，那时老身与你做媒，好模好样的嫁去，做娘的也放得你下了。可不两得其便？”

美娘听说，微笑而不言。刘四妈已知美娘心中活动了，便道：“老身句句是好话。你依着老身的话时，后来还要感激我哩。”说罢起身。王九妈伏于楼门之外，一句句都听得的。美娘送刘四妈出房，劈面撞着了九妈，满面羞惭，缩身进去。王九妈随着刘四妈，再到前楼坐下。刘四妈道：“侄女十分执意，被老身左说右说，一块硬铁看看熔作热汁。你如今快快寻个覆帐的主儿，他必然肯就。那时做妹子

1 赶趁：指重操旧业。

的再来贺喜。”

王九妈连连称谢。是日备饭相待，尽醉而别。后来西湖上子弟们又有支《挂枝儿》，单说那刘四妈说词一节：

> 刘四妈，你的嘴舌儿好不利害！便是女随何、雌陆贾，不信有这大才！说着长，道着短，全没些破败。就是醉梦中，被你说得醒；就是聪明的，被你说得呆。好个烈性的姑姑，也被你说得他心地改。

再说王美娘自听了刘四妈一席话儿，思之有理，以后有客求见，欣然相接。覆帐之后，宾客如市，挨三顶五，不得空闲，声价愈重。每一晚白银十两，兀自你争我夺。王九妈趁了若干钱钞，欢喜无限。美娘也留心要拣个心满意足的，急切难得。正是：

> 易求无价宝，难得有情郎。

话分两头。再说临安城清波门里，有个开油店的朱十老，三年前过继一个小厮，也是汴京逃难来的，姓秦名重。母亲早丧，父亲秦良，十三岁上将他卖了，自己在上天竺去做香火。朱十老因年老无嗣，又新死了妈妈，把秦重做亲子看成，改名朱重，在店中学做卖油生理。初时父子坐店甚好，后因十老得了腰痛的病，十眠九坐，劳碌不得，另招个伙计，叫做邢权，在店相帮。

光阴似箭，不觉四年有余。朱重长成一十七岁，生得一表人才，虽然已冠，尚未娶妻。那朱十老家有个使女，叫做兰花，年已二十之外，有心看上了朱小官人，几遍的倒下钩子去勾搭他。谁知朱重是个老实人，又且兰花齷齪丑陋，朱重也看不上眼，以此落花有意，流水无情。那兰花见勾搭朱小官人不上，别寻主顾，就去勾搭那伙计邢权。

邢权是望四之人，没有老婆，一拍就上。两个暗地偷情，不止一次。反怪朱小官人碍眼，思量寻事赶他出门。邢权与兰花两个，里应外合，使心设计。兰花便在朱十老面前假意撇清说："小官人几番调戏，好不老实！"朱十老平时与兰花也有一手，未免有拈酸之意。邢权又将店中卖下的银子藏过，在朱十老面前说道：

"朱小官在外赌博，不长进，柜里银子几次短少，都是他偷去了。"初次朱十老还不信，接连几次，朱十老年老糊涂，没有主意，就唤朱重过来，责骂了一场。

朱重是个聪明的孩子，已知邢权与兰花的计较，欲待分辩，惹起是非不小，万一老者不听，枉作恶人。心生一计，对朱十老说道："店中生意淡薄，不消得二人。如今让邢主管坐店，孩儿情愿挑担子出去卖油。卖得多少，每日纳还，可不是两重生意？"

朱十老心下也有许可之意，又被邢权说道："他不是要挑担出去，几年上偷银子做私房，身边积攒有余了，又怪你不与他定亲，心下怨怅，不愿在此相帮，要讨个出场，自去娶老婆，做人家去。"朱十老叹口气道："我把他做亲儿看成，他却如此歹意，皇天不佑！罢，罢，不是自身骨血，到底粘连不上，由他去罢！"遂将三两银子，把与朱重，打发出门，寒夏衣服和被窝都教他拿去。这也是朱十老好处。朱重料他不肯收留，拜了四拜，大哭而别。正是：

孝己杀身因谤语，申生丧命为谗言。
亲生儿子犹如此，何怪螟蛉受枉冤。

原来秦良上天竺做香火，不曾对儿子说知。朱重出了朱十老之门，在众安桥下赁了一间小小房儿，放下被窝等件，买巨锁儿锁了门，便往长街短巷，访求父亲。连走几日，全没消息，没奈何，只得放下。在朱十老家四年，赤心忠良，并无一毫私蓄，只有临行时打发这三两银子，不够本钱，做什么生意好？左思右量，只有油行买卖是熟间。这些油坊多曾与他识熟，还去挑个卖油担子，是个稳足的道路。当下置办了油担家火，剩下的银两，都交付与油坊取油。

那油坊里认得朱小官是个老实好人，况且小小年纪，当初坐店，今朝挑担上街，都因邢伙计挑拨他出来，心中甚是不平，有心扶持他，只拣窨清的上好净油与他，签子[1]上又明让他些。朱重得了这些便宜，自己转卖与人，也放些宽，所以他的油比别人分外容易出脱。每日尽有些利息，又且俭吃俭用，积下东西来，置办些日用家业，及身上衣服之类，并无妄废。心中只有一件事未了，牵挂着父亲，思想："向来叫做朱重，谁知我是姓秦！倘或父亲来寻访之时，也没有个因由。"遂复姓为秦。

说话的，假如上一等人，有前程的，要复本姓，或具札子奏过朝廷，或关白[2]礼部、太学、国学等衙门，将册籍改正，众所共知。一个卖油的，复姓之时，谁人晓得？他有个道理，把盛油的桶儿，一面大大写个秦字，一面写汴梁二字，将油桶做个标识，使人一览而知。以此临安市上，晓得他本姓，都呼他为"秦卖油"。

时值二月天气，不暖不寒，秦重闻知昭庆寺僧人要起个九昼夜功德，用油必多，遂挑了油担来寺中卖油。那些和尚也闻知秦卖油之

---

1 签子：发货的筹码，记载数量。
2 关白：禀报、通知。

名，他的油比别人又好又贱，单单作成他。所以一连这九日，秦重只在昭庆寺走动。正是：

刻薄不赚钱，忠厚不折本。

这一日是第九日了。秦重在寺出脱了油，挑了空担出寺。其日天气晴明，游人如蚁。秦重绕河而行，遥望十景塘桃红柳绿，湖内画船箫鼓，往来游玩，观之不足，玩之有余。走了一回，身子困倦，转到昭庆寺右边，望个宽处，将担儿放下，坐在一块石上歇脚。近侧有个人家，面湖而住，金漆篱门，里面朱栏内，一丛细竹。未知堂室何如，先见门庭清整。只见里面三四个戴巾的从内而出，一个女娘后面相送。到了门首，两下把手一拱，说声请了，那女娘竟进去了。秦重定睛觑之，此女容颜娇丽，体态轻盈，目所未睹，准准的呆了半晌，身子都酥麻了。

他原是个老实小官，不知有烟花行径，心中疑惑，正不知是什么人家。方在疑思之际，只见门内又走出个中年的妈妈，同着一个垂髫的丫鬟，倚门闲看。那妈妈一眼瞧着油担，便道："啊呀！方才要去买油，正好有油担子在这里，何不与他买些？"那丫鬟取了油瓶出来，走到油担子边，叫声："卖油的！"秦重方才知觉，回言道："没有油了！妈妈要用油时，明日送来。"那丫鬟也认得几个字，看见油桶上写个秦字，就对妈妈道："那卖油的姓秦。"妈妈也听得人闲讲，有个秦卖油，做生意甚是忠厚。遂吩咐秦重道："我家每日要油用，你肯挑来时，与你做个主顾。"秦重道："承妈妈作成，不敢有误。"

那妈妈与丫鬟进去了。秦重心中想道："这妈妈不知是那女娘的什么人？我每日到他家卖油，莫说赚他利息，图个饱看那女娘一回，也是前生福分。”正欲挑担起身，只见两个轿夫，抬着一顶青绢幔的轿子，后边跟着两个小厮，飞也似跑来。到了其家门首，歇下轿子，那小厮走进里面去了。秦重道：“却又作怪。看他接什么人？”

少顷之间，只见两个丫鬟，一个捧着猩红的毡包，一个拿着湘妃竹攒花的拜匣，都交付与轿夫，放在轿座之下。那两个小厮手中，一个抱着琴囊，一个捧着几个手卷，腕上挂碧玉箫一支，跟着起初的女娘出来。女娘上了轿，轿夫抬起望旧路而去。丫鬟小厮，俱随轿步行。秦重又得亲炙一番，心中愈加疑惑，挑了油担子，洋洋的去。

不过几步，只见临河有一个酒馆。秦重每常不吃酒，今日见了这女娘，心下又欢喜，又气闷，将担子放下，走进酒馆，拣个小座头坐了。酒保问道：“客人还是请客，还是独酌？”秦重道：“有上好的酒，拿来独饮三杯。时新果子一两碟，不用荤菜。”酒保斟酒时，秦重问道：“那边金漆篱门内是什么人家？”酒保道：“这是齐衙内的花园，如今王九妈住下。”秦重道：“方才看见有个小娘子上轿，是什么人？”酒保道：“这是有名的粉头，叫做王美娘，人都称为花魁娘子。他原是汴京人，流落在此。吹弹歌舞，琴棋书画，件件皆精。来往的都是大头儿，要十两放光才宿一夜哩！可知小可的也近他不得。当初住在涌金门外，因楼房狭窄，齐舍人与他相厚。半载之前，把这花园借与他住。”

秦重听得说是汴京人，触了个乡里之念，心中更有一倍光景。吃了数杯，还了酒钱，挑了担子，一路走，一路的肚中打稿道：“世间有这样美貌的女子，落于娼家，岂不可惜！”又自家暗笑道：“若不落于娼家，我卖油的怎生得见！”又想一回，越发痴起来了，道：“人生一世，草生一秋。若得这等美人搂抱了睡一夜，死也甘心。”

又想一回道："呸！我终日挑这油担子，不过日进分文，怎么想这等非分之事！正是癞蛤蟆在阴沟里想着天鹅肉吃，如何到口！"又想一回道："他相交的，都是公子王孙。我卖油的，纵有了银子，料他也不肯接我。"又想一回道："我闻得做老鸨的，专要钱钞。就是个乞儿，有了银子，他也就肯接了，何况我做生意的，清清白白之人。若有了银子，怕他不接！只是哪里来这几两银子？"一路上胡思乱想，自言自语。

你道天地间有这等痴人，一个做小经纪的，本钱只有三两，却要把十两银子去嫖那名妓，可不是个春梦！

自古道：有志者事竟成。被他千思万想，想出一个计策来。他道："从明日为始，逐日将本钱扣出，余下的积攒上去。一日积得一分，一年也有三两六钱之数。只消三年，这事便成了。若一日积得二分，只消得年半。若再多得些，一年也差不多了。"

想来想去，不觉走到家里，开锁进门。只因一路上想着许多闲事，回来看了自家的床铺，惨然无欢，连夜饭也不要吃，便上了床。这一夜翻来覆去，牵挂着美人，哪里睡得着。

只因月貌花容，引起心猿意马。

挨到天明，爬起来，就装了油担，煮早饭吃了，锁了门，挑着担子，一径走到王九妈家去。进了门，却不敢直入，舒着头，往里面张望。王九妈恰才起床，还蓬着头，正吩咐保儿买饭菜。秦重认得声音，叫声："王妈妈！"九妈往外一张，见是秦卖油，笑道："好忠厚人！果然不失信。"便叫他挑担进来，称了一瓶，约有五斤多重，公道还钱，秦重并不争论。王九妈甚是欢喜，道："这瓶油，只够我家两日用。但隔一日，你便送来，我不往别处去买油。”

秦重应诺，挑担而出。只恨不曾遇见花魁娘子：“且喜扳下主顾，少不得一次不见二次见；二次不见三次见。只是一件，特为王九妈一家挑这许多路来，不是做生意的勾当。这昭庆寺是顺路，今日寺中虽然不做功德，难道寻常不用油的？我且挑担去问他。若扳得各房头做个主顾，只消走钱塘门这一路，那一担油尽够出脱了。”

秦重挑担到寺内问时，原来各房和尚也正想着秦卖油，来得正好，多少不等，各各买他的油。秦重与各房约定，也是间一日便送油来用。这一日是个双日，自此日为始，但是单日，秦重别街道上做买卖；但是双日，就走钱塘门这一路。一出钱塘门，先到王九妈家里，以卖油为名，去看花魁娘子。有一日会见，也有一日不会见。不见时费了一场思想，便见时也只添了一层思想。正是：

天长地久有时尽，此恨此情无尽期。

再说秦重到了王九妈家多次，家中大大小小，没一个不认得是秦卖油。时光迅速，不觉一年有余。日大日小，只拣足色细丝，或积三分，或积二分，再少也积下一分。凑得几钱，又打换大块头。日积月累，有了一大包银子，零星凑集，连自己也不知多少。

其日是单日，又值大雨，秦重不出去做买卖，看了这一大包银子，心中也自喜欢。“趁今日空闲，我把他上一上天平，见个数目。”打个油伞，走到对门倾银铺里，借天平兑银。那银匠好不轻薄，想着：“卖油的多少银子，要架天平？只把个五两头等子与他，还怕用不着头纽哩！”秦重把银包解开，都是散碎银两，大凡成锭的见少，散碎的就见多。

银匠是小辈，眼孔极浅，见了许多银子，别是一番面目，想道：“人不可貌相，海水不可斗量。”慌忙架起天平，搬出若大若小许多砝码。秦重尽包而兑，一厘不多，一厘不少，刚刚一十六两之数，上秤便是一斤。秦重心下想道：“除去了三两本钱，余下的做一夜花柳之费，还是有余。”又想道：“这样散碎银子，怎好出手？拿出来也被人看低了！现成倾银店中方便，何不倾成锭儿，还觉冠冕。”当下兑足十两，倾成一个足色大锭，再把一两八钱，倾成水丝一小锭。剩下四两二钱之数，拈一小块，还了火钱，又将几钱银子，置下镶鞋净袜，新褶了一顶万字头巾。回到家中，把衣服浆洗得干干净净，买几根安息香，熏了又熏。拣个晴明好日，侵早打扮起来。

虽非富贵豪华客，也是风流好后生。

秦重打扮得齐齐整整，取银两藏于袖中，把房门锁了，一径望王九妈家而来，那一时好不高兴。及至到了门首，愧心复萌，想道：“时常挑了担子在他家卖油，今日忽地去做嫖客，如何开口？”正在踌躇之际，只听得呀的一声门响，王九妈走将出来。见了秦重，便道：“秦小官今日怎的不做生意，打扮得恁般齐楚，往哪里去贵干？”

事到其间，秦重只得老着脸，上前作揖，妈妈也不免还礼。秦重道：“小可并无别事，专来拜望妈妈。”那鸨儿是老积年，见貌辨色，见秦重恁般装束，又说拜望，“一定是看上了我家哪个丫头，要嫖一夜，或是会一个房[1]。虽然不是个大势主菩萨，搭在篮里便是菜，捉在篮里便是蟹，赚他钱把银子买葱菜，也是好的。”便满脸堆

1 会一个房：嫖一次，与嫖一夜不同。

下笑来，道：“秦小官拜望老身，必有好处。”秦重道：“小可有句不识进退的言语，只是不好启齿。”王九妈道：“但说何妨，且请到里面客坐里细讲。”秦重为卖油虽曾到王家整百次，这客坐里交椅，还不曾与他屁股做个相识，今日是个会面之始。

王九妈到了客坐，不免分宾而坐，对着内里唤茶。少顷，丫鬟托出茶来，看时却是秦卖油，正不知什么缘故，妈妈恁般相待，格格低了头只是笑。王九妈看见，喝道：“有甚好笑！对客全没些规矩！”丫鬟止住笑，收了茶杯自去。王九妈方才开言问道：“秦小官有甚话，要对老身说？”秦重道：“没有别话。要在妈妈宅上请一位姐姐吃杯酒儿。”九妈道：“难道吃寡酒？一定要嫖了。你是个老实人，几时动这风流之兴？”秦重道：“小可的积诚，也非止一日。”九妈道：“我家这几个姐姐，都是你认得的，不知你中意哪一位？”秦重道：“别个都不要，单单要与花魁娘子相处一宵。”

九妈只道取笑他，就变了脸道：“你出言无度，莫非奚落老娘么？”秦重道：“小可是个老实人，岂有虚情。”九妈道：“粪桶也有两个耳朵，你岂不晓得我家美儿的身价！倒了你卖油的灶，还不够半夜歇钱哩！不如将就拣一个适兴罢。”

秦重把头一缩，舌头一伸，道：“恁地好卖弄！不敢动问，你家花魁娘子一夜歇钱要几千两？”九妈见他说耍话，却又回嗔作喜，带笑而言道：“哪要许多？只要得十两敲丝[1]，其他东道杂费，不在其内。”秦重道：“原来如此，不为大事。”袖中摸出这秃秃里一大锭放光细丝银子，递与鸨儿道：“这一锭十两重，足色足数，请妈妈收着。”又摸出一小锭来，也递与鸨儿，又道：“这一小锭，重有二

1 敲丝：纹银。银子上有钢印圆丝纹，叫做敲丝。

两，相烦备个小东。望妈妈成就小可这件好事，生死不忘，日后再有孝顺。”

九妈见了这锭大银，已自不忍释手，又恐怕他一时高兴，日后没了本钱，心中懊悔，也要尽他一句才好。便道：“这十两银子，你做经纪的人，积攒不易，还要三思而行。”秦重道：“小可主意已定，不要你老人家费心。”

九妈把这两锭银子收于袖中，道：“是便是了，还有许多烦难哩！”秦重道：“妈妈是一家之主，有甚烦难？”九妈道：“我家美儿，往来的都是王孙公子，富室豪家，真个是‘谈笑有鸿儒，往来无白丁。’他岂不认得你是做经纪的秦小官，如何肯接你？”秦重道：“但凭妈妈怎的委曲宛转，成全其事，大恩不敢有忘！”

九妈见他十分坚心，眉头一皱，计上心来，扯开笑口道：“老身已替你排下计策，只看你缘法如何。做得成，不要喜；做不成，不要怪。美儿昨日在李学士家陪酒，还未曾回。今日是黄衙内约下游湖。明日是张山人一班清客，邀他做诗社。后日是韩尚书的公子，数日前送下东道在这里。你且到大后日来看。还有句话，这几日你且不要来我家卖油，预先留下个体面。又有句话，你穿着一身的布衣布裳，不像个上等嫖客。再来时，换件绸缎衣服，教这些丫鬟认不出你是秦小官，老娘也好与你装谎。”秦重道：“小可一一理会得。”说罢，作别出门。且歇这三日生理，不去卖油，到典铺里买了一件现成半新半旧的绸衣，穿在身上，到街坊闲走，演习斯文模样。正是：

未识花院行藏[1]，先习孔门规矩。

---

1 行藏：底细、来历。

丢过那三日不提。到第四日，起个清早，便到王九妈家去。去得太早，门还未开，意欲转一转再来。这番装扮稀奇，不敢到昭庆寺去，恐怕和尚们批点，且到十景塘散步。良久又踅转来，王九妈家门已开了。那门前却安顿得有轿马，门内有许多仆从，在那里闲坐。秦重虽然老实，心下倒也乖巧，且不进门，悄悄的招那马夫问道："这轿马是谁家的？"马夫道："韩府里来接公子的。"秦重已知韩公子夜来留宿，此时还未曾别。重复转身，到一个饭店之中，吃了些现成茶饭，又坐了一回，方才到王家探信。

只见门前轿马已自去了。进得门时，王九妈迎着，便道："老身得罪，今日又不得工夫了。恰才韩公子拉去东庄赏早梅，他是个长嫖，老身不好违拗。闻得说，来日还要到灵隐寺，访个棋师赌棋哩！齐衙内又来约过两三次了，这是我家房主，又是辞不得的。他来时，或三日五日的住了去，连老身也定不得个日子。秦小官，你真个要嫖，只索耐心再等几时。不然，前日的尊赐，分毫不动，要便奉还。"秦重道："只怕妈妈不作成。若还迟，终无失，就是一万年，小可也情愿等着。"九妈道："恁地时，老身便好张主。"

秦重作别，方欲起身，九妈又道："秦小官人，老身还有句话。你下次若来讨信，不要早了，约莫申牌时分，有客没客，老身把个实信与你。倒是越晏些越好，这是老身的妙用，你休错怪。"秦重连声道："不敢，不敢！"这一日秦重不曾做买卖。次日，整理油担，挑往别处去生理，不走钱塘门一路。每日生意做完，傍晚时分就打扮齐整，到王九妈家探信。只是不得工夫，又空走了一月有余。

那一日是十二月十五，大雪方霁，西风过后，积雪成冰，好不寒冷，却喜地下干燥。秦重做了大半日买卖，如前装扮，又去探信。王九妈笑容可掬，迎着道："今日你造化，已是九分九厘了。"秦重道：“这一厘是欠着什么？”九妈道：“这一厘么？正主儿还不在家。”秦重道：“可回来么？”九妈道：“今日是俞太尉家赏雪，筵席就备在湖船之内。俞太尉是七十岁的老人家，风月之事，已是没分，原说过黄昏送来。你且到新人房里，吃杯烫风酒，慢慢的等他。”秦重道：“烦妈妈引路。”

王九妈引着秦重，弯弯曲曲，走过许多房头，到一个所在，不是楼房，却是个平屋三间，甚是高爽。左一间是丫鬟的空房，一般有床榻桌椅之类，却是备官铺的；右一间是花魁娘子卧室，锁着在那里，两旁又有耳房。中间客座，上面挂一幅名人山水，香几上博山古铜炉，烧着龙涎香饼，两旁书桌，摆设些古玩，壁上贴许多诗稿。秦重愧非文人，不敢细看。心下想道：“外房如此整齐，内室铺陈，必然华丽，今夜尽我受用。十两一夜，也不为多！”九妈让秦小官坐于客位，自己主位相陪。少顷之间，丫鬟掌灯过来，抬下一张八仙桌儿，六碗时新果子，一架攒盒佳肴美酝，未曾到口，香气扑人。

九妈执盏相劝：“今日众小女都有客，老身只得自陪，请开怀畅饮几杯。”秦重酒量本不高，况兼正事在心，只吃半杯。吃了一会，便推不饮。九妈道：“秦小官想饿了，且用些饭再吃酒。”丫鬟捧着雪花白米饭，一吃一添，放于秦重面前，就是一盏杂和汤。鸨儿量高，不用饭，以酒相陪。秦重吃了一碗，就放箸。九妈道：“夜长哩，再请些。”秦重又添了半碗。丫鬟提个行灯来，说：“浴汤热了，请客官洗浴。”

秦重原是洗过澡来的，不敢推托，只得又到浴堂，肥皂香汤，洗了一遍，重复穿衣入坐。九妈命撤去肴盒，用暖锅下酒。此时黄昏已绝，昭庆寺里的钟都撞过了，美娘尚未回来。

玉人何处贪欢耍，等得情郎望眼穿！

常言道：等人心急。秦重不见婊子回家，好生气闷。却被鸨儿夹七夹八，说些风话劝酒，不觉又过了一更天气。只听得外面热闹闹的，却是花魁娘子回家。

丫鬟先来报了，九妈连忙起身出迎，秦重也离坐而立。只见美娘吃得大醉，侍女扶将进来，到于门首，醉眼朦胧，看见房中灯烛辉煌，杯盘狼藉，立住脚问道："谁在这里吃酒？"

九娘道："我儿，便是我向日与你说的那秦小官人。他心中慕你，多时的送过礼来。因你不得工夫，耽搁他一月有余了。你今日幸而得空，做娘的留他在此伴你。"美娘道："临安郡中，并不闻说起有什么秦小官人！我不去接他。"转身便走。九妈双手托开，急忙拉住道："他是个至诚好人，娘不误你。"美娘只得转身，才跨进房门，抬头一看那人，有些面善，一时醉了，急切叫不出来，便道："娘，这个人我认得他的，不是有名称的子弟。接了他，被人笑话。"九妈道："我儿，这是涌金门内开缎铺的秦小官人。当初我们住在涌金门时，想你也曾会过，故此面善。你莫识认错了。做娘的见他来意志诚，一时许了他，不好失信。你看做娘的面上，胡乱留他一晚。做娘的晓得不是了，明日却与你赔礼。"一头说，一头推着美娘的肩头向前。美娘拗妈妈不过，只得进房相见。正是：

千般难出虔婆口，万般难脱虔婆手。
饶君纵有万千般，不如跟着虔婆走。

这些言语，秦重一句句都听得，佯为不闻。美娘万福过了，坐于侧首。仔细看着秦重，好生疑惑，心里甚是不悦，默默无言。唤丫鬟将热酒来，斟着大盅。

鸨儿只道他敬客，却自家一饮而尽。九妈道："我儿醉了，少吃些么！"美儿哪里依他，答应道："我不醉！"一连吃上十来杯。这是酒后之酒，醉中之醉，自觉立脚不住。唤丫鬟开了卧房，点上银缸[1]，也不卸头，也不解带，躧脱了绣鞋，和衣上床，倒身而卧。鸨儿见女儿如此做作，甚不过意，对秦重道："小女平日惯了，他专会使性。今日他心中不知为什么有些不自在，却不干你事，休得见怪！"

秦重道："小可岂敢！"鸨儿又劝了秦重几杯酒，秦重再三告止。鸨儿送入卧房，向耳旁吩咐道："那人醉了，放温存些。"又叫道："我儿起来，脱了衣服，好好的睡。"美娘已在梦中，全不答应，鸨儿只得去了。

丫鬟收拾了杯盘之类，抹了桌子，叫声："秦小官人，安置罢。"秦重道："有热茶要一壶。"丫鬟泡了一壶浓茶，送进房里，带转房门，自去耳房中安歇。秦重看美娘时，面对里床，睡得正熟，把锦被压在身下。秦重想酒醉之人，必然怕冷，又不敢惊醒他。忽见栏杆上又放着一床大红纻丝的锦被。轻轻的取下，盖在美娘身上。把银灯挑得亮亮的，取了这壶热茶，脱鞋上床，挨在美娘身边，左手抱着茶壶在怀，右手搭在美娘身上，眼也不敢闭一闭。正是：

未曾握雨携云，也算偎香倚玉。

却说美娘睡到半夜，醒将转来，自觉酒力不胜，胸中似有满溢之

1 银缸：银白色的灯盏、烛台。

状。爬起来，坐在被窝中，垂着头，只管打干哕。秦重慌忙也坐起来，知他要吐，放下茶壶，用手抚摩其背。良久，美娘喉间忍不住了，说时迟，那时快，美娘放开喉咙便吐。

秦重怕污了被窝，把自己道袍的袖子张开，罩在他嘴上。美娘不知所以，尽情一呕，呕毕，还闭着眼，讨茶漱口。秦重下床，将道袍轻轻脱下，放在地平之上。摸茶壶还是暖的，斟上一瓯香喷喷的浓茶，递与美娘。美娘连吃了二碗，胸中虽然略觉豪燥，身子兀自倦怠，仍旧倒下，向里睡去了。秦重脱下道袍，将吐下一袖的腌臜，重重裹着，放于床侧，依然上床，拥抱似初。

美娘那一觉直睡到天明方醒，覆身转来，见旁边睡着一人，问道："你是哪个？"秦重答道："小可姓秦。"美娘想起夜来之事，恍恍惚惚，不甚记得真了，便道："我夜来好醉！"秦重道："也不甚醉。"又问："可曾吐么？"秦重道："不曾。"美娘道："这样还好。"又想一想道："我记得曾吐过的，又记得曾吃过茶来，难道做梦不成？"秦重方才说道："是曾吐来。小可见小娘子多了杯酒，也防着要吐，把茶壶暖在怀里。小娘子果然吐后讨茶，小可斟上，蒙小娘子不弃，饮了两瓯。"

美娘大惊道："脏巴巴的，吐在哪里？"秦重道："恐怕小娘子污了被褥，是小可把袖子盛了。"美娘道："如今在哪里？"秦重道："连衣服裹着，藏过在那里。"美娘道："可惜坏了你一件衣服。"秦重道："这是小可的衣服，有幸得沾小娘子的余沥。"美娘听说，心下想道："有这般识趣的人！"心里已有四五分欢喜了。

此时天色大明，美娘起身，下床小解。看着秦重，猛然想起是秦卖油，遂问道："你实对我说，是什么样人？为何昨夜在此？"秦重道："承花魁娘子下问，小子怎敢妄言。小可实是常来宅上卖油的秦重。"

遂将初次看见送客，又看见上轿，心下想慕之极，及积攒嫖钱之事，备细述了一遍。“夜来得亲近小娘子一夜，三生有幸，心满意足。”

美娘听说，愈加可怜，道：“我昨夜酒醉，不曾招接得你。你干折了许多银子，莫不懊悔？”秦重道：“小娘子天上神仙，小可唯恐服侍不周，但不见责，已为万幸，况敢有非意之望！”美娘道：“你做经纪的人，积下些银两，何不留下养家？此地不是你来往的。”秦重道：“小可单只一身，并无妻小。”

美娘顿了一顿，便道：“你今日去了，他日还来么？”秦重道：“只这昨宵相亲一夜，已慰生平，岂敢又作痴想！”美娘想道：“难得这好人，又忠厚，又老实，又且知情识趣，隐恶扬善，千百中难遇此一人。可惜是市井之辈，若是衣冠子弟，情愿委身事之。”正在沉吟之际，丫鬟捧洗脸水进来，又是两碗姜汤。秦重洗了脸，因夜来未曾脱帻，不用梳头，呷了几口姜汤，便要告别。

美娘道：“少住不妨，还有话说。”秦重道：“小可仰慕花魁娘子，在旁多站一刻，也是好的。但为人岂不自揣！夜来在此，实是大胆，唯恐他人知道，有玷芳名，还是早些去了安稳。”美娘点了一点头，打发丫鬟出房，忙忙的开了减妆[1]，取出二十两银子，送与秦重道：“昨夜难为了你，这银两权奉为资本，莫对人说。”

秦重哪里肯受。美娘道：“我的银子，来路容易。这些须酬你一宵之情，休得固逊。若本钱缺少，异日还有助你之处。那件污秽的衣服，我叫丫鬟湔洗干净了还你罢。”秦重道：“粗衣不烦小娘子费心，小可自会湔洗。只是领赐不当。”美娘道：“说哪里话！”将银子挜在秦重袖内，推他转身。秦重料难推却，只得受了，深深作揖，卷了脱下这件

---

1 减妆：梳妆匣。

龌龊道袍，走出房门。打从鸨儿房前经过，鸨儿看见，叫声：“妈妈！秦小官去了！”王九妈正在净桶上解手，口中叫道：“秦小官，如何去得恁早？”秦重道：“有些贱事，改日特来称谢！”

不说秦重去了，且说美娘与秦重虽然没点相干，见他一片诚心，去后好不过意。这一日因害酒，辞了客在家将息，千个万个孤老都不想，倒把秦重整整的想了一日。有《挂枝儿》为证：

> 俏冤家，须不是串花家的子弟，你是个做经纪本分人儿。哪匡[1]你会温存，能软款，知心知意。料你不是个使性的，料你不是个薄情的。几番待放下思量也，又不觉思量起。

话分两头，再说邢权在朱十老家，与兰花情熟，见朱十老病废在床，全无顾忌。十老发作了几场。两个商量出一条计策来，俟夜静更深，将店中资本席卷，双双的逃之夭夭，不知去向。次日天明，十老方知。央及邻里，出了个失单，寻访数日，并无动静。深悔当日不合为邢权所惑，逐了朱重。如今日久见人心，闻说朱重赁居众安桥下，挑担卖油，不如仍旧收拾他回来，老死有靠。只怕他记恨在心，教邻舍好生劝他回家，但记好，莫记恶。秦重一闻此言，即日收拾了家伙，搬回十老家里。相见之间，痛哭了一场。十老将所存囊橐，尽数交付秦重。秦重自家又有二十余两本钱，重整店面，坐柜卖油。因在朱家，仍称朱重，不用秦字。

不上一月，十老病重，医治不痊，呜呼哀哉！朱重捶胸大恸，如亲父一般，殡殓成服，七七做了些好事。朱家祖坟在清波门外，朱重

---

1 哪匡：哪想。

举丧安葬，事事成礼，邻里皆称其厚德。

事定之后，仍先开铺。原来这油铺是个老店，从来生意原好，却被邢权刻剥存私，将主顾弄断了多少。今见朱小官在店，谁家不来作成？所以生理比前越盛。

朱重单身独自，急切要寻个老成帮手。有个惯做中人的，叫做金中，忽一日引着一个五十余岁的人来。原来那人正是莘善，在汴梁城外安乐村居住。因那年避乱南奔，被官兵冲散了女儿瑶琴，夫妻两口，凄凄惶惶，东逃西窜，胡乱的过了几年。今日闻临安兴旺，南渡人民，大半安插在彼。诚恐女儿流落此地，特来寻访，又没消息。身边盘缠用尽，欠了饭钱，被饭店中终日赶逐，无可奈何。偶然听见金中说起朱家油铺，要寻个卖油帮手。自己曾开过六陈铺子，卖油之事，都则在行。况朱小官原是汴京人，又是乡里，故此央金中引荐到来。

朱重问了备细，乡人见乡人，不觉感伤："既然没处投奔，你老夫妻两口，只住在我身边，只当个乡亲相处，慢慢的访着令爱消息，再作区处。"当下取两贯钱把与莘善，去还了饭钱，连浑家阮氏也领将来，与朱重相见了。收拾一间空房，安顿他老夫妻在内。两口儿也尽心竭力，内外相帮，朱重甚是欢喜。

光阴似箭，不觉一年有余。多有人见朱小官年长未娶，家道又好，做人又志诚，情愿白白把女儿送他为妻。朱重因见了花魁娘子，十分容貌，等闲的不看在眼，立心要访求个出色的女子，方才肯成亲。以此日复一日，耽搁下去。正是：

曾观沧海难为水，除却巫山不是云。

再说王美娘在九妈家，盛名之下，朝欢暮乐，真个口厌肥甘，身嫌锦绣。然虽如此，每遇不如意之处，或是子弟们任情使性，吃醋挑槽[1]，或自己病中醉后，半夜三更，没人疼热，就想起秦小官人的好处来，只恨无缘再会。也是他桃花运尽，合当变更，一年之后，生出一段事端来。

却说临安城中，有个吴八公子，父亲吴岳，见为福州太守。这吴八公子，新从父亲任上回来，广有金银，平昔间也喜赌钱吃酒，三瓦两舍走动。闻得花魁娘子之名，未曾识面，屡屡遣人来约，欲要嫖他。美娘闻他气质不好，不愿相接，托故推辞，非止一次。那吴八公子也曾和着闲汉们亲到王九妈家几番，都不曾会。

其时清明节届，家家扫墓，处处踏青。美娘因连日游春困倦，且是积下许多诗画之债，未曾完得，吩咐家中："一应客来，都与我辞去！"闭了房门，焚起一炉好香，摆设文房四宝，方欲举笔，只听得外面沸腾，却是吴八公子，领着十余个狠仆，来接美娘游湖。因见鸨儿每次回他，在中堂行凶，打家打伙，直闹到美娘房前，只见房门锁闭。

原来妓家有个回客法儿，小娘躲在房内，却把房门反锁，支吾客人，只推不在。那老实的就被他哄过了，吴公子是惯家，这些套子，怎地瞒得。吩咐家人扭断了锁，把房门一脚踢开。美娘躲身不迭，被公子看见，不由分说，教两个家人，左右牵手，从房内直拖出房外来，口中兀自乱嚷乱骂。王九妈欲待上前赔礼解劝，看见势头不好，只得闪过。家中大小，躲得没半个影儿。

吴家狠仆牵着美娘，出了王家大门，不管他弓鞋窄小，望街上飞跑。八公子在后，扬扬得意。直到西湖口，将美娘掇下了湖船，方才放手。美娘十二岁到王家，锦绣中养成，珍宝般供养，何曾受恁般

---

1 挑槽：亦作"跳槽"。指嫖客抛弃原来相好的妓女，见异而迁。

凌贱。下了船，对着船头，掩面大哭。吴八公子全不放下面皮，气忿忿的像关云长单刀赴会，一把交椅，朝外而坐，狠仆侍立于旁。一面吩咐开船，一面数一数二的发作一个不住："小贱人，小娼根！不受人抬举！再哭时，就讨打了！"美娘哪里怕他，哭之不已。船至湖心亭，吴八公子吩咐摆盒在亭子内，自己先上去了，却吩咐家人："叫那小贱人来陪酒！"

美娘抱住了栏杆，哪里肯去，只是嚎哭。吴八公子也觉没兴，自己吃了几杯淡酒，收拾下船，自来扯美娘。美娘双脚乱跳，哭声愈高。八公子大怒，教狠仆拔去簪珥。美娘蓬着头，跑到船头上，就要投水，被家童们扶住。公子道："你撒赖便怕你不成！就是死了，也只费得我几两银子，不为大事。只是送你一条性命，也是罪过。你住了啼哭时，我就放你回去，不难为你。"美娘听说放他回去，真个住了哭。八公子吩咐移船到清波门外僻静之处，将美娘绣鞋脱下，去其裹脚，露出一对金莲，如两条玉笋相似。教狠仆扶他上岸，骂道："小贱人！你有本事，自走回家，我却没人相送。"说罢，一篙子撑开，再向湖中而去。正是：

焚琴煮鹤从来有，惜玉怜香几个知。

美娘赤了脚，寸步难行，思想："自己才貌两全，只为落于风尘，受此轻贱。平昔枉自结识许多王孙贵客，急切用他不着，受了这般凌辱，就是回去，如何做人？倒不如一死为高。只是死得没些名目，枉自享个盛名，到此地位，看着村庄妇人，也胜我十二分。这都是刘四妈这个花嘴，哄我落坑堕堑，致有今日！自古红颜薄命，亦未必如我之甚！"越思越苦，放声大哭。

事有偶然，却好朱重那日到清波门外朱十老的坟上，祭扫过了，打发祭物下船，自己步回，从此经过。闻得哭声，上前看时，虽然蓬头垢面，那玉貌花容，从来无两，如何不认得。吃了一惊，道：“花魁娘子，如何这般模样？”

美娘哀哭之际，听得声音厮熟，止啼而看，原来正是知情识趣的秦小官。美娘当此之际，如见亲人，不觉倾心吐胆，告诉他一番。朱重心中十分疼痛，亦为之流泪。袖中带得有白绫汗巾一条，约有五尺多长，取出劈半扯开，奉与美娘裹脚，亲手与他拭泪。又与他挽起青丝，再三把好言宽解。等待美娘哭定，忙去唤个暖轿，请美娘坐了，自己步送，直到王九妈家。

九妈不得女儿消息，在四处打探，慌迫之际，见秦小官送女儿回来，分明送一颗夜明珠还他，如何不喜！况且鸨儿一向不见秦重挑油上门，多曾听得人说，他承受了朱家的店业，手头活动，体面又比前不同，自然刮目相待。又见女儿这等模样，问其缘故，已知女儿吃了大苦，全亏了秦小官，深深拜谢，设酒相待。日已向晡，秦重略饮数杯，起身作别。美娘如何肯放，道：“我一向有心于你，恨不得你见面。今日定然不放你空去！”鸨儿也来扳留。秦重喜出望外。

是夜，美娘吹弹歌舞，曲尽生平之技，奉承秦重。秦重如做了一个游仙好梦，喜得魄荡魂消，手舞足蹈。夜深酒阑，二人相挽就寝。云雨之事，其美满更不必言：

一个是足力后生，一个是惯情女子。这边说，三年怀想，费几多役梦劳魂；那边说，一载相思，喜侥幸粘皮贴肉。一个谢前番帮衬，合今番恩上加恩；一个谢今夜总成，比前夜爱中添爱。红粉妓倾翻粉盒，罗帕留痕；卖油郎打泼油瓶，被窝沾湿。可笑村儿干折本，做成小丫弄风流。

云雨已罢，美娘道："我有句心腹之言与你说，你休得推托。"秦重道："小娘子若用得着小可时，就赴汤蹈火，亦所不辞，岂有推托之理？"美娘道："我要嫁你！"

秦重笑道："小娘子就嫁一万个，也还数不到小可头上，休得取笑，枉自折了小可的食料[1]。"美娘道："这话实是真心，怎说取笑二字！我自十四岁被妈妈灌醉，梳弄过了，此时便要从良，只为未曾相处得人，不辨好歹，恐误了终身大事。以后相处的虽多，都是豪华之辈，酒色之徒，但知买笑追欢的乐意，哪有怜香惜玉的真心。看来看去，只有你是个志诚君子，况闻你尚未娶亲，若不嫌我烟花贱质，情愿举案齐眉，白头奉侍。你若不允之时，我就将三尺白罗，死于君前，表白我一片诚心，也强如昨日死于村郎之手，没名没目，惹人笑话。"说罢，呜呜的哭将起来。

秦重道："小娘子休得悲伤。小可承小娘子错爱，将天就地，求之不得，岂敢推托？只是小娘子千金声价，小可家贫力薄，如何摆布，也是力不从心了。"美娘道："这却不妨。不瞒你说，我只为从良一事，预先积攒些东西，寄顿在外，赎身之费，一毫不费你心力。"秦重道："就是小娘子自己赎身，平昔住惯了高堂大厦，享用了锦衣玉食，在小可家，如何过活？"美娘道："布衣蔬食，死而无怨！"秦重道："小娘子虽然……只怕妈妈不从！"美娘道："我自有道理。"如此如此，这般这般，两个直说到天明。

原来黄翰林的衙内，韩尚书的公子，齐太尉的舍人，这几个相知

---

1 折了小可的食料：折了小人的寿命。

的人家，美娘都寄顿得有箱笼。美娘只推要用，陆续取到密地，约下秦重，教他收置在家。然后一乘轿子，抬到刘四妈家，诉以从良从事。刘四妈道：“此事老身前日原说过的。只是年纪还早，又不知你要从哪一个？”美娘道：“姨娘，你莫管是甚人，少不得依着姨娘的言语，是个真从良，乐从良，了从良；不是那不真、不假、不了、不绝的勾当。只要姨娘肯开口时，不愁妈妈不允。做侄女的别没孝顺，只有十两金子，奉与姨娘，胡乱打些钗子。是必在妈妈前做个方便，事成之时，媒礼在外。”

刘四妈看见这金子，笑得眼儿没缝，便道：“自家儿女，又是美事，如何要你的东西！这金子权时领下，只当与你收藏，此事都在老身身上。只是你的娘，把你当个摇钱之树，等闲也不轻放你出去，怕不要千把银子！那主儿可是肯出手的么？也得老身见他一见，与他讲通方好。”美娘道：“姨娘莫管闲事，只当你侄女自家赎身便了。”刘四妈道：“妈妈可晓得你到我家来？”美娘道：“不晓得。”四妈道：“你且在我家便饭，待老身先到你家，与妈妈讲，讲得通时，然后来报你。”

刘四妈雇乘轿子，抬到王九妈家，九妈相迎入内。刘四妈问起吴八公子之事，九妈告诉了一遍。

四妈道：“我们行户人家，倒是养成个半低不高的丫头，尽可赚钱，又且安稳。不论什么客就接了，倒是日日不空的。侄女只为声名大了，好似一块鲞鱼[1]落地，马蚁儿都要钻他。虽然热闹，却也不得自在。说便许多一夜，也只是个虚名。那些王孙公子来一遍，动不动有几个帮闲，连宵达旦，好不费事。跟随的人又不少，个个要奉承

1 鲞鱼：干鱼。

得他到，一些不到之处，口里就出粗哩嗹罗嗹的骂人，还要弄损你家伙，又不好告诉得他家主，受了若干闷气。况且山人墨客，诗社棋社，少不得一月之内，又有几日官身[1]。这些富贵子弟，你争我夺，依了张家，违了李家，一边喜，少不得一边怪了。就是吴八公子这一个风波，吓杀人的，万一失差，却不连本送了？官宦人家，与他打官司不成，只索忍气吞声。今日还亏着你家时运高，太平没事，一个霹雳空中过去了。倘然山高水低，悔之无及。妹子闻得吴八公子不怀好意，还要与你家索闹。侄女的性气又不好，不肯奉承人，第一这一件，乃是个惹祸之本。"

九妈道："便是这件，老身好不担忧。就是这八公子，也是有名有称的人，又不是下贱之人，这丫头抵死不肯接他，惹出这场寡气。当初他年纪小时，还听人教训。如今有了个虚名，被这些富贵子弟夸他奖他，惯了他情性，骄了他气质，动不动自作自主。逢着客来，他要接便接。他若不情愿时，便是九牛也休想牵得他转！"刘四妈道："做小娘的略有些身份，都则如此。"

王九妈道："我如今与你商议，倘若有个肯出钱的，不如卖了他去，倒得干净，省得终身担着鬼胎过日。"刘四妈道："此言甚妙！卖了他一个，就讨得五六个。若凑巧撞得着相应的，十来个也讨得的。这等便宜事，如何不做！"王九妈道："老身也曾算计过来。那些有势有力的不肯出钱，专要讨人便宜。及至肯出几两银子的，女儿又嫌好道歉，做张做智[2]的不肯。若有好主儿，妹子做媒，作成则个。倘若这丫头不肯时节，还求你撺掇。这丫头做娘的话也不听，只

---

1 官身：官差。登记的妓女，有支应官府呼唤、喝酒唱歌的义务。
2 做张做智：装模作样、故作姿态。

你说得他信，话得他转。”

刘四妈呵呵大笑道：“做妹子的此来，正为与侄女做媒。你要许多银子便肯放他出门？”九妈道：“妹子，你是明理的人。我们这行户中，只有贱买，哪有贱卖？况且美儿数年盛名满临安，谁不知他是花魁娘子！难道三百四百，就容他走动？少不得要他千金。”刘四妈道：“待妹子去讲，若肯出这个数目，做妹子的便来多口。若合不着时，就不来了。”临行时，又故意问道：“侄女今日在哪里？”王九妈道：“不要说起，自从那日吃了吴八公子的亏，怕他还来淘气，终日里抬个轿子，各宅去分诉。前日在齐太尉家，昨日在黄翰林家，今日又不知在哪家去了！”刘四妈道：“有了你老人家做主，按定了坐盘星，也不容侄女不肯。万一不肯时，做妹子自会劝他。只是寻得主顾来，你却莫要捉班做势[1]。”九妈道：“一言既出，并无他说！”九妈送至门首。刘四妈叫声咶噪，上轿去了。这才是：

> 数黑论黄雌陆贾，说长话短女随何。
> 若还都像虔婆口，尺水能兴万丈波。

刘四妈回到家中，与美娘说道：“我对你妈妈如此说，这般讲，你妈妈已自肯了。只要银子见面，这事立地便成！”美娘道：“银子已曾办下，明日姨娘千万到我家来，玉成其事。不要冷了场，改日又费讲。”四妈道：“既然约定，老身自然到宅。”美娘别了刘四妈，回家一字不提。

次日午牌时分，刘四妈果然来了。王九妈问道：“所事如何？”

1 捉班做势：装模作样、拿架子。

四妈道：“十有八九，只不曾与侄女说过。”四妈来到美娘房中，两下相叫了，讲了一回说话。四妈道：“你的主儿到了不曾？那话儿在哪里？”美娘指着床头道：“在这几只皮箱里。”美娘把五六只皮箱一时都开了，五十两一封，搬出十三四封来，又把些金珠宝玉算价，足够千金之数。把个刘四妈惊得眼中出火，口内流涎，想道：“小小年纪，这等有肚肠！不知如何设法，积下许多东西？我家这几个粉头，一般接客，赶得着他哪里！不要说不会生发，就是有几文钱在荷包里，闲时买瓜子磕，买糖儿吃，两条脚带破了，还要做妈的与他买布哩！偏生九阿姐造化，讨得着，年时赚了若干钱钞，临出门还有这一主大财，又是取诸宫中[1]，不劳余力。”这是心中暗想之语，却不曾说出来。

美娘见刘四妈沉吟，只道他作难索谢，慌忙又取出四匹潞绸，两股宝钗，一对凤头玉簪，放在桌上，道：“这几件东西，奉与姨娘为伐柯之敬[2]。”刘四妈欢天喜地对王九妈说道：“侄女情愿自家赎身，一般身价，并不短少分毫，比着孤老赎身更好。省得闲汉们从中说合，费酒费浆，还要加一加二的谢他！”

王九妈听得说女儿皮箱内有许多东西，倒有个怫然之色。你道却是为何？世间只有鸨儿最狠，做小娘的设法些东西，都送到他手里，才是快活。也有做些私房在箱笼内，鸨儿晓得些风声，专等女儿出门，捵开锁钥，翻箱倒笼取个罄空。只为美娘盛名之下，相交都是大头儿，替做娘的挣得钱钞，又且性格有些古怪，等闲不敢触他。故此卧房里面，鸨儿的脚也不搠进去，谁知他如此有钱！

---

1 取诸宫中：取用于自己家中，极言其便利。
2 伐柯之敬：对媒人的谢仪。

刘四妈见九妈颜色不善，便猜着了，连忙道：“九阿姐，你休得三心两意。这些东西，就是侄女自家积下的，也不是你本分之钱。他若肯花费时，也花费了；或是他不长进，把来津贴了得意的孤老，你也哪里知道！这还是他做家的好处。况且小娘自己手中没有钱钞，临到从良之际，难道赤身赶他出门？少不得头上脚下都要收拾得光鲜，等他好去别人家做人。如今他自家拿得出这些东西，料然一丝一线不费你的心。这一主银子，是你完完全全鳖在腰胯里的。他就赎身出去，怕不是你女儿！倘然他挣得好时，时朝月节，怕他不来孝顺你？就是嫁了人时，他又没有亲爹亲娘，你也还去做得着他的外婆，受用处正有哩！”

只这一套话，说得王九妈心中爽然，当下应允。刘四妈就去搬出银子，一封封兑过，交付与九妈，又把这些金珠宝玉，逐件指物作价，对九妈说道：“这都是做妹子的故意估下他些价钱，若换与人，还便宜得几十两银子。”王九妈虽同是个鸨儿，倒是个老实头儿，但凭刘四妈说话，无有不纳。

刘四妈见王九妈收了这主东西，便叫亡八写了婚书，交付与美儿。美儿道：“趁姨娘在此，奴家就拜别了爹妈出门，借姨娘家住一两日，择吉从良，未知姨娘允否？”

刘四妈得了美娘许多谢礼，生怕九妈翻悔，巴不得美娘出了他门，完成一事，便道：“正该如此！”当下美娘收拾了房中自己的梳台、拜匣、皮箱、铺盖之类，但是鸨儿家中之物，一毫不动。收拾已完，随着四妈出房，拜别了假爹假妈，和那姨娘行中，都相叫了。王九妈一般哭了几声。美娘唤人挑了行李，欣然上轿，同刘四妈到刘家去。四妈出一间幽静的好房，顿下美娘行李。众小娘都来与美娘叫喜。

是晚，朱重差莘善到刘四妈家讨信，已知美娘赎身出来。择了吉日，笙箫鼓乐娶亲。刘四妈就做大媒送亲，朱重与花魁娘子花烛洞房，欢喜无限！

虽然旧事风流，不减新婚佳趣。

次日，莘善老夫妇请新人相见，各各相认，吃了一惊。问起根由，至亲三口，抱头而哭。朱重方才认得是丈人、丈母，请他上坐，夫妻二人，重新拜见。亲邻闻知，无不骇然。是日，整备筵席，庆贺两重之喜，饮酒尽欢而散。三朝之后，美娘教丈夫备下几副厚礼，分送旧相知各宅，以酬其寄顿箱笼之恩，并报他从良信息，此是美娘有始有终处。

王九妈、刘四妈家，各有礼物相送，无不感激。满月之后，美娘将箱笼打开，内中都是黄白之资，吴绫、蜀锦，何止百计，共有三千余金，都将匙钥交付丈夫，慢慢的买房置产，整顿家当。油铺生理，都是丈人莘公管理。不上一年，把家业挣得花锦般相似，驱奴使婢，甚有气象。

朱重感谢天地神明保佑之德，发心于各寺庙喜舍合殿香烛一套，供琉璃灯油三个月，斋戒沐浴，亲往拈香礼拜。先从昭庆寺起，其他灵隐、法相、净慈、天竺等寺，依次而行。

就中单说天竺寺，是观音大士的香火，有上天竺、中天竺、下天竺，三处香火俱盛，却是山路，不通舟楫。朱重叫从人挑了一担香烛，三担清油，自己乘轿而往。先到上天竺来，寺僧迎接上殿。老香火秦公点烛添香。此时朱重居移气，养移体，仪容魁岸，非复幼时面目，秦公哪里认得他是儿子。只因油桶上有个大大的秦字，又有汴梁二字，心中甚以为奇。也是天然凑巧，刚刚到上天竺，偏用着这两只油桶。朱重拈香已毕，秦公托出茶盘，主僧奉茶。

秦公问道："不敢动问施主，这油桶上为何有此三字？"朱重听得问声，带着汴梁人的土音，忙问道："老香火，你问他怎么？莫非也是汴梁人么？"秦公道："正是。"朱重道："你姓甚名谁？为何在此出家？共有几年了？"秦公把自己姓名、乡里，细细告诉："某年上避兵来此，因无活计，将十三岁的儿子秦重，过继与朱家，如今有八年之远。一向为年老多病，不曾下山问得信息。"

朱重一把抱住，放声大哭道："孩儿便是秦重！向在朱家挑油买卖，正为要访求父亲下落，故此于油桶上，写'汴梁秦'三字，做个标识。谁知此地相逢，真乃天与其便！"众僧见他父子别了八年，今朝重会，各各称奇。朱重这一日，就歇在上天竺，与父亲同宿，各叙情节。次日，取出中天竺、下天竺两个疏头[1]换过，内中朱重，仍改作秦重，复了本姓。两处烧香礼拜已毕，转到上天竺，要请父亲回家，安乐供养。

秦公出家已久，吃素持斋，不愿随儿子回家。秦重道："父亲别了八年，孩儿有缺侍奉。况孩儿新娶媳妇，也得他拜见公公方是。"秦公只得依允。秦重将轿子让与父亲乘坐，自己步行，直到家中。秦重取出一套新衣，与父亲换了，中堂设坐，同妻莘氏双双参拜。亲家莘公、亲母阮氏，齐来见礼。

此日大排筵席，秦公不肯开荤，素酒素食。次日，邻里敛财称贺，一则新婚，二则新娘子家眷团圆，三则父子重逢，四则秦小官归宗复姓，共是四重大喜，一连又吃了几日喜酒。秦公不愿家居，思想

1 疏头：做法事时焚化的祝祷表文。

上天竺故处清净出家。秦重不敢违亲之志，将银二百两，于上天竺另造净室一所，送父亲到彼居住。其日用供给，按月送去。每十日亲往候问一次，每一季同莘氏往候一次。那秦公活到八十余，端坐而化，遗命葬于本山。此是后话。

却说秦重和莘氏，夫妻偕老，生下两个孩儿，俱读书成名。至今风月中市语[1]，凡夸人善于帮衬，都叫做“秦小官”，又叫“卖油郎”。有诗为证：

春来处处百花新，蜂蝶纷纷竞采春。
堪爱豪家多子弟，风流不及卖油人。

---

1 市语：行话、江湖隐语。

# 第五卷　乔太守乱点鸳鸯谱

自古姻缘天定，不由人力谋求。有缘千里也相投，对面无缘不偶。

仙境桃花出水，宫中红叶传沟[1]。三生簿上注风流，何用冰人[2]开口。

这首《西江月》词，大抵说人的婚姻，乃前生注定，非人力可以勉强。今日听在下说一桩意外姻缘的故事，唤作“乔太守乱点鸳鸯谱”。这故事出在哪个朝代？何处地方？那故事出在大宋景祐年间，杭州府有一人姓刘，名秉义，是个医家出身。妈妈谈氏，生得一对儿女。儿子唤作刘璞，年当弱冠，一表非俗，已聘下孙寡妇的女儿珠姨为妻。那刘璞自幼攻书，学业已就。到十六岁上，刘秉义欲令他弃了书本，习学医业。刘璞立志大就，不肯改业，不在话下。女儿小名慧娘，年方一十五岁，已受了邻近开生药铺裴九老家之聘。那慧娘生得

1 宫中红叶传沟：宫女题诗于红叶上，经御沟流出，向人传递感情。
2 冰人：媒人。

姿容艳丽，意态妖娆，非常标致。怎见得？但见：

蛾眉带秀，凤眼含情；腰如弱柳迎风，面似娇花拂水。体态轻盈，汉家飞燕同称；性格风流，吴国西施并美。蕊宫仙子谪人间，月殿姮娥临下界。

不提慧娘貌美。且说刘公见儿子长大，同妈妈商议，要与他完姻。方待教媒人到孙家去说，恰好裴九老也教媒人来说，要娶慧娘。刘公对媒人道：“多多上复裴亲家，小女年纪尚幼，一些妆奁未备。须再过几时，待小儿完姻过了，方及小女之事。目下断然不能从命！”

媒人得了言语，回复裴家。那裴九老因是老年得子，爱惜如珍宝一般，恨不能风吹得大，早些儿与他毕了姻事，生男育女。今日见刘公推托，好生不喜。又央媒人到刘家说道：“令爱今年一十五岁，也不算做小了。到我家来时，即如女儿一般看待，决不难为。就是妆奁厚薄，但凭亲家，并不计论。万望亲家曲允则个。”

刘公立意先要与儿子完亲，然后嫁女，媒人往返了几次，终是不允。裴九老无奈，只得忍耐。当时若是刘公允了，却不省好些事体，只因执意不从，到后生出一段新闻，传说至今。正是：

只因一着错，满盘俱是空。

却说刘公回脱了裴家，央媒人张六嫂到孙家去说儿子的姻事。原来孙寡妇母家姓胡，嫁的丈夫孙恒，原是旧家子弟。自十六岁做亲，十七岁就生下一个女儿，唤名珠姨。才隔一岁，又生个儿子，取名孙润，小字玉郎。两个儿女，方在襁褓中，孙恒就亡过了。亏孙寡妇有些气节，同着养娘，守这两个儿女，不肯改嫁，因此人都唤他是孙寡妇。光阴迅速，两个儿女，渐渐长成。珠姨便许了刘家，玉郎从小聘定善丹青徐雅的女儿文哥为妇。那珠姨、玉郎都生得一般美貌，就如良玉碾成，白粉团就一般。加添资性聪明，男善读书，女工针指。还有一件，不但才貌双美，且又孝悌兼全。

闲话休提。且说张六嫂到孙家传达刘公之意，要择吉日娶小娘子过门。孙寡妇母子相依，满意[1]欲要再停几时，因想男婚女嫁，乃是大事，只得应承。对张六嫂道："上复亲翁亲母，我家是孤儿寡妇，没甚大妆奁嫁送，不过随常粗布衣裳，凡事不要见责。"张六嫂复了刘公。刘公备了八盒羹果礼物并吉期送到孙家。孙寡妇受了吉期，忙忙的置办出嫁东西。看看日子已近，母女不忍相离，终日啼啼哭哭。

谁想刘璞因冒风之后，出汗虚了，变为寒症，人事不省，十分危笃。吃的药就如泼在石上，一毫没用。求神问卜，俱说无救。吓得刘公夫妻魂魄都丧，守在床边，吞声对泣。

刘公与妈妈商量道："孩儿病势恁样沉重，料必做亲不得。不如且回了孙家，等待病痊，再择日罢。"刘妈妈道："老官儿，你许多年纪了，这样事难道还不晓得？大凡病人势凶，得喜事一冲就好了，未曾说起的还要去相求，如今现成事体，怎么反要回他？"刘公道："我看孩儿病体，凶多吉少。若娶来家冲得好时，此是万千之喜，不必讲了；倘或不好，可不害了人家子女有个晚嫁[2]的名头？"

刘妈妈道："老官，你但顾了别人，却不顾自己。你我费了许多心机，定得一房媳妇。谁知孩儿命薄，临做亲却又患病起来。今若

1 满意：满心。
2 晚嫁：改嫁。

回了孙家，孩儿无事，不消说起。万一有些山高水低，有甚把臂[1]，那原聘还了一半，也算是他们忠厚了。却不是人财两失？”刘公道：“依你便怎样？”

刘妈妈道：“依着我，吩咐了张六嫂，不要提起孩儿有病，竟娶来家，就如养媳妇一般。若孩儿病好，另择吉结亲。倘然不起，媳妇转嫁时，我家原聘并各项使费，少不得班[2]足了，放他出门，却不是个万全之策？”刘公耳朵原是棉花做的，就依着老婆，忙去叮嘱张六嫂不要泄露。

自古道，若要不知，除非莫为。刘公便瞒着孙家，哪知他紧间壁的邻家姓李，名荣，曾在人家管过解库，人都叫他做李都管。为人极是刁钻，专一要打听人家的细事，喜谈乐道。因做主管时，得了些不义之财，手中有钱，所居与刘家基址相连，意欲强买刘公房子，刘公不肯，为此两下面和意不和，巴不能刘家有些事故，幸灾乐祸。晓得刘璞有病危急，满心欢喜，连忙去报知孙家。

孙寡妇听见女婿病凶，恐防误了女儿，即使养娘去叫张六嫂来问。张六嫂欲待不说，恐怕刘璞有变，孙寡妇后来埋怨；欲要说了，又怕刘家见怪。事在两难，欲言又止。孙寡妇见他半吞半吐，越发盘问得急了。张六嫂隐瞒不过，乃说：“偶然伤风，原不是十分大病，将息到做亲时，料必也好了。”

孙寡妇道：“闻得他病势十分沉重，你怎说得这般轻易？这事不是当耍的。我受了千辛万苦，守得这两个儿女成人，如珍宝一般！你若含糊赚了我女儿时，少不得和你性命相搏，那时不要见怪。”又

1 把臂：把柄。
2 班：返还。

道："你去对刘家说，若果然病重，何不待好了，另择日子。总是儿女年纪尚小，何必恁样忙迫？问明白了，快来回报一声。"

张六嫂领了言语，方欲出门，孙寡妇又叫转道："我晓得你决无实话回我的，我令养娘同你去走遭，便知端的！"张六嫂见说教养娘同去，心中着忙道："不消得，好歹不误大娘之事。"孙寡妇哪里肯听，教了养娘些言语，跟张六嫂同去。

张六嫂摆脱不得，只得同到刘家。恰好刘公走出门来。张六嫂欺养娘不认得，便道："小娘子少待，等我问句话来。"急走上前，拉刘公到一边，将孙寡妇适来言语细说。又道："他因放心不下，特教养娘同来讨个实信，却怎的回答？"

刘公听见养娘来看，手足无措，埋怨道："你怎不阻挡住了？却与他同来！"张六嫂道："再三拦阻，如何肯听！教我也没奈何。如今且留他进去坐了，你们再去从长计较回他，不要连累我后日受气。"说还未毕，养娘已走过来。张六嫂就道："此间便是刘老爹。"

养娘深深道个万福。刘公还了礼道："小娘子请里面坐。"一齐进了大门，到客坐内。刘公道："六嫂，你陪小娘子坐着，待我教老荆出来。"张六嫂道："老爹自便。"刘公急急走到里面，一五一十，学于妈妈。又说："如今养娘在外，怎地回他？倘要进来探看孩儿，却又如何掩饰？不如改了日子罢！"妈妈道："你真是个死货！他受了我家的聘，便是我家的人了，怕他怎的？不要着忙，自有道理。"便教女儿慧娘："你去将新房中收拾整齐，留孙家妇女吃点心。"慧娘答应自去。

刘妈妈即走向外边，与养娘相见毕，问道："小娘子下顾，不知亲母有甚话说？"养娘道："俺大娘闻得大官人有恙，放心不下，特教男女[1]来问候。二来上复老爹大娘：若大官人病体初痊，恐未可做亲，不如再停几时，等大官人身子健旺，另拣日罢。”

刘妈妈道：“多承亲母过念，大官人虽是有些身子不快，也是偶然伤风，原非大病。若要另择日子，这断不能够的。我们小人家的买卖，千难万难，方才支持得停当。如错过了，却不又费一番手脚。况且有病的人，正要得喜事来冲，他病也易好。常见人家要省事时，还借这病来见喜，何况我家吉期送已多日，亲戚都下了帖儿请吃喜筵，如今忽地换了日子，他们不道你家不肯，必认做我们讨媳妇不起。传说开去，却不被人笑耻，坏了我家名头。烦小娘子回去上复亲母，不必担忧，我家干系大哩！”

养娘道：“大娘话虽说得是。请问大官人睡在何处？待男女候问一声，好家去回报大娘，也教他放心！”刘妈妈道：“适来服了发汗的药，正熟睡在那里，我与小娘子代言罢。事体总在刚才所言了，更无别说。”张六嫂道：“我原说偶然伤风，不是大病。你们大娘不肯相信，又要你来。如今方见老身不是说谎的了。”养娘道：“既如此，告辞罢。”便要起身。刘妈妈道：“哪有此理！说话忙了，茶也还没有吃，如何便去？”即邀到里边，又道：“我房里腌腌臜臜，到在新房里坐罢。”

引入房中，养娘举目看时，摆设得十分齐整。刘妈妈又道：“你看我家诸事齐备，如何肯又改日子？就是做了亲，大官人倒还要留在我房中歇宿，等身子痊愈了，然后同房哩！”

养娘见他整备得停当，信以为实。当下刘妈妈教丫鬟将出点心、茶来摆上，又教慧娘也来相陪。养娘心中想道：“我家珠姨是极标致

---

1 男女：奴仆自称，谦语。

的了，不想这女娘也恁般出色！”吃了茶，作别出门。临行，刘妈妈又再三嘱咐张六嫂：“是必来复我一声！”

养娘同着张六嫂回到家中，将上项事说与主母。孙寡妇听了，心中倒没了主意，想道：“欲待允了，恐怕女婿真个病重，变出些不好来，害了女儿。将欲不允，又恐女婿果是小病已愈，误了吉期。”疑惑不定，乃对张六嫂道：“六嫂，待我酌量定了，明早来取回信罢。”张六嫂道：“正是，大娘从容计较计较，老身明早来也。”说罢自去。

且说孙寡妇与儿子玉郎商议：“这事怎生计较？”玉郎道：“想起来还是病重，故不要养娘相见。如今必要回他另择日子，他家也没奈何，只得罢休。但是空费他这番东西，见得我家没有情义，倘后来病好相见之间，觉道没趣。若依了他们时，又恐果然有变，那时进退两难，懊悔却便迟了。依着孩儿，有个两全之策在此，不知母亲可听？”

孙寡妇道：“你且说是甚两全之策。”玉郎道：“明早教张六嫂去说，日子便依着他家，妆奁一毫不带。见喜过了，到第三朝就要接回，等待病好，连妆奁送去。是恁样，纵有变故，也不受他们笼络[1]，这却不是两全其美？”孙寡妇道：“你真是个孩子家见识！他们一时假意应承娶去，过了三朝，不肯放回，却怎么处？”玉郎道：“如此怎好？”

孙寡妇又想了一想，道：“除非明日教张六嫂依此去说，临期教姐姐闪过一边，把你假扮了送去。皮箱内原带一副道袍鞋袜，预防到三朝，容你回来，不消说起。倘若不容，且住在那里，看个

1 笼络：管制、限制。

下落。倘有三长两短，你取出道袍穿了，竟自走回，哪个扯得你住！”玉郎道：“别事便可，这件却使不得！后来被人晓得，教孩儿怎生做人？”

孙寡妇见儿子推却，心中大怒道：“纵别人晓得，不过是耍笑之事，有甚大害！”玉郎平昔孝顺，见母亲发怒，连忙道：“待孩儿去便了。只不会梳头，却怎么好？”孙寡妇道：“我教养娘服侍你去便了。”计较已定，次早张六嫂来讨回音，孙寡妇与他说如此如此，恁般恁般。“若依得，便娶过去。依不得，便另择日罢！”张六嫂复了刘家，一一如命。

你道他为何就肯了？只因刘璞病势愈重，恐防不妥，单要哄媳妇到了家里，便是买卖了。故此将错就错，更不争长竞短。哪知孙寡妇已先参透机关，将个假货送来，刘妈妈反做了：

周郎妙计高天下，赔了夫人又折兵。

话休烦絮。到了吉期，孙寡妇把玉郎妆扮起来，果然与女儿无二，连自己也认不出真假。又教习些女人礼数。诸色好了，只有两件难以遮掩，恐怕露出事来。

哪两件？第一件是足与女子不同。那女子的尖尖趫趫，凤头一对，露在湘裙之下，莲步轻移，如花枝招展一般。玉郎是个男子汉，一只脚比女子的有三四只大，虽然把扫地长裙遮了，教他缓行细步，终是有些蹊跷。这也还在下边，无人来揭起裙儿观看，还隐藏得过。第二件是耳上的环儿。此乃女子平常时所戴，爱轻巧的，也少不得戴对丁香儿，那极贫小户人家，没有金的银的，就是铜锡的，也要买对儿戴着。今日玉郎扮作新人，满头珠翠，若耳上没有环儿，可成模样么？他左耳还有个环眼，乃是幼时恐防难养穿过的，那右眼却没眼儿，怎生戴得？

孙寡妇左思右想，想出一个计策来。你道是甚计策？他教养娘讨个小小膏药，贴在右耳。若问时，只说环眼生着痞疮，戴不得环子，露出左耳上眼儿掩饰。打点停当，将珠姨藏过一间房里，专候迎亲人来。

到了黄昏时候，只听得鼓乐喧天，迎亲轿子已到门首。张六嫂先入来，看见新人打扮得如天神一般，好不欢喜。眼前不见玉郎，问道："小官人怎地不见？"

孙寡妇道："今日忽然身子有些不健，睡在那里，起来不得。"那婆子不知就里，不来再问。孙寡妇将酒饭犒赏了来人，傧相念起诗赋，请新人上轿。玉郎兜上方巾，向母亲作别。孙寡妇一路假哭，送出门来。上了轿子，教养娘跟着，随身只有一只皮箱，更无一毫妆奁。孙寡妇又叮嘱张六嫂道："与你说过，三朝就要送回的，不要失信！"张六嫂连声答应道："这个自然！"

不提孙寡妇。且说迎亲的，一路笙箫聒耳，灯烛辉煌，到了刘家门首。傧相进来说道："新人将已出轿，没新郎迎接，难道教他独自拜堂不成？"刘公道："这却怎好？不要拜罢！"刘妈妈道："我有道理，教女儿陪拜便了。"即令慧娘出来相迎。

傧相念了阑门诗赋，请新人出了轿子，养娘和张六嫂两边扶着。慧娘相迎，进了中堂，先拜了天地，次及公姑亲戚。双双却是两个女人同拜，随从人没一个不掩口而笑。都相见过了，然后姑嫂对拜。刘妈妈道："如今到房中去与孩儿冲喜。"乐人吹打，引新人进房，来至卧床边，刘妈妈揭起帐子，叫道："我的儿，今日娶你媳妇来家冲喜，你须挣扎精神则个。"连叫三四次，并不则声。刘公将灯照时，只见头儿歪在半边，昏迷去了。

原来刘璞病得身子虚弱，被鼓乐一震，故此迷昏。当下老夫妻手忙脚乱，掐住人中，即教取过热汤，灌了几口，出了一身冷汗，方才苏醒。刘妈妈教刘公看着儿子，自己引新人到新房中去。

揭起方巾，打一看时，美丽如画，亲戚无不喝彩。只有刘妈妈心中反觉苦楚，他想："媳妇恁般美貌，与儿子正是一对儿。若得双双奉侍老夫妻的暮年，也不枉一生辛苦。谁想他没福，临做亲却染此大病，十分中倒有九分不妙。倘有一差两误，媳妇少不得归于别姓，岂不目前空喜！"

不提刘妈妈心中之事。且说玉郎也举目看时，许多亲戚中，只有姑娘生得风流标致，想道："好个女子，我孙润可惜已定了妻子。若早知此女恁般出色，一定要求他为妇。"这里玉郎方在赞羡，谁知慧娘心中也想道："一向张六嫂说他标致，我还未信，不想话不虚传。只可惜哥哥没福受用，今夜教他孤眠独宿。若我丈夫像得他这样美貌，便称我的生平了，只怕不能够哩！"

不提二人彼此欣羡。刘妈妈请众亲戚赴过花烛筵席，各自分头歇息。傧相乐人，俱已打发去了。张六嫂没有睡处，也自归家。玉郎在房，养娘与他卸了首饰，秉烛而坐，不敢便寝。

刘妈妈与刘公商议道："媳妇初到，如何教他独宿？可教女儿去陪伴。"刘公道："只怕不稳便，由他自睡罢。"刘妈妈不听，对慧娘道："你今夜相伴嫂嫂在新房中去睡，省得他怕冷静。"慧娘正爱着嫂嫂，见说教他相伴，恰中其意。

刘妈妈引慧娘到新房中道："娘子，只因你官人有些小恙，不能同房，特令小女来陪你同睡。"玉郎恐露出马脚，回道："奴家自来最怕生人，倒不消罢。"刘妈妈道："呀！你们姑嫂年纪相仿，即如姊妹一般，正好相处，怕怎的！你若嫌不稳时，各自盖着条被儿，便不妨了。”对慧娘道：“你去收拾了被窝过来。”慧娘答应而去。

玉郎此时，又惊又喜。喜的是心中正爱着姑娘标致，不想天与其便，刘妈妈令来陪卧，这事便有几分了。惊的是恐他不允，一时叫喊起来，反坏了自己之事。又想道：“此番错过，后会难逢。看这姑娘年纪已在当时，情窦料也开了，须用计缓缓撩拨热了，不怕不上我钓！”心下正想，慧娘教丫鬟拿了被儿同进房来，放在床上。刘妈妈起身，同丫鬟自去。

慧娘将房门闭上，走到玉郎身边，笑容可掬，乃道：“嫂嫂，适来见你一些东西不吃，莫不饿了？”玉郎道：“倒还未饿。”慧娘又道：“嫂嫂，今后要甚东西，可对奴家说知，自去拿来，不要害羞不说。”

玉郎见他意儿殷勤，心下暗喜，答道：“多谢姑娘美情。”慧娘见灯上结着一个大大花儿，笑道：“嫂嫂，好个灯花儿，正对着嫂嫂，可知喜也！”玉郎也笑道：“姑娘休得取笑，还是姑娘的喜信。”慧娘道：“嫂嫂话儿倒会耍人。”

两个闲话一回。慧娘道：“嫂嫂，夜深了，请睡罢。”玉郎道：“姑娘先请。”慧娘道：“嫂嫂是客，奴家是主，怎敢僭先！”玉郎道：“这个房中还是姑娘是客。”慧娘笑道：“恁样占先了。”便解衣先睡。

养娘见两下取笑，觉道玉郎不怀好意，低低说道：“官人，你须要斟酌，此事不是当耍的。倘大娘知了，连我也不好。”玉郎道：“不消嘱咐，我自晓得！你自去睡。”养娘便去旁边打个铺儿睡下。

玉郎起身携着灯儿，走到床边，揭起帐子照看，只见慧娘卷着被儿，睡在里床，见玉郎将灯来照，笑嘻嘻的道：“嫂嫂，睡罢了，照怎的？”玉郎也笑道：“我看姑娘睡在哪一头，方好来睡。”把灯放在床前一只小桌儿上，解衣入帐，对慧娘道：“姑娘，我与你一头睡了，好讲话耍子。”慧娘道：“如此最好！”

玉郎钻下被里，卸了上身衣服，下体小衣却穿着，问道：“姑娘，今年青春了？”慧娘道：“一十五岁。”又问：“姑娘许的是哪一家？”慧娘怕羞，不肯回言。玉郎把头挨到他枕上，附耳道：“我与你一般是女儿家，何必害羞。”慧娘方才答道：“是开生药铺的裴家。”又问道：“可见说佳期还在何日？”慧娘低低道：“近日曾教媒人再三来说，爹道奴年纪尚小，回他们再缓几时哩。”玉郎笑道：“回了他家，你心下可不气恼么？”慧娘伸手把玉郎的头推下枕来，道：“你不是个好人！哄了我的话，便来耍人。我若气恼时，你今夜心里还不知怎地恼着哩！”

玉郎依旧又挨到枕上道：“你且说我有甚恼？”慧娘道：“今夜做亲没有个对儿，怎地不恼？”玉郎道：“如今有姑娘在此，便是个对儿了，又有甚恼？”慧娘笑道：“恁样说，你是我的娘子了。”玉郎道：“我年纪长是你，丈夫还是我。”慧娘道：“我今夜替哥哥拜堂，就是哥哥一般，还该是我。”玉郎道：“大家不要争，只做个女夫妻罢！”两个说风话耍子，愈加亲热。

玉郎料想没事，乃道：“既做了夫妻，如何不合被儿睡？”口中便说，两手即掀开他的被儿，挨过身来，伸手便去摸他身上，腻滑如酥，下体却也穿着小衣。慧娘此时已被玉郎调动春心，忘其所以，任玉郎摩弄，全然不拒。玉郎摸至胸前时，一对小乳，丰隆突起，温软如绵，乳头却像鸡头肉一般，甚是可爱。慧娘也把手来将玉郎浑身一摸，道：“嫂嫂好个软滑身子！”摸他乳时，刚刚只有两个小小乳头。心中想道：“嫂嫂长似我，怎么乳儿倒小？”

玉郎摩弄了一回，便双手搂抱过来，嘴对嘴将舌尖度向慧娘口中。慧娘只认作姑嫂戏耍，也将双手抱住，含了一回，也把舌儿吐到玉郎口中，被玉郎含住，着实咂吮，咂得慧娘遍体酥麻，便道："嫂嫂，如今不像女夫妻，竟是真夫妻一般了。"

玉郎见他情动，便道："有心玩了，何不把小衣一发去了，亲亲热热睡一回也好。"慧娘道："羞人答答，脱了不好。"玉郎道："纵是取笑，有什么羞？"便解开他的小衣褪下。伸手去摸他不便处，慧娘双手即来遮掩，道："嫂嫂休得罗唣！"玉郎捧过面来亲个嘴，道："何妨！你也摸我的便了。"

慧娘真个也去解了他的裤来摸时，只见一条玉茎，铁硬的挺着。吃了一惊，缩手不迭，乃道："你是何人，却假装着嫂嫂来此？"玉郎道："我便是你的丈夫了，又问怎的？"一头即便腾身上去，将手启他双股。慧娘双手推开半边，道："你若不说真话，我便叫喊起来，教你了不得。"

玉郎着了急，连忙道："娘子不消性急，待我说便了。我是你嫂嫂的兄弟玉郎。闻得你哥哥病势沉重，未知怎地，我母亲不舍得姐姐出门，又恐误了你家吉期。故把我假妆嫁来，等你哥哥病好，然后送姐姐过门。不想天付良缘，倒与娘子成了夫妇。此情只许你我晓得，不可泄露！"说罢，又翻上身来。慧娘初时只道是真女人，尚然心爱，如今却是个男子，岂不欢喜？况且已被玉郎先引得神魂飘荡，又惊又喜，半推半就道："原来你们恁样欺心！"玉郎哪有心情回答，双手紧紧抱住，即便恣意风流。

一个是青年孩子，初尝滋味；一个是黄花女儿，乍得甜头。一个说今宵花烛，倒成就了你我姻缘；一个说此夜衾裯，便试发了夫妻恩爱。一个说，前生有分，不须月老冰人；一个道，异日休忘，说尽山盟海誓。各燥自家脾胃，管什么姐姐哥哥；且图眼下欢娱，全不想有夫有妇。双双蝴蝶花间舞，两两鸳鸯水上游。

云雨已毕，紧紧偎抱而睡。

且说养娘恐怕玉郎弄出事来，卧在旁边铺上，眼也不合。听着他们初时还说话笑耍，次后只听得床棱摇曳，气喘吁吁，已知二人成了那事，暗暗叫苦。到次早起来，慧娘自向母亲房中梳洗。养娘替玉郎梳妆，低低说道："官人，你昨夜恁般说了，却又口不应心，做下那事！倘被他们晓得，却怎处？"玉郎道："又不是我去寻他，他自送上门来，教我怎生推却！"养娘道："你须拿住主意便好。"

玉郎道："你想恁样花一般的美人，同床而卧，便是铁石人也打熬不住，教我如何忍耐得过！你若不泄露时，更有何人晓得？"妆扮已毕，来刘妈妈房里相见。

刘妈妈道："儿，环子也忘戴了。"养娘道："不是忘了，因右耳上环眼生了痞疮，戴不得，还贴着膏药哩。"刘妈妈道："原来如此。"玉郎依旧来至房中坐下，亲戚女眷都来相见，张六嫂也到，慧娘梳裹罢，也到房中，彼此相视而笑。

是日，刘公请内外亲戚吃庆喜筵席，大吹大擂，直饮到晚，各自辞别回家。慧娘依旧来伴玉郎，这一夜颠鸾倒凤，海誓山盟，比昨倍加恩爱。看看过了三朝，二人行坐不离。倒是养娘捏着两把汗，催玉郎道："如今已过三朝，可对刘大娘说，回去罢！"玉郎与慧娘正火一般热，哪想回去，假意道："我怎好启齿说要回去，须是母亲叫张六嫂来说便好。"养娘道："也说得是。"即便回家。

却说孙寡妇虽将儿子假妆嫁去，心中却怀着鬼胎，急切不见张六嫂来回复。眼巴巴望到第四日，养娘回家，连忙来问。养娘将女婿病凶，姑娘陪拜，夜间同睡相好之事，细细说知。孙寡妇跌足叫苦道："这事必然做出来也！你快去寻张六嫂来。"养娘去不多时，同张六嫂来家。孙寡妇道："六嫂前日讲定的三朝便送回来，今已过了，劳你去说，快些送我女儿回来！"

张六嫂得了言语，同养娘来至刘家。恰好刘妈妈在玉郎房中闲话，张六嫂将孙家要接新人的话说知。玉郎、慧娘不忍割舍，倒暗暗道："但愿不允便好。"谁想刘妈妈真个说道："六嫂，你媒也做老了，难道恁样事还不晓得？从来可有三朝媳妇便归去的理么？前日他不肯嫁来，这也没奈何。今既到我家，便是我家的人了，还像得他意？我千难万难，娶得个媳妇，到三朝便要回去，说也不当人子[1]。既如此不舍得，何不当初莫许人家？他也有儿子，少不得也要娶媳妇，看三朝可肯放回家去？闻得亲母是个知礼之人，亏他怎样说了出来？"一番言语，说得张六嫂哑口无言，不敢回复孙家。那养娘恐怕有人闯进房里，冲破二人之事，倒紧紧守着房门，也不敢回家。

且说刘璞自从结亲这夜，惊出那身汗来，渐渐痊可。晓得妻子已娶来家，人物十分标致，心中欢喜，这病愈觉好得快了。过了数日，挣扎起来，半眠半坐，日渐健旺，即能梳裹，要到房中来看浑家。刘妈妈恐他初愈，不耐行动，叫丫鬟扶着，自己也随在后，慢腾腾的走到新房门口。

养娘正坐在门槛之上，丫鬟道："让大官人进去。"养娘立起身来，高声叫道："大官人进来了！"玉郎正搂着慧娘调笑，听得有人进来，连忙走开。刘璞掀开门帘跨进房来。慧娘道："哥哥，且喜梳洗了。只怕还不宜劳动。"刘璞道："不打紧！我也暂时走走，就去

1 不当人子：不像样、不像话。

睡的。”便向玉郎作揖。玉郎背转身，道了个万福。

刘妈妈道：“我的儿，你且慢作揖么！”又见玉郎背立，便道：“娘子，这便是你官人。如今病好了，特来见你，怎么倒背转身子？”走向前，扯近儿子身边，道：“我的儿，与你恰好正是个对儿。”

刘璞见妻子美貌非常，甚是快乐。真个是人逢喜事精神爽，那病平去了几分。刘妈妈道：“儿去睡了罢，不要难为身子。”原叫丫鬟扶着，慧娘也同进去。玉郎见刘璞虽然是个病容，却也人材齐整，暗想道：“姐姐得配此人，也不辱没了。”又想道：“如今姐夫病好，倘然要来同卧，这事便要决撒[1]，快些回去罢。”到晚上对慧娘道：“你哥哥病已好了，我须住身不得。你可撺掇母亲送我回家，换姐姐过来，这事便隐过了。若再住时，事必败露！”

慧娘道：“你要归家，也是易事。我的终身，却怎么处？”玉郎道：“此事我已千思万想，但你已许人，我已聘妇，没甚计策挽回，如之奈何？”慧娘道：“君若无计娶我，誓以魂魄相随，决然无颜更事他人！”说罢，呜呜咽咽哭将起来。

玉郎与他拭了眼泪道：“你且勿烦恼，容我再想。”自此两相留恋，把回家之事倒搁起一边。一日午饭已过，养娘向后边去了，二人将房门闭上，商议那事，长算短算，没个计策，心下苦楚，彼此相抱暗泣。

且说刘妈妈自从媳妇到家之后，女儿终日行坐不离，刚到晚，便闭上房门去睡，直至日上三竿，方才起身，刘妈妈好生不乐。初时认作姑嫂相爱，不在其意。已后日日如此，心中老大疑惑。也还道是后

---

1 决撒：败露、暴露。

生家贪眠懒惰，几遍要说，因想媳妇初来，尚未与儿子同床，还是个娇客，只得耐住。

那日也是合当有事。偶在新房前走过，忽听得里边有哭泣之声。向壁缝中张时，只见媳妇共女儿互相搂抱，低低而哭。刘妈妈见如此做作，料道这事有些跷蹊。欲待发作，又想儿子才好，若知得，必然气恼，权且耐住。便掀门帘进来，门却闭着。叫道："快些开门！"

二人听见是妈妈声音，拭干眼泪，忙来开门。刘妈妈走将进去，便道："为甚青天白日，把门闭上，在内搂抱啼哭？"二人被问，惊得满面通红，无言可答。刘妈妈见二人无言，一发是了，气得手足麻木，一手扯着慧娘道："做得好事！且进来和你说话。"扯到后边一间空屋中来。丫鬟看见，不知为甚，闪在一边。

刘妈妈扯进了屋里，将门闩上，丫鬟伏在门上张时，见妈妈寻了一根木棒，骂道："贱人！快快实说，便饶你打骂。若一句含糊，打下你这下半截来！"慧娘初时抵赖。妈妈道："贱人！我且问你：他来得几时，有甚恩爱割舍不得，闭着房门，搂抱啼哭？"慧娘对答不来。妈妈拿起棒子要打，心中却又不舍得。

慧娘料是隐瞒不过，想道："事已至此，索性说个明白，求爹妈辞了裴家，配与玉郎。若不允时，拼个自尽便了！"乃道："前日孙家晓得哥哥有病，恐误了女儿，要看下落，叫爹妈另自择日。因爹妈执意不从，故把儿子玉郎假妆嫁来。不想母亲叫孩儿陪伴，遂成了夫妇。恩深义重，誓必图百年偕老。今见哥哥病好，玉郎恐怕事露，要回去换姐姐过来。孩儿思想，一女无嫁二夫之理，叫玉郎寻门路娶我为妻。因无良策，又不忍分离，故此啼哭。不想被母亲看见。只此便是实话。"

刘妈妈听罢，怒气填胸，把棒撇在一边，双足乱跳，骂道："原来这老乞婆恁般欺心，将男作女哄我！怪道三朝便要接回。如今害了我女儿，须与他干休不得！拼这老性命结识这小杀才罢！”开了门，便赶出来。慧娘见母亲去打玉郎，心中着忙，不顾羞耻，上前扯住。被妈妈将手一推，跌在地上，爬起时，妈妈已赶向外边去了。慧娘随后也赶将来，丫鬟亦跟在后边。

且说玉郎见刘妈妈扯去慧娘，情知事露，正在房中着急。只见养娘进来道："官人，不好了！弄出事来也！适在后边来，听得空屋中乱闹。张看时，见刘大娘拿大棒子拷打姑娘，逼问这事哩！"玉郎听说打着慧娘，心如刀割，眼中落下泪来，没了主意。养娘道："今若不走，少顷便祸到了！"玉郎急忙除下簪钗，挽起一个角儿，皮箱内开出道袍鞋袜穿起，走出房来，将门带上，离了刘家，带跌奔回家里。正是：

拆破玉笼飞彩凤，顿开金锁走蛟龙。

孙寡妇见儿子回来，恁般慌急，又惊又喜，便道："如何这般模样？"养娘将上项事说知。孙寡妇埋怨道："我教你去，不过权宜之计，如何却做出这般没天理事体！你若三朝便回，隐恶扬善，也不见得事败。可恨张六嫂这老虔婆，自从那日去了，竟不来复我。养娘，你也不回家走遭，教我日夜担愁！今日弄出事来，害这姑娘，却怎么处？要你不肖子何用！"

玉郎被母亲嗔责，惊愧无地。养娘道："小官人也自要回的，怎奈刘大娘不肯。我因恐他们做出事来，日日守着房门，不敢回家。今日暂走到后边，便被刘大娘撞破。幸喜得急奔回来，还不曾吃亏。如今且教小官人躲过两日，他家没甚话说，便是万千之喜了。"孙寡妇真个教玉郎闪过，等候他家消息。

且说刘妈妈赶到新房门口，见门闭着，只道玉郎还在里面，在外骂道："天杀的贼贱才！你把老娘当作什么样人，敢来弄空头，坏我的女儿！今日与你性命相搏，方见老娘手段。快些走出来！若不开时，我就打进来了！"

正骂时，慧娘已到，便去扯母亲进去。刘妈妈骂道："贱人，亏你羞也不羞，还来劝我！"尽力一摔，不想用力猛了，将门靠开，母子两个都跌进去，搅作一团。刘妈妈骂道："好天杀的贼贱才，倒放老娘这一跤！"急忙爬起寻时，哪里见个影儿。那婆子寻不见玉郎，乃道："天杀的好见识！走得好！你便走上天去，少不得也要拿下来！"对着慧娘道："如今做下这等丑事，倘被裴家晓得，却怎地做人？"

慧娘哭道："是孩儿一时不是，做差这事。但求母亲怜念孩儿，劝爹爹怎生回了裴家，嫁着玉郎，犹可挽回前失。倘若不允，有死而已！"说罢，哭倒在地。刘妈妈道："你说得好自在话儿！他家下财纳聘，定着媳妇，今日平白地要休这亲事，谁个肯么？倘然问因甚事故要休这亲，教你爹怎生对答！难道说我女儿自寻了一个汉子不成？"

慧娘被母亲说得满面羞惭，将袖掩着痛哭。刘妈妈终是禽犊之爱[1]，见女儿恁般啼哭，却又恐哭伤了身子，便道："我的儿，这也不干你事，都是那老虔婆设这没天理的诡计，将那杀才乔妆嫁来。我一时不知，教你陪伴，落了他圈套。如今总是无人知得，把来搁过一边，全你的体面，这才是个长策。若说要休了裴家，嫁那杀才，这是断然不能！"慧娘见母亲不允，愈加啼哭，刘妈妈又怜又恼，倒没了主意。

---

1 禽犊之爱：鸟兽疼爱幼崽，喻父母溺爱子女。

正闹间，刘公正在人家看病回来，打房门口经过，听得房中啼哭，乃是女儿声音，又听得妈妈话响，正不知为着甚的，心中疑惑，忍耐不住，揭开门帘，问道："你们为甚恁般模样？"

刘妈妈将前项事一一细说，气得刘公半晌说不出话来。想了一想，倒把妈妈埋怨道："都是你这老乞婆害了女儿！起初儿子病重时，我原要另择日子，你便说长道短，生出许多话来，执意要那一日。次后孙家教养娘来说，我也罢了，又是你弄嘴弄舌，哄着他家。及至娶来家中，我说待他自睡罢，你又偏生推女儿伴他。如今伴得好么！"

刘妈妈因玉郎走了，又不舍得女儿难为，一肚子气，正没发脱，见老公倒前倒后，数说埋怨，急得暴躁如雷，骂道："老亡八！依你说起来，我的孩儿应该与这杀才骗的！"一头撞个满怀。

刘公也在气恼之时，揪过来便打。慧娘便来解劝。三人搅作一团，滚作一块，分拆不开。丫鬟着了忙，奔到房中报与刘璞道："大官人，不好了！大爷大娘在新房中相打哩！"刘璞在榻上爬起来，走至新房，向前分解。老夫妻见儿子来劝，因惜他病体初愈，恐劳碌了他，方才罢手，犹兀自老亡八老乞婆相骂。

刘璞把父亲劝出外边，乃问："妹子为甚在这房中厮闹？娘子怎又不见？"慧娘被问，心下惶愧，掩面而哭，不敢则声。刘璞焦躁道："且说为着甚的？"刘婆方把那事细说，将刘璞气得面如土色。停了半晌，方道："家丑不可外扬，倘若传到外边，被人耻笑。事已至此，且再作区处。"刘妈妈方才住口，走出房来。慧娘挣住不行，刘妈妈一手扯着便走，取巨锁将门锁上。来到房里，慧娘自觉无颜，坐在一个壁角边哭泣。正是：

饶君掬尽湘江水，难洗今朝满面羞。

且说李都管听得刘家喧嚷，伏在壁上打听，虽然晓得些风声，却不知其中细底。

次早，刘家丫鬟走出门前，李都管招到家中问他。那丫鬟初时不肯说，李都管取出四五十钱来与他道："你若说了，送这钱与你买东西吃。"丫鬟见了铜钱，心中动火，接过来藏在身边，便从头至尾，尽与李都管说知。李都管暗喜道："我把这丑事报与裴家，撺掇来闹吵一场，他定无颜在此居住，这房子可不归于我了？"

忙忙的走至裴家，一五一十报知，又添些言语，激恼裴九老。那九老夫妻因前日娶亲不允，心中正恼着刘公。今日听见媳妇做下丑事，如何不气！一径赶到刘家，唤出刘公来发话道："当初我央媒来说要娶亲时，千推万阻，道女儿年纪尚小，不肯应承，护在家中，私养汉子。若早依了我，也不见得做出事来。我是清清白白的人家，决不要这样败坏门风的好东西。快还了我昔年聘礼，另自去对亲，不要误我孩儿的大事。"将刘公嚷得面上一回红，一回白。想道："我家昨夜之事，他如何今早便晓得了？这也怪异！"又不好承认，只得赖道："亲家，这是哪里说起，造恁般言语污辱我家？倘被外人听得，只道真有这事，你我体面何在！"

裴九老便骂道："打脊贱才！真个是老亡八。女儿现做着恁般丑事，哪个不晓得了？亏你还长着鸟嘴，在我面前遮掩。"赶近前把手向刘公脸上一揿道："老亡八！羞也不羞！待我送个鬼脸儿与你戴了见人。"刘公被他羞辱不过，骂道："老杀才，今日为甚赶上门来欺我？"便一头撞去，把裴九老撞倒在地，两下相打起来。里边刘妈妈与刘璞听得外面嚷喧，出来看时，却是裴九老与刘公厮打，急向前拆开。裴九老指着骂道："老亡八，打得好！我与你到府里去说话。"一路骂出门去了。刘璞便问父亲："裴九因甚清早来厮闹？"刘公把他言语学了一遍。

刘璞道："他家如何便晓得了？此甚可怪。"又道："如今事已张扬，却怎么处？"

刘公又想起裴九老恁般耻辱，心中转恼，顿足道："都是孙家老乞婆，害我家坏了门风，受这样恶气！若不告他，怎出得这气？"刘璞劝解不住。刘公央人写了状词，望着府前奔来，正值乔太守早堂放告。

这乔太守虽则关西人，又正直，又聪明，怜才爱民，断狱如神，府中都称为乔青天。

却说刘公刚到府前，劈面又遇着裴九老。九老见刘公手执状词，认作告他，便骂道："老亡八，纵女做了丑事，倒要告我。我同你去见太爷。"上前一把扭住，两下又打将起来。两张状词，都打失了。二人结作一团，直至堂上。

乔太守看见，喝教各跪一边，问道："你二人叫甚名字？为何结扭相打？"二人一齐乱嚷。乔太守道："不许搀越！那老儿先上来说。"裴九老跪上去诉道："小人叫做裴九，有个儿子裴政，从幼聘下边刘秉义的女儿慧娘为妻，今年都已十五岁了。小人因是老年爱子，要早与他完姻。几次央媒去说，要娶媳妇，那刘秉义只推女儿年纪尚小，勒掯[1]不许。谁想他纵女卖奸，恋着孙润，暗招在家，要图赖亲事。今早到他家里说，反把小人殴辱。情急了，来爷爷台下投生，他又赶来扭打。求爷爷做主，救小人则个！"

乔太守听了道："且下去！"唤刘秉义上去问道："你怎么说？"

刘公道："小人有一子一女。儿子刘璞，聘孙寡妇女儿珠姨为妇，

1 勒掯：推脱、阻挡。

女儿便许裴九的儿子。向日裴九要娶时，一来女儿尚幼，未曾整备妆奁；二来正与儿子完姻，故此不允。不想儿子临婚时，忽地患起病来。不敢教与媳妇同房，令女儿陪伴嫂子。哪知孙寡妇欺心，藏过女儿，却将儿子孙润假妆过来，倒强奸了小人女儿。正要告官，这裴九知得了，登门打骂。小人气忿不过，与他争嚷，实不是图赖他的婚姻。”

乔太守见说男扮为女，甚以为奇，乃道：“男扮女妆，自然有异，难道你认他不出？”刘公道：“婚嫁乃是常事，哪曾有男子假扮之理，却去辨他真假？况孙润面貌，美如女子，小人夫妻见了，已是万分欢喜，有甚疑惑？”乔太守道：“孙家既以女许你为媳，因甚却又把儿子假妆？其中必有缘故。”又道：“孙润还在你家么？”刘公道：“已逃回去了。”乔太守即差人去拿孙寡妇母子三人，又差人去唤刘璞、慧娘兄妹俱来听审。不多时，都已拿到。

乔太守举目看时，玉郎姊弟，果然一般美貌，面庞无二。刘璞却也人物俊秀，慧娘艳丽非常。暗暗欣羡道：“好两对青年儿女！”心中便有成全之意。乃问孙寡妇：“因甚将男作女，哄骗刘家，害他女儿？”孙寡妇乃将女婿病重，刘秉义不肯更改吉期，恐怕误了女儿终身，故把儿子妆去冲喜，三朝便回，是一时权宜之策。不想刘秉义却教女儿陪卧，做出这事。

乔太守道：“原来如此！”问刘公道：“当初你儿子既是病重，自然该另换吉期。你执意不肯，却主何意？假若此时依了孙家，哪见得女儿有此丑事？这都是你自起衅端，连累女儿。”刘公道：“小人一时不合听了妻子说话，如今悔之无及！”乔太守道：“胡说！你是一家之主，却听妇人言语。”又唤玉郎、慧娘上去说：“孙润，你以男假女，已是不该。却又奸骗处女，当得何罪？”玉郎叩头道：“小人虽然有罪，但非设意谋求，乃是刘亲母自遣其女陪伴小人。”乔太守道：“他因不知你是男子，故令他来陪伴，乃是美意，你怎不推却？”玉郎道：“小人也曾苦辞，怎奈坚执不从。”乔太守道：“论起法来，本该打一顿板子才是。姑念你年纪幼小，又系两家父母酿成，权且饶恕。”玉郎叩头泣谢。

乔太守又问慧娘：“你事已做错，不必说起。如今还是要归裴氏？要归孙润？实说上来。”慧娘哭道：“贱妾无媒苟合，节行已亏，岂可更事他人？况与孙润恩义已深，誓不再嫁。若爷爷必欲判离，贱妾即当自尽，决无颜苟活，贻笑他人。”说罢，放声大哭。乔太守见他情词真恳，甚是怜惜，且喝过一边。唤裴九老吩咐道：“慧娘本该断归你家，但已失身孙润，节行已亏。你若娶回去，反伤门风，被人耻笑。他又蒙二夫之名，各不相安。今判与孙润为妻，全其体面。令孙润还你昔年聘礼，你儿子另自聘妇罢！”

裴九老道：“媳妇已为丑事，小人自然不要。但孙润破坏我家婚姻，今原归于他，反周全了奸夫、淫妇，小人怎得甘心！情愿一毫原聘不要，求老爷断媳妇另嫁别人，小人这口气也还消得一半。”乔太守道：“你既已不愿娶他，何苦又做此冤家！”

刘公亦禀道：“爷爷，孙润已有妻子，小人女儿岂可与他为妾？”

乔太守初时只道孙润尚无妻子，故此斡旋。见刘公说已有妻，乃道：“这却怎么处？”对孙润道：“你既有妻子，一发不该害人闺女了！如今置此女于何地？”玉郎不敢答应。

乔太守又道：“你妻子是何等人家？可曾过门么？”孙润道：“小人妻子是徐雅女儿，尚未过门。”乔太守道：“这等易处了。”叫道：“裴九，孙润原有妻未娶，如今他既得了你媳妇，我将他妻子断偿你的儿子，消你之忿！”裴九老道：“老爷明断，小人怎敢违逆？但恐徐雅不肯。”乔太守道：“我做了主，谁敢不肯！你快回家引儿子过来，我差人去唤徐雅带女儿来，当堂匹配。”

裴九老忙即归家，将儿子裴政领到府中。徐雅同女儿也唤到了。乔太守看时，两家男女却也相貌端正，是个对儿。乃对徐雅道：“孙润因诱了刘秉义女儿，今已判为夫妇。我今做主，将你女儿配与裴九儿子裴政。限即日三家俱便婚配回报，如有不伏者，定行重治。”

徐雅见太守做主，怎敢不依，俱各甘伏。

乔太守援笔判道：

弟代姊嫁，姑伴嫂眠。爱女爱子，情在理中。一雌一雄，变出意外。移干柴近烈火，无怪其燃；以美玉配明珠，适获其偶。孙氏子因姊而得妇，搂处子不用逾墙；刘氏女因嫂而得夫，怀吉士初非衒玉。相悦为婚，礼以义起。所厚者薄，事可权宜。使徐雅别婿裴九之儿，许裴政改娶孙郎之配。夺人妇人亦夺其妇，两家恩怨，总息风波；独乐乐不若与人乐，三对夫妻，各谐鱼水。人虽兑换，十六两原只一斤；亲是交门，五百年决非错配。以爱及爱，伊父母自作冰人；非亲是亲，我官府权为月老。已经明断，各赴良期。

乔太守写毕，教押司当堂朗诵与众人听了。众人无不心服，各各叩头称谢。

乔太守在库上支取喜红六段，教三对夫妻披挂起来，唤三起乐人，三顶花花轿儿，抬了三位新人。新郎及父母，各自随轿而出。此事闹动了杭州府，都说好个行方便的太守，人人诵德，个个称贤。自此各家完亲之后，都无说话。

李都管本欲唆孙寡妇、裴九老两家与刘秉义讲嘴，鹬蚌相持，自己渔人得利。不期太守善于处分，反作成了孙玉郎一段良姻，街坊上当作一件美事传说，不以为丑，他心中甚是不乐。

未及一年，乔太守又取刘璞、孙润，都做了秀才，起送科举。李都管自知愧惭，安身不牢，反躲避乡居。后来刘璞、孙润同榜登科，俱任京职，仕途有名，扶持裴政亦得了官职，一门亲眷，富贵非常。刘璞官直至龙图阁学士，连李都管家宅反归并于刘氏。刁钻小人，亦何益哉！后人有诗，单道李都管为人不善，以为后戒。诗云：

为人忠厚为根本，何苦刁钻欲害人。
不见古人卜居者，千金只为买乡邻。

又有一诗，单夸乔太守此事断得甚好：

鸳鸯错配本前缘，全赖风流太守贤。
锦被一床遮尽丑，乔公不枉叫青天。

# 第六卷　赫大卿遗恨鸳鸯绦

皮包血肉骨包身，强作娇妍诳惑人。

千古英雄皆坐此，百年同共一坑尘。

这首诗乃昔日性如子所作，单戒那淫色自戕的。论来好色与好淫不同。假如古诗云："一笑倾人城，再笑倾人国。岂不顾倾城与倾国，佳人难再得！"此谓之好色。若是不择美恶，以多为胜，如俗语所云：石灰布袋，到处留迹。其色何在？但可谓之好淫而已。

然虽如此，在色中又有多般。假如张敞画眉、相如病渴，虽为儒者所讥，然夫妇之情，人伦之本，此谓之正色。又如娇妾美婢，倚翠偎红；金钗十二行，锦障五十里；樱桃杨柳，歌舞擅场；碧月紫云，风流媠艳。虽非一马一鞍，毕竟有花有叶，此谓之旁色。又如锦营献笑，花阵图欢。露水分司[1]，身到偶然留影；风云随例，颜开哪惜缠头。旅馆长途，堪消寂寞；花前月下，亦助襟怀。虽市门之游[2]，

1 露水分司：露水夫妻，指嫖妓。
2 市门之游：指逛妓院。

豪客不废；然女闾之遗，正人耻言。不得不谓之邪色。至如上烝下报[1]，同人道于兽禽；钻穴逾墙，役心机于鬼蜮。偷暂时之欢乐，为万世之罪人。明有人诛，幽蒙鬼责，这谓之乱色。

又有一种，不是正色，不是旁色，虽然比不得乱色，却又比不得邪色。填塞了虚空圈套，污秽却清净门风。惨同神面刮金，恶胜佛头浇粪，远则地府填单，近则阳间业报。奉劝世人，切须谨慎！正是：

不看僧面看佛面，休把淫心杂道心。

说这本朝宣德年间，江西临江府新淦县，有个监生，姓赫，名应祥，字大卿。为人风流俊美，落拓不羁，专好的是声色二事。遇着花街柳巷，舞榭歌台，便流留不舍，就当作家里一般，把老大一个家业，也弄去了十之三四。浑家陆氏，见他恁般花费，苦口谏劝。赫大卿倒道老婆不贤，时常反目。因这上，陆氏立誓不管，领着三岁一个孩子喜儿，自在一间净室里持斋念佛，由他放荡。

一日，正值清明佳节，赫大卿穿着一身华丽衣服，独自一个到郊外踏青游玩。有宋张咏诗为证：

春游千万家，美人颜如花。
三三两两映花立，飘飘似欲乘烟霞。

赫大卿只拣妇女丛聚之处，或前或后，往来摇摆，卖弄风流，希图要逢着个有缘分的佳人。不想一无所遇，好不败兴。自觉无聊，走

1 上烝下报：亲族中晚辈男人与长辈女人通奸叫做“烝”，相反的情况叫做“报”。

向一个酒馆中，沽饮三杯。上了酒楼，拣沿街一副座头坐下。酒保送上酒肴，自斟自饮，倚窗观看游人。不觉三杯两盏，吃够半酣，起身下楼，算还酒钱，离了酒馆，一步步任意走去。

此时已是未牌时分，行不多时，渐渐酒涌上来，口干舌燥，思量得盏茶来解渴便好。正无处求觅，忽抬头见前面林子中，幡影摇曳，磬韵悠扬，料道是个僧寮道院，心中欢喜，急忙趋向前去。抹过林子，显出一个大庵院来。赫大卿打一看时，周遭都是粉墙包裹，门前十来株倒垂杨柳，中间向阳两扇八字墙门，上面高悬金字扁额，写着"非空庵"三字。赫大卿点头道："常闻得人说，城外非空庵中有标致尼姑。只恨没有工夫，未曾见得。不想今日趁了这便。"即整顿衣冠，走进庵门。

转东一条鹅卵石街，两边榆柳成行，甚是幽雅。行不多步，又进一重墙门，便是小小三间房子，供着韦驮尊者。庭中松柏参天，树上鸟声嘈杂。从佛背后转进，又是一条横街。

大卿径望东首行去，见一座雕花门楼，双扉紧闭。上前轻轻扣了三四下，就有个垂髫女童，呀的开门。那女童身穿缁衣，腰系丝绦，打扮得十分齐整。见了赫大卿，连忙问讯。大卿还了礼，跨步进去看时，一带三间佛堂，虽不甚大，倒也高敞。中间三尊大佛，相貌庄严，金光灿烂。大卿向佛作了揖，对女童道："烦报令师，说有客相访。"女童道："相公请坐，待我进去传说。"

须臾间，一个少年尼姑出来，向大卿稽首。大卿急忙还礼，用那双开不开，合不合，惯输情，专卖俏，软眯瞜的俊眼，仔细一觑。这尼姑年纪不上二十，面庞白皙如玉，天然艳冶，韵格非凡。大卿看见恁般标致，喜得神魂飘荡，一个揖做了下去，却像初出锅的糍粑，软作一塌，头也伸不起来。

礼罢，分宾主坐下，想道："今日撞了一日，并不曾遇得个可意人儿，不想这所在倒藏着如此妙人。须用些水磨工夫撩拨他，不怕不上我的钩儿！"大卿正在腹中打点草稿，谁知那尼姑亦有此心。

从来尼姑庵也有个规矩，但凡客官到来，都是老尼迎接答话。那少年的，如闺女一般，深居简出，非细相熟的主顾，或是亲戚，方才得见。若是老尼出外，或是病卧，竟自辞客。就有非常势要的，立心要来认那小徒，也少不得三请四唤，等得你个不耐烦，方才出来。这个尼姑为何挺身而出？有个缘故。他原是个真念佛，假修行，爱风月，嫌冷静，怨恨出家的主儿。偶然先在门隙里张见了大卿这一表人材，倒有几分看上了，所以挺身而出。当下两只眼光，就如针儿遇着磁石，紧紧的摄在大卿身上，笑嘻嘻的问道："相公尊姓贵表？府上何处？至小庵有甚见谕？"大卿道："小生姓赫，名大卿，就在城中居住。今日到郊外踏青，偶步至此。久慕仙姑清德，顺便拜访。"尼姑谢道："小尼僻居荒野，无德无能，谬承枉顾，蓬筚生辉。此处来往人杂，请里面轩中待茶。"

大卿见说请到里面吃茶，料有几分光景，好不欢喜，即起身随入。行过几处房屋，又转过一条回廊，方是三间净室，收拾得好不精雅。外面一带，都是扶栏，庭中植梧桐二树，修竹数竿，百般花卉，纷纭辉映，但觉香气袭人。正中间供白描大士像一轴，古铜炉中，香烟馥馥，下设蒲团一坐。左一间放着朱红厨柜四个，都有封锁，想是收藏经典在内。右一间用围屏围着。进入看时，横设一张桐柏长书桌，左设花藤小椅，右边靠壁一张斑竹榻儿，壁上悬一张断纹古琴，书桌上笔砚精良，纤尘不染。侧边有经卷数帙，随手拈一卷翻看，金书小楷，字体摹仿赵松雪，后注年月，下书："弟子空照薰沐写。"

大卿问："空照是何人？"答道："就是小尼贱名。"大卿反复玩赏，夸之不已。两个隔着桌子对面而坐。女童点茶倒来，空照双手捧过一盏，递与大卿，自取一盏相陪。那手十指尖纤，洁白可爱。大卿接过，啜在口中，真个好茶！有吕洞宾茶诗为证：

玉蕊旗枪称绝品，僧家造法极工夫。
兔毛瓯浅香云白，虾眼汤翻细浪休。
断送睡魔离几席，增添清气入肌肤。
幽丛自落溪岩外，不肯移根入上都。

大卿问道：“仙庵共有几位？”空照道：“师徒四众。家师年老，近日病废在床，当家就是小尼。”指着女童道：“这便是小徒，他还有师弟在房里诵经。”

赫大卿道：“仙姑出家几年了？”空照道：“自七岁丧父，送入空门，今已十二年矣。”赫大卿道：“青春十九，正在妙龄，怎生受此寂静？”空照道：“相公休得取笑！出家胜俗家数倍哩！”赫大卿道：“哪见得出家的胜似俗家？”空照道：“我们出家人，并无闲事缠扰，又无儿女牵绊，终日诵经念佛，受用一炉香，一壶茶。倦来眠纸帐，闲暇理丝桐，好不安闲自在。”大卿道：“闲暇理丝桐，弹琴时也得个知音的人儿，在旁喝彩方好。这还罢了，则这倦来眠纸帐，万一梦魇起来，没人推醒，好不怕哩！”空照已知大卿下钩，含笑而应道：“梦魇杀了人也不要相公偿命。”大卿也笑道：“别的魇杀了一万个全不在小生心上，像仙姑恁般高品，岂不可惜！”两下你一句，我一声，渐渐说到分际。

大卿道：“有好茶再求另泼一壶来吃。”空照已会意了，便教女童去廊下烹茶。大卿道：“仙姑卧房何处？是什么纸帐？也得小生认一认。”空照此时欲心已炽，按捺不住，口里虽说道：“认他怎么？”却早已立起身来。大卿上前拥抱，先做了个“吕”字。

空照往后就走，大卿接脚跟上。空照轻轻的推开后壁，后面又有一层房屋，正是空照卧处，摆设更自济楚。大卿也无心观看，两个相抱而入，遂成云雨之欢。

有《小尼姑》曲儿为证：

> 小尼姑，在庵中，手拍着桌儿怨命。平空里吊下个俊俏官人，坐谈有几句话，声口儿相应。你贪我不舍，一拍上就圆成。虽然是不结发的夫妻，也难得他一个字儿叫做肯。

二人正在酣美之处，不提防女童推门进来，连忙起身。女童放下茶儿，掩口微笑而去。

看看天晚，点起灯烛，空照自去收拾酒果蔬菜，摆作一桌，与赫大卿对面坐下。又恐两个女童泄露机关，也教来坐在旁边相陪。空照道：“庵中都是吃斋，不知贵客到来，未曾备办荤味，甚是有慢。”赫大卿道：“承贤师徒错爱，已是过分。若如此说，反令小生不安矣！”当下四人杯来盏去。吃到半酣，大卿起身挨至空照身边，把手勾着颈儿，将酒饮过半杯，递到空照口边，空照将口来承，一饮而尽。

两个女童见他肉麻，起身回避。空照一把扯道：“既同在此，料不容你脱白[1]。”二人挣脱不开，将袖儿掩在面上。大卿上前抱住，扯开袖子，就做了个嘴儿。二女童年在当时，情窦已开，见师父容情，落得快活。四人搂作一团，缠作一块，吃得个大醉，一床而卧，

1 脱白：脱身、不沾边。

相偎相抱，如漆如胶。

赫大卿放出平生本事，竭力奉承。尼姑俱是初得甜头，恨不得把身子并作一个。到次早，空照叫过香公，赏他三钱银子，买嘱他莫要泄露。又将钱钞教去买办鱼、肉、酒果之类。

那香公平昔间，挨着这几碗黄齑淡饭，没甚肥水到口，眼也是盲的，耳也是聋的，身子是软的，脚儿是慢的。此时得了这三钱银子，又见要买酒肉，便觉眼明手快，身子如虎一般健，走跳如飞，哪消一个时辰，都已买完。安排起来，款待大卿，不在话下。

却说非空庵原有两个房头，东院乃是空照，西院的是静真，也是个风流女师，手下只有一个女童，一个香公。那香公因见东院连日买办酒肉，报与静真。静真猜算空照定有些不三不四的勾当，教女童看守房户，起身来到东院门口。恰好遇见香公，左手提着一个大酒壶，右手拿个篮儿，开门出来。两下打个照面，即问道："院主往哪里去？"静真道："特来与师弟闲话。"香公道："既如此，待我先去通报。"静真一手扯住道："我都晓得了，不消你去打照会。"

香公被道着心事，一个脸儿登时涨红，不敢答应。只得随在后边，将院门闭上。跟至净室门口，高叫道："西房院主在此拜访！"空照闻言，慌了手脚，没做理会，教大卿闪在屏后，起身迎住静真。静真上前一把扯着空照衣袖，说道："好啊，出家人干得好事，败坏山门，我与你到里正处去讲！"扯着便走。吓得个空照脸儿就如七八样的颜色染的，一搭儿红，一搭儿青，心头恰像千百个铁槌打的，一回儿上，一回儿下，半句也对不出，半步也行不动！静真见他这个模样，呵呵笑道："师弟不消着急！我是耍你。但既有佳宾，如何瞒着我独自受用？还不快请来相见！"空照听了这话，方才放心，遂令大卿与静真相见。

大卿看静真姿容秀美，丰采动人，年纪有二十五六上下，虽然长于空照，风情比他更胜。乃问道：“师兄上院何处？”静真道：“小尼即此庵西院，咫尺便是。”大卿道：“小生不知，失于奉谒。”两下闲叙半晌。静真见大卿举止风流，谈吐开爽，凝眸留盼，恋恋不舍，叹道：“天下有此美士，师弟何幸，独擅其美！”空照道：“师兄不须眼热，倘不见外，自当同乐。”静真道：“若得如此，佩德不浅。今晚奉候小坐，万祈勿外。”说罢，即起身作别。回至西院，准备酒肴伺候。

不多时，空照同赫大卿携手而来。女童在门口迎候。赫大卿进院看时，房廊花径，亦甚委曲。三间净室，比东院更觉精雅。但见：

> 潇洒亭轩，清虚户牖。画展江南烟景，香焚真腊[1]沉檀。庭前修竹，风摇一派珥环声；帘外奇花，日照千层锦绣色。松阴入槛琴书润，山色侵轩枕簟凉。

静真见大卿已至，心中欢喜。不复叙礼，即便就坐。茶罢，摆上果酒肴馔。

空照推静真坐在赫大卿身边，自己对面相陪。又扯女童打横而坐。四人三杯两盏，饮够多时。赫大卿把静真抱置膝上，又教空照坐至身边，一手勾着颈项儿，百般旖旎。旁边女童面红耳热，也觉动情。直饮到黄昏时分，空照起身道：“好做新郎，明日早来贺喜。”讨个灯儿，送出门口自去。

女童叫香公关闭门户，进来收拾家火。将汤净过手脚，赫大卿抱

---

1 真腊：即今天的柬埔寨。

着静真上床，解脱衣裳，钻入被中。酥胸紧贴，玉体相偎。赫大卿乘着酒兴，尽生平才学，恣意搬演。把静真弄得魄丧魂消，骨酥体软，四肢不收，委然席上。睡至巳牌时分，方才起来。自此之后，两院都买嘱了香公，轮流取乐。

赫大卿淫欲无度，乐极忘归。将近两月，大卿自觉身子困倦，支持不来，思想回家。怎奈尼姑正是少年得趣之时，哪肯放舍。赫大卿再三哀告道："多承雅爱，实不忍别。但我到此两月有余，家中不知下落，定然着忙。待我回去，安慰妻孥，再来陪奉。不过四五日之事，卿等何必见疑？"空照道："既如此，今晚备一酌为饯，明早任君回去。但不可失信，做无行之人！"赫大卿设誓道："若忘卿等恩德，犹如此日[1]！"

空照即到西院，报与静真。静真想了一回道："他设誓虽是真心，但去了必不能再至。"空照道："却是为何？"静真道："是这样一个风流美貌男子，谁人不爱！况他生平花柳多情，乐地不少，逢着便留恋几时。虽欲要来，势不可得。"空照道："依你说还是怎样？"静真道："依我却有个绝妙策儿在此，教他无绳自缚，死心塌地守着我们。"空照连忙问计。静真伸出手叠着两个指头，说将出来。有分教，赫大卿：

> 生于锦绣丛中，死在牡丹花下。

当下静真道："今夜若说饯行，多劝几杯，把来灌醉了，将他头发剃净，自然难回家去。况且面庞又像女人，也照我们妆束，就是达

1 犹如此日：古人对天发誓用语。

摩祖师亲来，也相不出他是个男子。落得永远快活，且又不担干系，岂非一举两便！”空照道：“师兄高见，非我可及。”

到了晚上，静真教女童看守房户，自己到东院见了赫大卿道：“正好欢娱，因甚顿生别念？何薄情至此！”大卿道：“非是寡情，只因离家已久，妻孥未免悬望，故此暂别数日，即来陪侍。岂敢久抛，忘卿恩爱！”静真道：“师弟已允，我怎好免强。但君不失所期，方为信人。”大卿道：“这个不须多嘱。”

少顷，摆上洒肴，四尼一男，团团而坐。静真道：“今夜此酒，乃离别之筵，须大家痛醉！”空照道：“这个自然！”当下更番劝酬，直饮至三鼓，把赫大卿灌得烂醉如泥，不省人事。静真起身，将他巾帻脱下，空照取出剃刀，把头发剃得一茎不存。然后扶至房中去睡，各自分别就寝。

赫大卿一觉直至天明，方才苏醒，旁边伴的却是空照。翻转身来，觉道精头皮在枕上抹过，连忙把手摸时，却是一个精光葫芦。吃了一惊，急忙坐起，连叫道：“这怎么说？”空照惊醒转来，见他大惊小怪，也坐起来道：“郎君不要着恼！因见你执意要回，我师徒不忍分离，又无策可留，因此行这苦计，把你也要扮作尼姑，图个久远快活！”一头说，一头即倒在怀中，撒娇撒痴，淫声浪语，迷得个赫大卿毫无张主，乃道：“虽承你们好意，只是下手太狠！如今教我怎生见人？”空照道：“待养长了头发，见也未迟。”赫大卿无可奈何，只得依他，做尼姑打扮，住在庵中，昼夜淫乐。空照、静真已自不肯放空，又加添两个女童：

或时做联床会，或时做乱点军。那壁厢贪淫的肯行谦让，这壁厢买好的敢惜精神。两柄快斧不够劈一块枯柴，一个疲兵怎能当四员健将。灯将灭而复明，纵是强阳之火；漏已尽而犹滴，哪有润泽之时。任教铁汉也消熔，这个残生难过活。

大卿病已在身，没人体恤。起初时还三好两歉，尼姑还认是躲避差役。次后见他久眠床褥，方才着急。意欲送回家去，却又头上没了头发，怕他家盘问出来，告到官司，败坏庵院，住身不牢。若留在此，又恐一差两误，这尸首无处出脱，被地方晓得，弄出事来，性命不保。又不敢请觅医人看治，只教香公去说病讨药，犹如浇在石上，哪有一些用处！空照、静真两个，煎汤送药，日夜服侍，指望他还有痊好的日子。谁知病势转加，奄奄待毙。

空照对静真商议道："赫郎病体，万无生理，此事却怎么处？"静真想了一想道："不打紧！如今先教香公去买下几担石灰。等他走了路，也不要寻外人收拾，我们自己与他穿着衣服，依般尼姑打扮。棺材也不必去买，且将老师父寿材来盛了。我与你同着香公、女童相帮抬到后园空处，掘个深穴，将石灰倾入，埋藏在内。神不知，鬼不觉，哪个晓得！"

不提二人商议。且说赫大卿这日睡在空照房里，忽地想起家中，眼前并无一个亲人，泪如雨下。空照与他拭泪，安慰道："郎君不须烦恼，少不得有好的日子。"赫大卿道："我与二卿邂逅相逢，指望永远相好。谁想缘分浅薄，中道而别，深为可恨。但起手原是与卿相处，今有一句要紧话儿，托卿与我周旋，万乞不要违我！"

空照道："郎君如有所嘱，必不敢违！"赫大卿将手在枕边取出一条鸳鸯绦来。

如何唤作鸳鸯绦？原来这绦半条是鹦哥绿，半条是鹅儿黄，两样颜色合成，所以谓之鸳鸯绦。当下大卿将绦付与空照，含泪而言道：

“我自到此，家中分毫不知。今将永别，可将此绦为信，报知吾妻，教他快来见我一面，死亦瞑目！”

空照接绦在手，忙使女童请静真到厢房内，将绦与他看了，商议报信一节。静真道：“你我出家之人，私藏男子，已犯明条。况又弄得奄奄欲死。他浑家到此，怎肯干休！必然声张起来，你我如何收拾？”

空照到底是个嫩货，心中犹豫不忍。静真劈手夺取绦来，望着天花板上一丢，眼见得这绦有好几时不得出世哩！空照道：“你撇了这绦儿，教我如何去回复赫郎？”静真道：“你只说已差香公将绦送去了，他娘子自不肯来，难道问我个违限不成？”空照依言回复了大卿。大卿连日一连问了几次，只认浑家怀恨，不来看他，心中愈加凄惨，呜呜而泣。又挨了几日，大限已到，呜呼哀哉！

地下忽添贪色鬼，人间不见假尼姑。

二尼见他气绝，不敢高声啼哭，饮泣而已。一面烧起香汤，将他身子揩抹干净，取出一套新衣，穿着停当，叫起两个香公，将酒饭与他吃饱，点起灯烛，到后园一株大柏树旁边，用铁锹掘了个大穴，倾入石灰，然后抬出老尼姑的寿材，放在穴内。铺设好了，也不管时日利也不利，到房中把尸首翻在一扇板门之上，众尼相帮香公，扛至后园，盛殓在内，掩上材盖，将就钉了。又倾上好些石灰，把泥堆上，匀摊与平地一般，并无一毫形迹。

可怜赫大卿自清明日缠上了这尼姑，到此三月有余，断送了性命，妻孥不能一见，撇下许多家业，埋于荒园之中，深为可惜！有小词为证：

贪花的，这一番你走错了路！千不合，万不合，不该缠那小尼姑！小尼姑是真色鬼，怕你缠他不过。头皮儿都擂光了，连性命也呜呼！埋在寂寞的荒园，这也是贪花的结果。

话分两头，且说赫大卿浑家陆氏，自从清明那日赫大卿游春去了，四五日不见回家。只道又在哪个娼家留恋，不在心上。已后十来日不回，叫家人各家去挨问，都道清明之后，从不曾见。陆氏心上着忙。看看一月有余，不见踪迹。陆氏在家日夜啼哭，写下招子，各处粘贴，并无下落。合家好不着急！

那年秋间久雨，赫家房子倒坏甚多，因不见了家主，无心葺理。直至十一月间，方唤几个匠人修造。一日，陆氏自走出来，计点工程。一眼觑着个匠人腰间系一条鸳鸯绦儿，依稀认得是丈夫束腰之物，吃了一惊，连忙唤丫环教那匠人解下来看。

这匠人叫做蒯三，泥水木作，件件精熟，有名的三料匠。赫家是个顶门主顾，故此家中大小无不认得。当下见掌家娘子要看，连忙解下，交与丫环。丫环又递与陆氏。陆氏接在手中，反覆仔细一认，分毫不差。只因这一条绦儿，有分教：

贪淫浪子名重播，稔色[1]尼姑祸忽临。

原来当初买这绦儿，一样两条，夫妻各系其一。今日见了那绦，物是人非，不觉扑簌簌流下泪来。即叫蒯三问道：“这绦你从何处得来的？”蒯三道：“在城外一个尼姑庵里拾的。”陆氏道：“那庵叫

---

1 稔色：美貌、美色。

什么庵？尼姑唤甚名字？”蒯三道：“这庵有名的非空庵。有东西两院，东房叫做空照，西房叫做静真。还有几个不曾剃发的女童。”陆氏又问：“那尼姑有多少年纪了？”蒯三道：“都只好二十来岁，倒也有十分颜色。”

陆氏听了，心中揣度：“丈夫一定恋着那两个尼姑，隐在庵中了。我如今多着几个人将了这绦，叫蒯三同去做个证见，满庵一搜，自然出来的。”方才转步，忽又想道：“焉知不是我丈夫掉下来的？且莫要枉杀了出家人，我再问他个备细。”

陆氏又叫住蒯三问道：“你这绦几时拾的？”蒯三道：“不上半月。”陆氏又想道：“原来半月之前，丈夫还在庵中，事有可疑。”又问道：“你在何处拾的？”蒯三道：“在东院厢房内，天花板上拾的。也是大雨中淋漏了屋，教我去翻瓦，故此拾得。不敢动问大娘子，为何见了此绦，只管盘问？”

陆氏道：“这绦是我大官人的。自从春间出去，一向并无踪迹。今日见了这绦，少不得绦在哪里，人在哪里，如今就要同你去与尼姑讨人。寻着大官人回来，照依招子上重重谢你。”蒯三听罢，吃了一惊：“哪里说起？却在我身上要人！”便道：“绦便是我拾得，实不知你们大官人事体。”陆氏道：“你在庵中共做几日工作？”蒯三道：“西院共有十来日，至今工钱尚还我不清哩！”陆氏道：“可曾见我大官人在他庵里么？”蒯三道：“这个不敢说谎，生活便做了这几日，任我们穿房入户，却从不曾见大官人的影儿。”

陆氏想道：“若人不在庵中，虽有此绦，也难凭据。”左思右算，想了一回，乃道：“这绦在庵中，必定有因。或者藏于别处，也未可知。适才蒯三说庵中还少工钱，我如今赏他一两银子，教他以讨银为名，不时去打探，少不得露出些圭角来。那时着在尼姑身上，自然有个下落。”即唤过蒯三，吩咐如此如此，恁般恁般。“先赏你一两银子。若得了实信，另有重谢。”那匠人先说有一两银子，后边还有重谢，满口应承，任凭差遣。陆氏回到房中，将白银一两付与，蒯三作谢回家。

到了次日，蒯三挨到饭后，慢慢的走到非空庵门口。只见西院的香公坐在门槛上，向着日色脱开衣服捉虱子。蒯三上前叫声：“香公。”那老儿抬起头来，认得是蒯匠，便道：“连日不见，怎么有工夫闲走？院主正要寻你做些小生活，来得凑巧！”蒯匠见说，正合其意。便道：“不知院主要做什么？”

香公道：“说便恁般说，连我也不知。同进去问，便晓得。”把衣服束好，一同进来。弯弯曲曲，直到里边净室中，静真坐在那里写经。香公道：“院主，蒯待诏[1]在此。”

静真把笔放下道：“刚要着香公来叫你做生活，恰来得正好。”蒯三道：“不知院主要做甚样生活？”静真道：“佛前那张供桌，原是祖传下来的，年深月久，漆都剥落了，一向要换，没有个施主。前日蒙钱奶奶发心舍下几根木子，今要照依东院一般做张佛柜。选着明日是个吉期，便要动手。必得你亲手制造，那样没用副手，一个也成不得的。工钱索性一并罢。”蒯三道：“恁样，明日准来。”

口中便说，两只眼四下瞧看。净室内空空的，料没个所在隐藏。即便转身，一路出来，东张西望。想道：“这绦在东院拾的，还该到那边去打探。”

走出院门，别了香公，径到东院。见院门半开半掩，把眼张看，并不见个人儿。轻轻的挨将进去，蹑手蹑脚逐步步走入。见锁着的空

1 待诏：待命供奉皇帝的手艺人，这里是对店铺伙计和一般工匠的敬称。

房，便从门缝中张望，并无声息。却走到厨房门首，只听得里边笑声，便立定了脚，把眼向窗眼中一觑，见两个女童搅作一团玩耍。须臾间，小的跌倒在地，大的便扛起双足，跨上身去，学男人行事，捧着亲嘴。小的便喊，大的道："孔儿也被人弄大了，还要叫喊！"

蒯三正看得得意，忽地一个喷嚏，惊得那两个女童连忙跳起，问道："哪个？"蒯三走近前去，道："是我。院主可在家么？"口中便说，心内却想着两个举动，忍笑不住，格的笑了一声。女童觉道被他看见，脸都红了，道："蒯待诏，有甚说话？"蒯三道："没有甚话，要问院主借工钱用用。"女童道："师父不在家里，改日来罢。"

蒯三见回了，不好进去，只得覆身出院。两个女童把门关上，口内骂道："这蛮子好像做贼的，声息不见，已到厨下了，恁样可恶！"蒯三明明听得，未见实迹，不好发作。一路思想："孔儿被人弄大了，这话虽不甚明白，却也有些跷蹊。且到明日再来探听。"

至次日早上，带着家伙，径到西院，将木子量划尺寸，运动斧锯裁截。手中虽做家伙，一心察听赫大卿消息。约莫未牌时分，静真走出观看，两下说了一回闲话。忽然抬头见香灯中火灭，便教女童去取火。女童去不多时，将出一个灯盏火儿，放在桌上，便去解绳，放那香灯。不想绳子放得忒松了，那盏灯望下直溜。

事有凑巧，物有偶然。香灯刚落下来，恰好静真立在其下，不歪不斜，正打在他的头上，扑的一声，那盏灯碎作两片，这油从头直浇到底。静真心中大怒，也不顾身上油污，赶上前一把揪住女童头发，乱打乱踢，口中骂着："骚精淫妇娼根，被人入昏了，全不照管，污我一身衣服！"蒯三撇下手中斧凿，忙来解劝开了。

静真怒气未息，一头走，一头骂，往里边更换衣服去了。那女童打得头发散作一背，哀哀而哭。见他进去，口中喃喃的道：“打翻了油，便恁般打骂，你活活弄死了人，该问什么罪哩？”蒯三听得这话，急忙来问。正是：

情知语似钩和线，从头钓出是非来。

原来这女童年纪也在当时，初起见赫大卿与静真百般戏弄，心中也欲得尝尝滋味。怎奈静真情性利害，比空照大不相同，极要拈酸吃醋。只为空照是首事之人，姑容了他。汉子到了自己房头，囫囵吃在肚里，还嫌不够，怎肯放些须空隙与人！女童含忍了多时，衔恨在心。今日气怒间，一时把真话说出，不想正凑了蒯三之趣。

当下蒯三问道：“他怎么弄死了人？”女童道：“与东房这些淫妇，日夜轮流快活，将一个赫监生断送了！”蒯三道：“如今在哪里？”女童道：“东房后园大柏树下埋的不是？”蒯三还要问时，香公走将出来，便大家住口。女童自哭向里边去了。

蒯三思量这话，与昨日东院女童的正是暗合，眼见得这事有九分了。不到晚，只推有事，收拾家伙，一口气跑至赫家，请出陆氏娘子，将上项事一一说知。陆氏见说丈夫死了，放声大哭。连夜请亲族中商议停当，就留蒯三在家宿歇。到次早，唤集童仆，共有二十来人，带了锄头铁锹斧头之类，陆氏把孩子教养娘看管，乘坐轿子，蜂涌而来。

那庵离城不过三里之地，顷刻就到了。陆氏下了轿子，留一半人在门口把住，其余的担着锄头铁锹，随陆氏进去。蒯三在前引路，径来到东院叩门。那时庵门虽开，尼姑们方才起身。香公听得叩门，出来开看，见有女客，只道是烧香的，进去报与空照知道。

那蒯三认得后园路径，引着众人，一直望里边径闯，劈面遇着空照。空照见蒯三引着女客，便道："原来是蒯待诏的宅眷。"上前相迎。蒯三、陆氏也不答应，将他挤在半边，众人一溜烟向园中去了。

空照见势头勇猛，不知有甚缘故，随脚也赶到园中。见众人不到别处，径至大柏树下，运起锄头铁锹，往下乱撬。空照知事已发觉，惊得面如土色。连忙覆身进来，对着女童道："不好了！赫郎事发了！快些随我来逃命！"两个女童都也吓得目睁口呆，跟着空照罄身[1]而走。方到佛堂前，香公来报说："庵门口不知为甚，许多人守住，不容我出去。"空照连声叫："苦也！且往西院去再处。"四人飞走到西院，敲开院门，吩咐香公闭上："倘有人来叩，且勿要开。"

赶到里边，那时静真还未起身，门尚闭着。空照一片声乱打。静真听得空照声音，急忙起来，穿着衣服，走出问道："师弟为甚这般忙乱？"空照道："赫郎事体，不知哪个漏了消息，蒯木匠这天杀的，同了许多人径赶进后园，如今在那里发掘了。我欲要逃走，香公说门前已有人把守，出去不得。特来与你商议。"静真见说，吃这一惊，却也不小！说道："蒯匠昨日也在这里做生活，如何今日便引人来，却又知得恁般详细？必定是我庵中有人走漏消息，这奴狗方才去报新闻。不然，何由晓得我们的隐事？"

那女童在旁闻得，懊悔昨日失言，好生惊惶！东院女童道："蒯匠有心，想非一日了。前日便悄悄直到我家厨下来打听消耗[2]，被我们发作出门。但不知哪个泄露的？"空照道："这事且慢理论，只是如今却怎么处？"静真道："更无别法，只有一个走字。"空照道：

---

1 罄身：空手、空着身子。
2 消耗：消息。

“门前有人把守。”静真道：“且看后门。”先教香公打探，回说并无一人。空照大喜，一面教香公把外边门户一路关锁，自己到房中取了些银两，其余尽皆弃下。连香公共是七人，一齐出了后门，也把锁儿锁了。

空照道：“如今走到哪里去躲好？”静真道：“大路上走，必然被人遇见，须从僻路而去，往极乐庵暂避。此处人烟稀少，无人知觉。了缘与你我情分又好，料不推辞。待事平定，再作区处。”空照连声道是，不管地上高低，望着小径，落荒而走，投极乐庵躲避。不在话下。

且说陆氏同蒯三众人，在柏树下一齐着力，锄开面上土泥，露出石灰，都道是了。那石灰经了水，并作一块，急切不能得碎。弄了大一回，方才看见材盖，陆氏便放声啼哭。众人用铁锹垦去两边石灰，那材盖却不能开。外边把门的等得心焦，都奔进来观看。正见弄得不了不当，一齐上前相帮，掘将下去，把棺木弄浮，提起斧头，砍开棺盖。打开看时，不是男子，却是一个尼姑。众人见了，都慌作一堆，也不去细认，俱面面相觑，急把材盖掩好。

说话的，我且问你：赫大卿死未周年，虽然没有头发，夫妻之间，难道就认不出了？看官有所不知。那赫大卿初出门时，红红白白，是个俊俏子弟。在庵中得了怯症，久卧床褥，死时只剩得一把枯骨，就是引镜自照，也认不出当初本身了。况且骤然见了个光头，怎的不认作尼姑?

当下陆氏倒埋怨蒯三起来，道：“特地教你探听，怎么不问个的确，却来虚报？如今弄这把戏，如何是好？”蒯三道：“昨日小尼明明说的，如何是虚报？”众人道：“见今是个尼姑了，还强辨到哪里去！”蒯三道：“莫不掘错了？再在那边垦下去看。”内中有个老年亲戚道："不可，不可！律上说，开棺见尸者斩。况发掘坟墓，也该是个斩罪。目今我们已先犯着了。倘再掘起一个尼姑，倒去顶两个斩罪不成？不如快去告官，拘昨日说的小尼来问，方才扯个两平。若被尼姑先告，倒是老大利害！"众人齐声道是，急忙引着陆氏就走，连锄头家伙倒弃下了。

从里边直至庵门口，并无一个尼姑。那老者又道："不好了！这些尼姑，不是去叫地方，一定先去告状了。快走！快走！"吓得众人一个个心下慌张，巴不能脱离了此处。教陆氏上了轿子，飞也似乱跑，望新淦县前来禀官。进得城时，亲戚们就躲去了一半。

正是话分两头。却说陆氏带来人众内，有个雇工人，叫做毛泼皮，只道棺中还有甚东西，闪在一边，让众人去后，揭开材盖，掀起衣服，上下一翻，更无别物。也是数合当然，不知怎地一扯，那裤子直褪下来，露出那件话儿。毛泼皮看了笑道："原来不是尼姑，却是和尚！"依旧将材盖好，走出来四处张望。见没有人，就踅到一个房里，正是空照的净室。只拣细软取了几件，揣在怀里，离了非空庵，急急追到县前。

正值知县相公在外拜客，陆氏同众人在那里伺候。毛泼皮上前道："不要着忙。我放不下，又转去相看。虽不是大官人，却也不是尼姑，倒是个和尚。"众人都欢喜道："如此还好。只不知这和尚是甚寺里，却被那尼姑谋死？"

你道天下有恁般巧事！正说间，旁边走出一个老和尚来，问道："有甚和尚谋死在那个尼姑庵里？怎么一个模样？"众人道："是城外非空庵东院，一个长长的黄瘦小和尚，像死不多时哩！"老和尚见说，便道："如此说来，一定是我的徒弟了。"众人问道："你徒弟如何却死在那里？"老和尚道："老僧是万法寺住持觉圆，有个徒弟叫做去非，今年二十六岁，专一不学长俊[1]，老僧管他不下。自今八月间出去，至今不见回来。他的父母又极护短，不说儿子不学好，反告小僧谋死，今日在此候审。若得死的果然是他，也出脱了老僧。”毛泼皮道：“老师父，你若肯请我，引你去看如何？”老和尚道：“若得如此，可知好么！”

正待走动，只见一个老儿，同着一个婆子，赶上来，把老和尚接连两个巴掌，骂道：“你这贼秃！把我儿子谋死在哪里？”老和尚道：“不要嚷，你儿子如今有着落了。”那老儿道：“如今在哪里？”老和尚道：“你儿子与非空庵尼姑串好，不知怎样死了，埋在他后园。”指着毛泼皮道：“这位便是证见。”扯着他便走。

那老儿同婆子一齐跟来，直到非空庵。那时庵旁人家尽皆晓得，若老若幼，俱来观看。毛泼皮引着老和尚，直至里边。只见一间房里，有人叫响。毛泼皮推门进去看时，却是一个将死的老尼姑，睡在床上叫喊：“肚里饿了，如何不将饭来我吃？”毛泼皮也不管他，依旧把门拽上了。同老和尚到后园柏树下，扯开材盖。

那婆子同老儿擦磨老眼仔细认看，依稀有些相像，便放声大哭。看的人都拥作一堆，问起根由，毛泼皮指手画脚，剖说那事。老和尚见他认了，只要出脱自己，不管真假，一把扯道：“去！去！去！你儿子有了，快去禀官，拿尼姑去审问明白，再哭未迟。”那老儿只得住了，把材盖好，离了非空庵，飞奔进城。

到县前时，恰好知县相公方回。那拘老和尚的差人，不见了原被告，四处寻觅，奔了个满头汗。赫家众人见毛泼皮、老和尚到了，都来问道：“可真是你徒弟么？”老和尚道：“千真万真！”众人道：

1 长俊：长进、进步。

“既如此，并做一事，进去禀罢！”

差人带一干人齐到里边跪下。倒先是赫家人上去禀说家主不见缘由，并见蒯匠丝绦，及庵中小尼所说，开棺却是和尚尸首，前后事一一细禀。然后老和尚上前禀说，是他徒弟，三月前蓦然出去，不想死在尼姑庵里，被伊父母讦告。“今日已见明白，与小僧无干，望乞超豁。”知县相公问那老儿道：“果是你的儿子么？不要错了。”老儿禀道：“正是小人的儿子，怎么得错！”知县相公即差四个公差到庵中拿尼姑赴审。

差人领了言语，飞也似赶到庵里，只见看的人便拥进拥出，哪见尼姑的影儿？直寻到一间房里，单单一个老尼在床将死快了。内中有一个道：“或者躲在西院。”急到西院门口，见门闭着。敲了一回，无人答应。公差心中焦躁，俱从后园墙上爬将过去。见前后门户，尽皆落锁。一路打开搜看，并不见个人迹。差人各溜过几件细软东西，倒拿地方同去回官。

知县相公在堂等候，差人禀道：“非空庵尼姑都逃躲不知去向，拿地方在此回话。”知县问地方道：“你可晓得尼姑躲在何处？”地方道：“这个小人们哪里晓得！”知县喝道：“尼姑在地方上偷养和尚，谋死人命，这等不法勾当，都隐匿不报。如今事露，却又纵容躲过，假推不知。既如此，要地方何用？”喝教拿下去打。地方再三苦告，方才饶得，限在三日内，准要一干人犯。召保在外，听候获到审问。又发两张封皮，将庵门封锁，不提。

且说空照、静真同着女童、香公来到极乐庵中，那庵门紧紧闭着。敲了一大回，方才香公开门出来。众人不管三七二十一，一齐拥入，流水叫香公把门闭上。

庵主了缘早已在门旁相迎，见他们一窝子都来，且是慌慌张张，料想有甚事故。请到佛堂中坐下，一面教香公去点茶，遂开言问其来意。静真扯在半边，将上项事细说一遍，要借庵中躲避。了缘听罢，老大吃惊，沉吟了一回，方道："二位师兄有难来投，本当相留。但此事非同小可！往远处逃遁，或可避祸。我这里墙卑室浅，耳目又近，倘被人知觉，莫说师兄走不脱，只怕连我也涉在浑水内，如何躲得？"

你道了缘因何不肯起来？他也是个广开方便门的善知识[1]，正勾搭万法寺小和尚去非做了光头夫妻，藏在寺中三个多月。虽然也扮作尼姑，常恐露出事来，故此门户十分紧急。今日静真也为那桩事败露来躲避，恐怕被人缉着，岂不连他的事也出丑？因这上不肯相留。空照师徒见了缘推托，都面面相觑，没做理会。

到底静真有些贼智，晓得了缘平昔贪财，便去袖中摸出银子，拣上二三两，递与了缘道："师兄之言，虽是有理，但事起仓卒，不曾算得个去路，急切投奔何处？望师兄念向日情分，暂容躲避两三日，待势头稍缓，然后再往别处。这些少银两，送与师兄为盘缠之用。"果然了缘见着银子，就忘了利害，乃道："若只住两三日，便不妨碍，如何要师兄银子？"静真道："在此搅扰，已是不当，岂可又费师兄。"了缘假意谦让一回，把银收过，引入里边去藏躲。

且说小和尚去非，闻得香公说是非空庵师徒五众，且又生得标致，忙走出来观看，两下却好打个照面，各打了问讯。静真仔细一看，却不认得，问了缘道："此间师兄，上院何处？怎么不曾相会？"了缘扯个谎道："这是近日新出家的师弟，故此师兄还认不得。"那小和尚见静真师徒姿色胜似了缘，心下好不欢喜。想道：

---

1 善知识：佛教语，善友、好伴侣的意思，此处做反语用。

“我好造化！哪里说起，天赐这几个妙人到此，少不得都刮上他，轮流儿取乐快活！”

当下了缘备办些素斋款待。静真、空照心中有事，耳热眼跳，坐立不宁，哪里吃得下饮食。到了申牌时分，向了缘道：“不知庵中事体若何，欲要央你们香公去打听个消息，方好计较长策。”了缘即教香公前去。

那香公是个老实头，不知利害，一径奔到非空庵前，东张西望。那时地方人等正领着知县钧旨，封锁庵门，也不管老尼死活，反锁在内，两条封皮，交叉封好。方待转身，见那老儿探头探脑，晃来晃去，情知是个细作，齐上前喝道：“官府正要拿你，来得恰好！”一个拿起索子，向颈上便套。吓得香公身酥脚软，连声道：“他们借我庵中躲避，央来打听的，其实不干我事！”众人道：“原晓得你是打听的，快说是哪个庵里？”香公道：“是极乐庵里。”

众人得了实信，又叫几个帮手，押着香公齐到极乐庵，将前后门把好，然后叩门。里边晓得是香公回了，了缘急出来开门。众人一拥而入，迎头就把了缘拿住，押进里面搜捉，不曾走了一个。那小和尚着了忙，躲在床底下，也被搜出。

了缘向众人道：“他们不过借我庵中暂避，其实做的事体，与我分毫无干。情愿送些酒钱与列位，怎地做个方便，饶了我庵里罢！”众人道：“这使不得！知县相公好不利害哩！倘然问在何处拿的，教我们怎生回答？有干无干，我们总是不知，你自到县里去分辩。”了缘道：“这也容易，但我的徒弟乃新出家的，这个可以免得。望列位做个人情。”

众人贪着银子，却也肯了。内中又有个道：“成不得！既是与他没相干，何消这等着忙，直躲入床底下去？一定也有些跷蹊，我们休担这样干纪。”众人齐声道是。都把索子扣了，连男带女，共是十人，好像端午的粽子，做一串儿牵出庵门，将门封锁好了，解入新淦县来。一路上了缘埋怨静真连累，静真半字不敢回答。正是：

老龟蒸不烂，移祸于空桑。

此时天色傍晚，知县已是退衙，地方人又带回家去宿歇。了缘悄悄与小和尚说道：“明日到堂上，你只认作新出家的徒弟，切莫要多讲。待我去分说，料然无事。”

到次日，知县早衙，地方解进去禀道：“非空庵尼姑俱躲在极乐庵中，今已缉获，连极乐庵尼姑通拿在此！”知县教跪在月台东首。即差人唤集老和尚、赫大卿家人、蒯三并小和尚父母来审。哪消片刻，俱已唤到，令跪在月台西首。

小和尚偷眼看见，惊异道：“怎么我师父也涉在他们讼中？连爹妈都在此，一发好怪！”心上虽然暗想，却不敢叫唤，又恐师父认出，倒把头儿别转，伏在地上。

那老儿同婆子，也不管官府在上，指着尼姑，带哭带骂道：“没廉耻的狗淫妇！如何把我儿子谋死？好好还我活的便罢！”小和尚听得老儿与静真讨人，愈加怪异，想道：“我好端端活在此，哪里说起却与他们索命？”静真、空照还认是赫大卿的父母，哪敢则声。

知县见那老儿喧嚷，呵喝住了，唤空照、静真上前问道：“你既已出家，如何不守戒律，偷养和尚，却又将他谋死？从实招来，免受刑罚。”静真、空照自己罪犯已重，心慌胆怯，那五脏六腑，犹如一团乱麻，没有个头绪。这时见知县不问赫大卿的事情，却问什么和尚之事，一发摸不着个头路。

静真那张嘴头子，平时极是能言快语，到这回恰如生漆护牢，鱼胶粘住，挣不出一个字儿。知县连问四五次，刚刚挣出一句道：“小尼并不曾谋死那个和尚。”知县喝道：“现今谋死了万法寺和尚去非，埋在后园，还敢抵赖，快夹起来！”两边皂隶答应如雷，向前动手。

了缘见知县把尸首认作去非，追究下落，打着他心头之事，老大惊骇，身子不摇自动。想道：“这是哪里说起？他们乃赫监生的尸首，却倒不问，反牵扯我身上的事来，真也奇怪！”心中没想一头处，将眼偷看小和尚。小和尚已知父母错认了，也看着了缘，面面相觑。

且说静真、空照俱是娇滴滴的身子，嫩生生的皮肉，如何经得这般刑罚，夹棍刚刚套上，便晕迷了去，叫道：“爷爷不消用刑，容小尼从实招认。”知县止住左右，听他供招。二尼异口齐声说道：“爷爷，后园埋的不是和尚，乃是赫监生的尸首！”赫家人闻说原是家主尸首，同蒯三俱跪上去，听其情款。

知县道：“既是赫监生，如何却是光头？”二尼乃将赫大卿到寺游玩，勾搭成奸，及设计剃发，扮作尼姑，病死埋葬，前后之事，细细招出。知县见所言与赫家昨日说话相合，已知是个真情。又问道：“赫监生事已实了，那和尚还藏在何处？一发招来！”二尼哭道：“这个其实不知，就打死也不敢虚认。”知县又唤女童、香公逐一细问，其说相同，知得小和尚这事与他无干。

又唤了缘并小和尚上去问：“你藏匿静真、空照等在庵，一定与他是同谋的了。也夹起来！”了缘此时见静真等供招明白，小和尚之事，已不缠牵在内，肠子宽了，从从容容的禀道：“爷爷不必加刑，容小尼细说。静真等昨到小尼庵中，假说被人扎诈，权住一两日，故此误留。其他奸情之事，委实分毫不知。”又指着小和尚道：“这徒弟乃新出家的，与静真等一发从不相认。况此等无耻勾当，败坏佛门体面，即使未曾发觉，小尼若稍知声息，亦当出首，岂肯事露之后，还敢藏匿？望爷爷详情超豁。”

知县见他说得有理，笑道：“话倒讲得好，只莫要心不应口。”遂令跪过一边。喝叫皂隶将空照、静真各责五十，东房女童各责三十，两个香公各打二十，都打得皮开肉绽，鲜血淋漓。打罢，知县举笔定罪：

> 静真、空照设计恣淫，伤人性命，依律拟斩。东房二女童，减等，杖八十，官卖。两个香公，知情不举，俱问杖罪。非空庵藏奸之薮，拆毁入官。了缘师徒虽不知情，但隐匿奸党，杖罪纳赎[1]。西房女童，判令归俗。赫大卿自作之孽，已死勿论，尸棺着令家属领归埋葬。

判毕，各令画供。

那老儿见尸首已不是他儿子，想起昨日这场啼哭，好生没趣，愈加忿恨，跪上去禀知县，依旧与老和尚要人。老和尚又说徒弟偷盗寺中东西，藏匿在家，反来图赖。两下争执，连知县也委决不下。意为老和尚谋死，却不见形迹，难以入罪；将为果躲在家，这老儿怎敢又与他讨人？想了一回，乃道：“你儿子生死没个实据，怎好问得！且押出去，细访个的确证见来回话。”当下空照、静真、两个女童都下狱中。了缘、小和尚并两个香公，押出召保。老和尚与那老儿夫妻，原差押着，访问去非下落。其余人犯，俱释放宁家。

1 纳赎：交钱赎罪，免受杖刑。

大凡衙门，有个东进西出的规矩。这时一干人俱从西边丹墀下走出去。那了缘因哄过了知县，不曾出丑，与小和尚两下暗地欢喜。小和尚还恐有人认得，把头直低向胸前，落在众人背后。

也是合当败露，刚出西脚门，那老儿又揪住老和尚骂道："老贼秃！谋死了我儿子，却又把别人的尸首来哄我么？"夹嘴连腮，只管乱打。老和尚正打得连声叫屈，没处躲避，不想有十数个徒弟、徒孙，在那里看出官，见师父被打，齐赶向前推翻了那老儿，挥拳便打。小和尚见父亲吃亏，心中着急，正忘了自己是个假尼姑，竟上前劝道："列位师兄不要动手！"

众和尚举眼观看，却认是去非。忙即放了那老儿，一把扯住小和尚叫道："师父，好了！去非在此！"押保差人还不知就里，乃道："这是极乐庵里的尼姑，押出去召保的，你们休错认了！"众和尚道："哦！原来他假扮尼姑在极乐庵里快活，却害师父受累！"

众人方才明白是个和尚，一齐都笑起来。旁边只急得了缘叫苦连声，面皮青染。老和尚分开众人，揪过来，一连四五个耳聒子，骂道："天杀的奴狗！你便快活，害得我好苦！且去见老爷来！"拖着便走。

那老儿见儿子已在，又做了假尼姑，料道到官必然责罚，向着老和尚连连叩头道："老师父，是我无理得罪了，情愿下情赔礼。乞念师徒分上，饶了我孩儿，莫见官罢！"老和尚因受了他许多荼毒，哪里肯听，扭着小和尚直至堂上。差人押着了缘，也随进来。知县看见问道："那老和尚为何又结扭尼姑进来？"老和尚道："爷爷！这不是真尼姑，就是小的徒弟去非假扮的！"知县闻言，也忍笑不住，道："如何有此异事？"喝教小和尚从实供来。去非自知隐瞒不过，只得一一招承。

知县录了口词，将僧、尼各责四十，去非依律问徒[1]，了缘官卖为奴，极乐庵亦行拆毁。老和尚并那老儿，无罪释放。又讨连具枷枷了，各搽半边黑脸，满城迎游示众。

那老儿、婆子因儿子做了这不法勾当，哑口无言，唯有满面鼻涕眼泪，扶着枷梢，跟出衙门。那时哄动了满城男女，扶老挈幼，俱来观看。有好事的作个歌儿道：

> 可怜老和尚，不见了小和尚。原来女和尚，私藏了男和尚。分明雄和尚，错认了雌和尚。为个假和尚，带累了真和尚。断过死和尚，又明白了活和尚。满堂只叫打和尚，满街争看迎和尚。只为贪那裤裆中硬崛崛一个莽和尚，弄坏了庵院里娇滴滴许多骚和尚。

且说赫家人同蒯三急奔到家，报知主母。陆氏闻言，险些哭死。连夜备办衣衾棺椁，禀明知县，开了庵门，亲自到庵，重新入殓，迎到祖茔，择日安葬。那时庵中老尼已是饿死在床，地方报官盛殓，自不必说。这陆氏因丈夫生前不肯学好，好色身亡，把孩子严加教诲。后来明经[2]出仕，官为别驾之职。有诗为证：

> 野草闲花恣意贪，化为蜂蝶死犹甘。
> 名庵并入游仙梦，是色非空作笑谈。

---

1 问徒：判决徒刑。
2 明经：明代对“贡生”的敬称。

# 第七卷　陆五汉硬留合色鞋

得便宜处笑嘻嘻，不遂心时暗自悲。
谁识天公颠倒用，得便宜处失便宜。

近时有一人，姓强，平日好占便宜，倚强凌弱，里中都惧怕他，熬出一个诨名，叫做“强得利”。一日，偶出街市行走，看见前边一个单身客人，在地下捡了一个兜肚儿，提起颇重，想来其中有物，慌忙赶上前拦住客人，说道：“这兜肚是我腰间脱下来的，好好还我！”客人道：“我在前面走，你在后面来，如何倒是你腰间脱下来的？好不通理！”强得利见客人不从，就劈手去抢，早扯住兜肚上一根带子。两下你不松，我不放，街坊人都走拢来，问其缘故。二人各争执是自己的兜肚儿。

众人不能剖判。其中一个老者开言道：“你二人口说无凭，且说兜肚中什么东西？合得着，便是他的。”强得利道：“谁耐烦与你猜谜道白！我只认得自己的兜肚，还我便休。若不还时，与你拼个死活！”

只这句话，众人已知不是强得利的兜肚了。多有惧怕强得利的，有心帮衬他，便上前解劝道：“客人，你不识此位强大哥么？是本地有名的豪杰。这兜肚，你是地下捡的，料非己物，就把来结识了这位大哥，也是理所当然。”客人被劝不过，便道：“这兜肚果然不是小人的。只是财可义取，不可力夺。既然列位好言相劝，小人情愿将兜肚打开，看是何物。若果有些彩头，分作三股。小人与强大哥各得一股，那一股送与列位做个利市，店中共饮三杯，以当酬劳。”那老者道：“客官最说得是！强大哥且放手，都交付与老汉手里。”

老者取兜肚打开看时，中间一个大布包，包中又有三四层纸，裹着光光两锭雪花样的大银，每锭有十两重。强得利见了这两锭银子，爱不可言，就使欺心起来，便道：“论起三股分开，可惜鏨坏了这两个锞儿。我身边有几两散碎银子，要去买牲口的，把来送与客人，留下这锞儿与我罢！”

一头说，一头在腰里摸将出来三四个零碎包儿，凑起还称不上四两银子，连众人吃酒东道都在其内。客人如何肯收？两下又争嚷起来。又有人点拨客人道：“这位强大哥不是好惹的，你多少得些彩去罢！”老者也劝道：“客官，这四两银子，都把与你，我们众人这一股不要了。那一日不吃酒，省了这东道奉承你二位罢！”口里说时，那两锭银子在老者手中，已被强得利劈手抢去了。那客人没奈何，只得留了这四两银子。

强得利道：“虽然我身边没有碎银，前街有个酒店，是我舅子开的。有劳众位多时，少不得同去一坐。”众人笑道：“恁地时，连客官也去吃三杯，今后就做个相识。”

一行十四五人，同走到前街朱三郎酒店里大楼上坐下。强得利一来白白里得了这两锭大银，心中欢喜，二来感谢众人帮衬，三来讨了客人的便宜，又赖了众人一股利市，心上也未免有些不安。况且是自己舅子开张的酒店，越要卖弄，好酒好食，只顾教搬来，吃得个不亦乐乎！众人个个醉饱，方才撒手。共吃了三两多银子，强得利教记在自家账上。众人出门作别，各自散讫。客人干净得了四两银子，也自归家去了。

过了两日，强得利要买牲口，舅子店里又来取酒钱，家中别无银两，只得把那两锭雪花样的大银，在一个倾银铺里去倾销，指望加出些银水。那银匠接银在手，反复看了一回，手内颠上几颠，问道："这银子哪里来的？"强得利道："是交易上来的。"银匠道："大郎被人哄了！这是铁胎假银，外边是细丝，只薄薄一层皮儿，里头都是铅铁。"强得利不信，只要錾开。银匠道："錾坏时，大郎莫怪。"银匠动了手，乒乒乓乓錾开一个口子，那银皮裂开，里面露出假货。

强得利看了，自也不信：一生不曾做这折本的交易。自作自受，埋怨不得别人。坐在柜桌边，呆呆的对着这两锭银子只顾看。引下许多人进店，都来认那铁胎银的，说长说短。强得利心中越气，正待寻事发作，只见门外两个公差走入，大喝一声，不由分说，将链子扣了强得利的颈，连这两锭银子，都解到一个去处来。

原来本县库上钱粮收了几锭假银，知县相公暗差做公的在外缉访。这兜肚里银子，不知是何人掉下的，那锭样正与库上的相同。因此被做公的拿了，解上县堂。知县相公一见了这锭样，认定是造假银的光棍[1]，不容分诉，一上打了三十毛板，将强得利送入监里，要他赔补库上这几锭银子。

三日一比较[2]，强得利无可奈何，只得将田产变价上库。又央人

---

1 光棍：流氓、泼皮无赖。
2 比较：追究、勘问。

情在知县相公处说明这两锭银子的来历。知县相公听了分上[1]，饶了他罪名，释放宁家。共破费了百外银子，一个小小家当，弄得七零八落。被里中做下几句口号，传作笑话。道是：

强得利，强得利，做事全不济！得了两锭寡铁，破了百金家计。公堂上毛板是我打来，酒店上东道别人吃去。似此折本生涯，下次莫要淘气。从今改强为弱，得利唤作失利。再来吓里欺邻，只怕缩不上鼻涕。

这段话叫做《强得利贪财失采》，正是：得便宜处失便宜。如今再讲一个故事，叫做《陆五汉硬留合色鞋》，也是为讨别人的便宜，后来弄出天大的祸来。正是：

爽口食多应损胃，快心事过必为殃。

话说国朝弘治年间，浙江杭州府城，有一少年子弟，姓张，名荩，积祖是大富之家。幼年也曾上学攻书，只因父母早丧，没人拘管，把书本抛开，专与那些浮浪子弟往来，学就一身吹弹蹴踘，惯在风月场中卖弄，烟花阵里钻研。因他生得风流俊俏，多情知趣，又有钱钞使费，小娘们多有爱他的，奉得神魂颠倒，连家里也不思想。妻子累谏不止，只索由他。

一日，正值春间，西湖上桃花盛开。隔夜请了两个名妓，一个唤作娇娇，一个叫做倩倩，又约了一般几个子弟，教人唤下湖船，要去

1 分上：人情。

游玩。自己打扮起来，头戴一顶时样绉纱巾，身穿着银红吴绫道袍，里边绣花白绫袄儿，脚下白绫袜、大红鞋，手中执一柄书画扇子。后面跟一个垂髫标致小厮，叫做清琴，是他的宠童，左臂上挂着一件披风，右手拿着一张弦子，一管紫箫，都是蜀锦制成囊儿盛裹。离了家中，望钱塘门摇摆而来。却打从十官子巷中经过，忽然抬头，看见一家临街楼上，有个女子揭开帘儿，泼那梳妆残水。那女子生得甚是娇艳。怎见得？有《清江引》为证：

谁家女儿，委实的好，赛过西施貌。面如白粉团，鬓似乌云绕。若得他近身时，魂灵儿都掉了。

张荩一见，身子就酥了半边，便立住脚，不肯转身，假意咳嗽一声。那女子泼了水，正待下帘，忽听得咳嗽声响，望下观看，一眼瞧见个美貌少年，人物风流，打扮乔画，也凝眸流盼。两面对觑，四目相视，那女子不觉微微而笑，张荩一发魂不附体。只是上下相隔，不能通话。正看间，门里忽走出个中年人来，张荩急忙回避。等那人去远，又复走转看时，女子已下帘进去。站立一回，不见踪影，教清琴记了门面，明日再来打探。临行时，还回头几次。那西湖上，平常是他的脚边路，偏这日见了那女子，行一步，懒一步，就如走几百里山路一般，甚是厌烦。

出了钱塘门，来到湖船上。那时两个妓女和着一班子弟，都已先到。见张荩上船，俱走出船头相迎。张荩下了船，清琴把衣服、弦子、箫儿放下。稍子开船，向湖心中去。那一日天色晴明，堤上桃花含笑，柳叶舒眉，往来踏春士女，携酒挈榼，纷纷如蚁。有诗为证：

山外青山楼外楼，西湖歌舞几时休？
暖风熏得游人醉，错把杭州作汴州。

且说张荩船中这班子弟，一个个吹弹歌唱，施逞技艺。偏有张荩一意牵挂那楼上女子，无心欢笑，托腮呆想。他也不像游春，倒似伤秋光景。众人都道："张大爷平昔不是恁般，今日为何如此不乐？必定有甚缘故。"张荩含糊答应，不言所以。众人又道："大爷不要败兴，且开怀吃酒，有甚事等我众弟兄与你去解纷。"又对娇娇、倩倩道："想是大爷怪你们不来帮衬，故此着恼，还不快奉杯酒儿下礼。"娇娇、倩倩真个筛过酒来相劝。张荩被众人鬼诨，勉强酬酢，心不在焉。未到晚，就先起身，众人亦不强留。

上了岸，进钱塘门，原打十官子巷经过。到女子门首，复咳嗽一声，不见楼上动静。走出巷口，又踅转来，一连数次，都无音响。清琴道："大爷，明日再来罢。若只管往来，被人疑惑。"张荩依言，只得回家。

明日到他家左近[1]访问，是何等人家。有人说："他家有名叫做潘杀星潘用，夫妻两个，只生一女，年才十六，唤作寿儿。那老儿与一官宦人家薄薄里有些瓜葛，冒着他的势头，专在地方上吓诈人的钱财，骗人酒食。地方上无一家不怕他，无一个不恨他，是个赖皮刁钻主儿。"张荩听了，记在肚里，慢慢的在他门首踱过。恰好那女子开帘远望，两下又复相见。彼此以目送情，转加亲热。

自此之后，张荩不时往来其下探听，以咳嗽为号。有时看见，有时不见。眉来眼去，两情甚浓，只是无门得到楼上。

---

1 左近：附近。

一夜，正是三月十五，皓月当天，浑如白昼。张荩在家坐立不住，吃了夜饭，趁着月色，独步到潘用门首，并无一个人来往。见那女子正卷起帘儿，倚窗望月。

张荩在下看见，轻轻咳嗽一声。上面女子会意，彼此微笑。张荩袖中摸出一条红绫汗巾，结个同心方胜[1]，团作一块，望上掷来。那女子双手来接，恰好正中。就月底下仔细看了一看，把来袖过，就脱下一只鞋儿投下。张荩双手承受，看时是一只合色鞋儿，将指头量摸，刚刚一折[2]，把来系在汗巾头上，纳在袖里。望上唱个肥喏，女子还了个万福。正在热闹处，那女子被父母呼唤，只得将窗儿闭上，自下楼去。

张荩也兴尽而返，归到家里，自在书房中宿歇。又解下这只鞋儿，在灯前细玩，果是金莲一瓣，且又做得甚精细。怎见得？也有《清江引》为证：

> 觑鞋儿三寸，轻罗软窄，胜蕖花片。若还绣满花，只费分毫线。怪他香喷喷不沾泥，只在楼上转。

张荩看了一回，依旧包在汗巾头上。心中想道：“须寻个人儿通信与他，怎生设法上得楼去方好。若只如此空砑光[3]，眼饱肚饥，有何用处！”左思右算，除非如此，方能到手。

明日午前，袖了些银子，走至潘家门首。望楼上不见可人，便远

---

1 方胜：菱形花样。
2 一折：一拃。
3 砑光：调情。

远的借个人家坐下，看有甚人来往。事有凑巧，坐不多时，只见一个卖婆，手提着个小竹撞，进他家去。约有一个时辰，依原提着竹撞出来，从旧路而去。张荩急赶上一步，看时不是别人，却是惯走大家卖花粉的陆婆，就在十官子巷口居住。那婆子以卖花粉为名，专一做媒做保，做马泊六[1]，正是他的专门，故此家中甚是活动。儿子陆五汉在门前杀猪卖酒，平昔酗酒撒泼，是个凶徒，连那婆子时常要教训几拳的。婆子怕打，每事倒都依着他，不敢一毫违拗。

当下张荩叫声："陆妈妈！"陆婆回头认得，便道："呀！张大爷何来？连日少会。"张荩道："适才去寻个朋友不遇，便道在此经过。你怎一向不到我家走走？那些丫头，都望你的花哩！"陆婆道："老身日日要来拜望大娘，偏有这些没正经事，绊住身子，不曾来得。"

一头说，已到了陆婆门首。只见陆五汉在店中卖肉卖酒，十分热闹。陆婆道："大爷吃茶去便好。只是家间龌龊，不好屈得贵人。"张荩道："茶倒不消，还要借几步路说话。"陆婆道："少待。"连忙进去，放了竹撞出来道："大爷有甚事作成老媳妇？"张荩道："这里不是说话之处，且随我来。"直引到一个酒楼上，拣个小阁儿中坐下。

酒保放下杯箸，问道："可还有别客么？"张荩道："只我二人，上好酒暖两瓶来，时新果子，先将来案酒[2]，好嗄饭[3]只消三四味就够了。"酒保答应下去。不一时，都已取到，摆作一桌子。斟过酒来，吃了数杯。

---

1 马泊六：撮合男女私通的人。
2 案酒：下酒。
3 嗄饭：下饭的菜肴。

张荩打发酒保下去，把阁子门闭了，对陆婆道："有一事要相烦妈妈，只怕你做不来。"那婆子笑道："不是老身夸口，凭你天大样疑难事体，经着老身，一了百当。大爷有甚事，只管吩咐来，包在我身上，与你完成。"张荩道："只要如此便好。"当下把两臂靠在桌上，舒着颈，向婆子低低说道："有个女子，要与我勾搭，只是没有做脚的，难得到手。晓得你与他家最熟，特来相求，去通个信儿。若说法得与我一会，决不忘恩。今日先有十两白物在此，送你开手。事成之后，还有十两。"便去袖里摸出两个大锭，放在桌上。

陆婆道："银子是小事，你且说是哪一家的雌儿？"张荩道："十官子巷潘家寿姐，可是你极熟的么？"陆婆道："原来是这个小鬼头儿。我常时见他端端正正，还是黄花女儿，不像要寻野食吃的，怎生着了你的道儿？"张荩把前后遇见，并夜来赠鞋的事，细细与婆子说知。

陆婆道："这事倒也有些难处哩。"张荩道："有甚难处？"陆婆道："他家的老子利害。家中并无一个杂人，只有嫡亲三口，寸步不离。况兼门户谨慎，早闭晏开，如何进得他家？这个老身不敢应承。"张荩道："妈妈，你适才说天大极难的事，经了你就成。这些小事，如何便推故不肯与我周全？想必嫌谢礼微薄，故意作难么？我也不管，是必要在你身上完成。我便再加十两银子，两匹缎头，与你老人家做寿衣何如？"

陆婆见着雪白两锭大银，眼中已是出火，却又贪他后手找账，心中不舍。想了一回，道："既大爷恁般坚心，若老身执意推托，只道我不知敬重了。待老身竭力去图，看你二人缘分何如。倘图得成，是你造化了。若图不成，也勉强不得，休得归罪老身。这银子且留在大爷处，待有些效验，然后来领。他与你这只鞋儿，倒要把来与我，好去做个话头。”张荩道：“你若不收银子，我怎放心？”陆婆道：“既如此，权且收下。若事不谐，依旧璧还。”

把银揣在袖里。张荩摸出汗巾，解下这只合色鞋儿，递与陆婆。陆婆接在手中，细细看了一看，喝彩道：“果然做得好！”将来藏过。两个又吃了一回酒食，起身下楼，算还酒钱，一齐出门。临别时，陆婆又道：“大爷，这事须缓缓而图，性急不得的。若限期限日，老身就不敢奉命了。”张荩道：“只求妈妈用心，就迟几日也不大紧。倘有些好消息，竟到我家中来会。”道罢，各自分别而去。正是：

要将撮合三杯酒，结就欢娱百岁缘。

且说潘寿儿自从见了张荩之后，精神恍惚，茶饭懒沾，心中想道：“我若嫁得这个人儿，也不枉为人一世！但不知住在哪里？姓甚名谁？”那月夜见了张荩，恨不得生出两个翅儿，飞下楼来，随他同去。得了那条红汗巾，就当作情人一般，抱在身边而卧。睡到明日午牌时分，还痴迷不醒，直待潘婆来唤，方才起身。

又过两日，早饭已后，潘用出门去了，寿儿在楼上，又玩弄那条汗巾。只听得下面有人说话响，却又走上楼来。寿儿连忙把汗巾藏过，走到胡梯[1]边看时，不是别人，却是卖花粉的陆婆，手内提着竹撞，同潘婆上来。到了楼上，陆婆道：“寿姐，我昨日得了几般新样好花，特地送来与你。”连忙开了竹撞，取出一朵来道：“寿姐，你看如何？可像真的一般么？”寿儿接过手来道：“果然做得好！”陆婆又取出一朵来，递与潘婆道：“大娘，你也看看，只怕后生时，从

1 胡梯：扶梯。

不曾见恁样花样哩！”潘婆道：“真个我幼时只戴得那样粗花儿，不像如今做得这样细巧。”

陆婆道：“这个只算中等，还有上上号的，若看了，眼盲的就亮起来，老的便少起来，连寿还要增上几年哩！”寿儿道：“你一发拿出来与我瞧瞧。”陆婆道：“只怕你不识货，出不得这样贵价钱。”寿儿道：“若买你的不起，看是看得起的。”陆婆陪笑道：“老身是取笑话儿，寿姐怎认真起来？就连我这篮儿都要了，也值得几何？待我取出来与你看，只拣好的，任凭取择。”又取出几朵来，比前更加巧妙。

寿儿拣好的取了数朵，道：“这花怎么样卖？”陆婆道：“呀！老身每常何曾与你争惯价钱，却要问价起来？但凭你吩咐罢了。”又道：“大娘，有热茶便相求一碗。”潘婆道：“看花兴[1]了，连茶都忘记去取。你要热的，待我另烧起来。”说罢，往楼下而去。

陆婆见潘婆转了身，把竹撞内花朵整顿好了，却又从袖中摸出一个红绸包儿，也放在里边。寿儿问道：“这包的是什么东西？”陆婆道：“是一件要紧物事，你看不得的。”寿儿道：“怎么看不得？我偏要看！”把手便去取。陆婆口中便说：“决不与你看！”却放个空让他一手拈起，连叫：“啊呀！”假意来夺时，被寿儿抢过那边去。打开看时，却是他前夜赠与那生的这只合色鞋儿。

寿儿一见，满面通红。陆婆便劈手夺去道：“别人的东西，只管乱抢！”寿儿道：“妈妈，只这一只鞋儿，什么好东西，恁般尊重！把绸儿包着，却又人看不得。”陆婆笑道：“你便这样说不值钱，却不道有个官人，把这只鞋儿当似性命一般，教我遍处寻访那对儿哩！”

---

1 兴：高兴、起劲。

寿儿心中明白是那人教他来通信，好生欢喜。便去取出那一只来，笑道："妈妈，我倒有一只在此，正好与他恰是对儿。"陆婆道："鞋便对着了，你却怎么发付那生？"寿儿低低道："这事妈妈总是晓得的了，我也不消瞒得，索性问个明白罢！那生端的是何等之人？姓甚名谁？平昔做人何如？"

婆子道："他姓张，名荩，家中有百万家私，做人极是温存多情。为了你，日夜牵肠挂肚，废寝忘食。晓得我在你家相熟，特央我来与你讨信，可有个法儿放他进来么？"寿儿道："你是晓得我家爹爹又利害，门户甚是紧急，夜间等我吹息灯火睡过了，还要把火来照过一遍，方才下去歇息。怎么得个策儿与他相会？妈妈，你有什么计策，成就了我二人之事，奴家自有重谢。"

陆婆相了一相道："不打紧，有计在此。"寿儿连忙问道："有何计策？"陆婆道："你夜间早些睡了，等爹妈上来照过，然后起来。只听下边咳嗽为号，把几匹布接长垂下楼来，待他从布上攀缘而上。到五更时分，原如此而下。就往来百年，也没有那个知觉，任凭你两个取乐，可不好么？"寿儿听说，心中欢喜道："多谢妈妈玉成。还是几时方来？"陆婆道："今日天晚已来不及，明日侵早去约了他，到晚来便可成事。只是再得一件信物与他，方见老身做事的当。"寿儿道："你就把这对鞋儿，一总拿去为信。他明晚来时，依旧带还我。"

说犹未了，潘婆将茶上来。陆婆慌忙把鞋藏于袖中，啜了两杯茶。寿儿道："陆妈妈，花钱今日不便，改日奉还罢！"陆婆道："就迟几日不妨碍，老身不是这琐碎的。"取了竹撞，作别起身，潘婆母子直送到中门口。寿儿道："妈妈，明日若空，走来话话。"陆婆道："晓得！"

这是两个意会的说话，潘婆哪里知道。正是：

浪子心，佳人意，不禁眉来和眼去。虽然色胆大如天，中间还要人传会。伎俩熟，口舌利，握雨携云多巧计。虔婆绰号马泊六，多少良家受他累。

不怕天，不怕地，不怕旁人闲放屁；只须瞒却父和娘，暗中撮就鸳鸯对。朝想对，暮想对，想得人如痴与醉。不是冤家不聚头，杀却虔婆方出气。

且说陆婆也不回家，径望张荩家来。见了他浑家，只说卖花。问张荩时，却不在家。张荩合家那些妇女，把他这些花都抢一个干净，也有现，也有赊，混了一回。等他不及，作别起身。明日绝早，袖了那双鞋儿，又到张家问时，说："昨夜没有回来，不知住在哪里。"陆婆依旧回到家中，恰好陆五汉要杀一口猪，因副手出去了，在那里焦躁。见陆婆归家，道："来得极好！且相帮我缚一缚猪儿。"那婆子平昔惧怕儿子，不敢不依，道："待我脱了衣服帮你。"望里边进去。

陆五汉就随他进来，见婆子脱衣时，落下一个红绸包儿。陆五汉只道是包银子，拾起来，走到外边，解开看时，却是一双合色女鞋，喝彩道："谁家女子，有恁般小脚！"相了一会，又道："这样小脚女子，必定是有颜色的，若得抱在身边睡一夜，也不枉此一生！"又想道："这鞋如何在母亲身边？却又是穿旧的，有恁般珍重，把绸儿包着。其中必有缘故。待他寻时，把话儿吓他，必有实信。"原把来包好，揣在怀里。

婆子脱过衣裳，相帮儿子缚猪来杀了，净过手，穿了衣服，却又要去寻张荩。临出门，把手摸袖中时，那双鞋儿却不见了。连忙复转身寻时，影也不见，急得那婆子叫天叫地。

陆五汉冷眼看母亲恁般着急，由他寻个气叹，方才来问道：“不见了什么东西？这样着急！”婆子道：“是一件要紧物事，说不得的。”陆五汉道：“若说个影儿，或者你老人家目力不济，待我与你寻看。如说不得的，你自去寻，不干我事！”

婆子见儿子说话跷蹊，便道：“你若拾得，还了我，有许多银子在上，够你做本钱哩！”陆五汉见说有银子，动了火，问道：“拾到是我拾得，你说那根由与我，方才还你。”婆子叫到里边去，一五一十，把那两个前后的事，细细说与。

陆五汉探了婆子消息，心中欢喜，假意惊道：“早是与我说知，不然，几乎做出事来。”婆子道：“却是为何？”陆五汉道：“自古说得好，若要不知，除非莫为。这样事，怎掩得人的耳目。况且潘用那个老强盗，可是惹得他的么？倘或事露，晓得你赚了银两，与他做脚，那时不要说把我做本钱，只怕连我的店底都倒在他手里，还不像意[1]哩！”

陆婆被儿子一吓，心中老大惊慌，道：“儿说得有理。如今我把这银子和鞋儿还了他，只说事体不谐，不管他闲账罢了。”陆五汉笑道：“这银子在哪里？”陆婆便去取出来与儿子看。五汉把来袖了道：“母亲，这银子和鞋儿，留在这里。万一后日他们从别处弄出事来，连累你时，把他做个证见。若不到这田地，那银子落得用的，他敢来讨么？”陆婆道：“倘张大老来问回音，却怎么处？”五汉道：“只说他家门户紧急，一时不能，若有机会，便来通报。回他数次，自然不来了。”那婆子银子鞋儿都被五汉拿去，又不敢讨，手中没了

1 像意：中意、满意。

把柄，又怕弄出事来，也不敢去约张荩。

且说陆五汉把这十两银子，办起几件华丽衣服，也买一顶绉纱巾儿。到晚上等陆婆睡了，约莫一更时分，将行头打扮起来，把鞋儿藏在袖里，取锁反锁了大门，一径到潘家门首。其夜微云笼月，不甚分明，且喜夜深人静。陆五汉在楼墙下，轻轻咳嗽一声。上面寿儿听得，连忙开窗。那窗臼里，呀的有声，寿儿恐怕惊醒爹妈，即桌上取过茶壶来，洒些茶在里边，开时却就不响。把布一头紧紧的缚在柱上，一头便垂下来。陆五汉见布垂下，满心欢喜，撩衣拔步上前，双手挽住布儿，两脚挺在墙上，逐步挨将上去。顷刻已到楼窗边，轻轻跨下。寿儿把布收起，将窗儿掩上。陆五汉就双手抱住，便来亲嘴，寿儿即把舌儿度在五汉口中。此时两情火热，又是黑暗之中，哪辨真假，相偎相抱，解衣就寝。五汉将寿儿双股拍开，腾身上去。寿儿亦耸身而就。真个你贪我爱，被陆五汉恣情取乐。正是：

> 豆蔻包香，却被枯藤胡缠；海棠含蕊，无端暴雨摧残。鸺鹠占锦鸳之窠，凤凰作凡鸦之偶。一个口里呼肉肉肝肝，还认作店中行货；一个心里想亲亲爱爱，哪知非楼下可人。红娘约张珙，错订郑恒；郭素学王轩，偶迷西子，可怜美玉娇香体，轻付屠酤市井人。

当下雨散云收，方才叙阔。五汉将出那双鞋儿，细述向来情款。寿儿也诉想念之由。情犹未足，再赴阳台[1]，愈加恩爱。到了四更，即便起身。开了窗，依旧把布放下，五汉攀援下去，急奔回家。寿儿

---

1 再赴阳台：指再次云雨。

把布收起藏过，轻轻闭上窗儿，原复睡下。

自此之后，但是雨下月明，陆五汉就不来，余则无夜不会。往来约有半年，十分绸缪。那寿儿不觉面目语言，非复旧时。潘用夫妻，心中疑惑，几遍将女儿盘问，寿儿只是咬定牙根，一字不吐。那晚五汉又来，寿儿对他说道："爹妈不知怎么，有些知觉，不时盘问。虽然再四白赖过了，两夜防谨愈严，倘然候着，大家不好。今后你且勿来，待他懒怠些儿，再图欢会。"五汉口中答道："说得是！"心内甚是不然。到四更时，又下楼去了。

当夜潘用朦胧中，觉道楼上有些唧唧哝哝。侧着耳要听个仔细，然后起来捉奸。不想听了一回，忽地睡去，天明方醒。对潘婆道："阿寿这贱人，做下不明白的勾当是真了，他却还要口硬。我昨夜明明里听得楼上有人说话，欲待再听几句，起身去捉他，不想却睡着去。"

潘婆道："便是我也有些疑心。但算来这楼上没个路道儿通得外边。难道是神仙鬼怪，来无迹，去无踪？"潘用道："如今少不得打他一顿，拷问他真情出来。"

潘婆道："不好！常言道：家丑不可外扬。若还一打，邻里都要晓得了，传说开去，谁肯来娶他？如今也莫论有这事没这事，只把女儿卧房迁在楼下，临卧时将他房门上落了锁，万无他虞。你我两口搬在他楼上去睡，看夜间有何动静，便知就里。"潘用道："说得有理！"到晚间吃夜饭时，潘用对寿儿道："今后你在我房中睡罢！我老夫妻要在楼上做房了。"寿儿心中明白，不敢不依，只暗暗地叫苦。当夜互相更换，潘用把女儿房门锁了，对老婆道："今夜有人上楼时，拿住了，只做贼论，结果了他，方出我这气。"把窗儿也不扣上，准候拿人。

不提潘用夫妻商议。且说陆五汉当夜寿儿叮嘱他且缓几时来，心上不悦。却也熬定了数晚，果然不去。过了十余日，忽一晚淫心荡漾，按捺不住，又想要与寿儿取乐。恐怕潘用来捉奸，身边带着一把杀猪的尖刀防备。出了大门，把门反锁好了，直到潘家门首，依前咳嗽。等候一回，楼上毫无动静。只道寿儿不听见，又咳嗽两声，更无音响。疑是寿儿睡着了。如此三四番，看看等至四鼓，事已不谐，只得回家。心中想道："他见我好几夜不去，如何知道我今番在此？这也不要怪他。"到次夜又去，依原不见动静。等得不耐烦，心下早有三分忿怒。到第三夜，自己在家中吃个半酣，等到更阑，掮了一张梯子，直到潘家楼下。也不打暗号，一径上到楼窗边，把窗轻轻一拽，那窗呀的开了。五汉跳身入去，抽起梯子，闭上窗儿，摸至床上来。正是：

一念愿邀云雨梦，片时飞过凤凰楼。

却说潘用夫妻初到楼上这两夜，有心采听风声，不敢熟睡。一连十余夜，静悄悄地老鼠也不听得叫一声，心中已疑女儿没有此事，提防便懈怠了。事有偶然，恰好这一夜寿儿房门上的搭钮断了，下不得锁。潘婆道："只把前后门锁断，房门上用个封条封记，这一夜料没甚事。"

潘用依了他说话。其夜老夫妻也用了几杯酒，带着酒兴，两口儿一头睡了，做了些不三不四没正经的生活，身子困倦，紧紧抱住睡熟。故此五汉上来，开闭窗槅，分毫不知。

且说五汉摸到床边，正要解衣就寝，却听得床上两个人在一头打齁，心中大怒道："怪道两夜咳嗽，他只做睡着不瞅睬我。原来这淫妇又勾搭上了别人，却假意推说父母盘问，教我且不要来，明明断绝我了！这般无恩淫妇，要他怎的！”

身边取出尖刀，把手摸着二人颈项，轻轻透入，尖刀一勒，先将潘婆杀死。还怕咽喉未断，把刀在内三四卷，眼见不能活了。覆刀转来，也将潘用杀死。揩抹了手上血污，将刀藏过。推开窗子，把梯儿坠下，跨出楼窗，把窗依旧闭好，轻轻溜将下来，担起梯子，飞奔回家去了。

且说寿儿自换了卧房，恐怕情人又来打暗号，露出马脚，放心不下。到早上不见父母说起，那一日方才放心。到十余日后，全然没事了。这一日睡醒了，守到巳牌时分，还不见父母下楼，心中奇怪。晓得门上有封记，又不敢自开。只在房中声唤道：“爹妈起身罢！天色晏了，如何还睡？”叫唤多时，并不答应。只得开了房门，走上楼来。揭开帐子看时，但见满床流血，血泊里挺着两个尸首。

寿儿惊倒在地，半晌方苏，抚床大哭，不知何人杀害。哭了一回，想道：“此事非同小可！若不报知邻里，必要累及自己。”即便取了钥匙，开门出来，却又怕羞，立在门内喊道：“列位高邻，不好了！我家爹妈不知被甚人杀死，乞与奴家做主！”连喊数声，那些对门间壁，并街上过往的人听见，一齐拥进，把寿儿倒挤在后边。都问道：“你爹妈睡在哪里？”寿儿哭道：“昨夜好好的上楼，今早门户不开，不知何人，把来双双杀死！”

众人见说在楼上，都赶上楼，揭开帐子看时，老夫妻果然杀死在床。众人相看这楼，又临着街道，上面虽有楼窗，下面却是包檐墙，无处攀援上来。寿儿又说门户都是锁好的，适才方开；家中却又无别人。都道：“此事甚是跷蹊，不是当耍的！”即时报地方总甲来看了，同着四邻，引寿儿去报官。可怜寿儿从不曾出门，今日事在无奈，只得把包头齐眉兜了，锁上大门，随众人望杭州府来。

那时哄动半个杭城，都传说这事。陆五汉已晓得杀错了，心中懊悔不及，失张失智，颠倒在家中寻闹。陆婆向来也晓得儿子些来踪去迹，今番杀人一事，定有干涉，只是不敢问他，却也怀着鬼胎，不敢出门。正是：

理直千人必往，心亏寸步难移。

且说众人来到杭州府前，正值太守坐堂，一齐进去禀道："今有十官子巷潘用家，夜来门户未开，夫妻俱被杀死，同伊女寿儿特来禀知。"太守唤上寿儿问道："你且细说父母什么时候睡的？睡在何处？"寿儿道："昨夜黄昏时，吃了夜饭，把门户锁好，双双上楼睡的。今早巳牌时分，不见起身，上楼看时，已杀在被中。楼上窗槅依旧关闭，下边门户一毫不动，封锁依然。"

太守又问道："可曾失甚东西？"寿儿道："件件俱在。"太守道："岂有门户不开，却杀了人？东西又一件不失，事有可疑。"想了一想，又问道："你家中还有何人？"寿儿道："只有嫡亲三口，并无别人。"太守道："你父亲平昔可有仇家么？"寿儿道："并没有甚仇家。"太守道："这事却也作怪。"

沉吟了半晌，心中忽然明白。教寿儿抬起头来，见包头盖着半面。太守令左右揭开看时，生得非常艳丽。太守道："你今年几岁了？"寿儿道："十七岁了。"太守道："可曾许配人家么？"寿儿低低道："未曾。"太守道："你的睡处在哪里？"寿儿道："睡在楼下。"太守道："怎么你倒住在下边，父母反居楼上？"寿儿道："一向是奴睡在楼上，半月前换下来的。"太守道："为甚换了下来？"寿儿对答不来，道："不知爹妈为甚要换。"太守喝道："这父母是你杀的！”

寿儿着了急，哭道：“爷爷，生身父母，奴家敢做这事？”太守道：“我晓得不是你杀的，一定是你心上人杀的。快些说他名字上来！”寿儿听说，心中慌张，赖道：“奴家足迹不出中门，哪有此等勾当？若有时，邻里一定晓得。爷爷问邻里，便知奴家平昔为人了。”太守笑道：“杀了人，邻里尚不晓得，这等事邻里如何晓得？此是明明你与奸夫往来，父母知觉了，故此半月前换你下边去睡，绝了奸夫的门路。他便忿怒杀了。不然，为甚换你在楼下去睡？”

俗语道：贼人心虚。寿儿被太守句句道着心事，不觉面上一回红，一回白，口内如吃子[1]一般，半个字也说不清洁。太守见他这个光景，一发是了，喝教左右拶起。那些皂隶飞奔上前，扯出寿儿手来，如玉相似，哪禁得恁般苦楚。拶子才套得指头上，疼痛难忍，急忙招道：“爷爷！有，有，有个奸夫！”太守道：“叫甚名字？”寿儿道：“叫做张荩。”太守道：“他怎么样上你楼来？”寿儿道：“每夜等我爹妈睡着，他在楼下咳嗽为号，奴家把布接长，系一头在柱上垂下，他从布上攀引上楼。未到天明，即便下去。如此往来，约有半年。爹妈有些知觉，几次将奴盘问，被奴赖过。奴家嘱咐张荩，今后莫来，省得出丑，张荩应允而去。自此爹妈把奴换在楼下来睡，又将门户尽皆下锁。奴家也要隐恶扬善，情愿住在下边，与他断绝。只此便是实情。其爹妈被杀，委果不知情由。”太守见他招了，喝教放了拶子。起签差四个皂隶速拿张荩来审。那四个皂隶，飞也似去了。这是：

1 吃子：结巴。

闭门家里坐，祸从天上来。

且说张荩自从与陆婆在酒店中别后，即到一个妓家住了三夜。回家知陆婆来寻过两遍，急去问信时，陆婆因儿子把话吓住，且又没了鞋子，假意说道："鞋子是寿姐收了，教多多拜上，如今他父亲利害，门户紧急，无处可入。再过几时，父亲即要出去，约有半年方才回来。待他起身后，那时可放胆来会。"张荩只道是真话，不时探问消息。落后[1]又见寿儿几遭，相对微笑，两下都是错认。寿儿认作夜间来的即是此人，故见了喜笑。张荩认作要调戏他上手，时常现在他眼前卖俏。日复一日，并无确信。张荩渐渐忆想成病，在家服药调治。

那日正在书房中闷坐，只见家人来说，有四个公差在外面，问大爷什么说话。张荩见说，吃了一惊，想道："除非妓弟家什么事故！"不免出厅相见，问其来意。公差答道："想是为什么钱粮里役事情，到彼自知。"张荩便放下了心，讨件衣服换了，又打发些钱钞，随着皂隶望府中而来，后面许多家人跟着。

一路有人传说潘寿儿同奸夫杀了爹妈，张荩听了，甚是惊骇，心下想道："这丫头弄出恁样事来？早是我不曾与他成就，原来也是个不成才的烂货！险些把我也缠在是非之中。"不一时，来到公厅。太守举目观看张荩，却是个标致少年，不像个杀人凶徒，心下有些疑惑。乃问道："张荩！你如何奸骗了潘用女儿，又将他夫妻杀死？"

那张荩乃风流子弟，只晓得三瓦两舍，行奸卖俏，是他的本等，何尝看见官府的威严，一拿到时，已是胆战心惊。如今听说把潘寿儿杀人的事坐在他身上，就是青天里打下一个霹雳，吓得半个字也说不

1 落后：后来。

出。挣了半日，方才道：“小人与潘寿儿虽然有意，却未曾成奸。莫说杀他父母，就是楼上从不曾到。”

太守喝道：“潘寿儿已招与你通奸半年，如何尚敢抵赖！”张荩对潘寿儿道：“我何尝与你成奸，却来害我？”起初潘寿儿还道不是张荩所杀，这时见他不认奸情，连杀人事倒疑心是真了。一口咬住，哭哭啼啼，张荩分辩不清。太守喝教夹起来，只听得两旁皂隶一声吆喝，蜂拥上前，扯脚拽腿。

可怜张荩从小在绫罗堆里滚大的，就挨着线结也还过不去，如何受得这等刑罚。夹棍刚套上脚，就杀猪般喊叫，连连叩头道：“小人愿招！”太守教放了夹棍，快写供状上来。张荩只是啼哭道：“我并不知情，却教我写什么来？”又向潘寿儿说道：“你不知被哪个奸骗了，却扯我抵当！如今也不消说起，但凭你怎么样说来，我只依你的口招承便了。”

潘寿儿道：“你自作自受，怕你不招承！难道你不曾在楼下调戏我？你不曾把汗巾丢上来与我？你不曾接我的合色鞋？”张荩道：“这都是了，只是我没有上楼与你相处！”太守喝道：“一事真，百事真。还要多说，快快供招！”张荩低头。只听潘寿儿说一句，便写一句，轻轻里把个死罪认在身上。画供已毕，呈与太守看了，将张荩问实斩罪。寿儿虽不知情，因奸伤害父母，亦拟斩罪。各责三十，上了长板。张荩押付死囚牢里，潘寿自入女监收管，不在话下。

且说张荩幸喜皂隶们知他是有钞主儿，还打个出头棒子[1]，不致十分伤损。来到牢里叫屈连声，无门可诉。这些狱卒分明是挑一担银子进监，哪个不欢喜，哪个不把他奉承，都来问道：“张大爷，你怎

1 出头棒子：棍子一头打在地上，落在屁股上的力量就减轻了。

么做恁般勾当？”张荩道：“列位大哥，不瞒你说，当初其实与那潘寿姐曾见过一面。两下虽然有意，却从不曾与他一会。不知被甚人骗了，却把我来顶缸！你道我这样一个人，可是个杀人的么？”

众人道：“既如此，适才你怎么就招了？”张荩道：“我这瘦怯怯的身子可是熬得刑的么？况且新病了数日，刚刚起来，正是雪上加霜一般，若招了，还活得几日？若不招，这条性命今夜就要送了。这也是前世冤业，不消说起。但潘寿姐适才说话，历历有据，其中必有缘故。我如今愿送十两银子与列位买杯酒吃，引我去与潘寿姐一见，细细问明这事，我死亦瞑目！”内中一个狱卒头儿道：“张大爷要看见潘寿儿也不难，只是十两太少。”张荩道：“再加五两罢。”禁子头道：“我们人众，分不来，极少也得二十两。”

张荩依允。两个禁子扶着两腋，直到女监栅门外。潘寿儿正在里面啼哭，狱卒扶他到栅门口，见了张荩，便一头哭，一头骂道：“你这无恩无义的贼！我一时迷惑，被你奸骗，有甚亏了你，下这样毒手，杀我爹妈，害我性命？”张荩道：“你且不要嚷，如今待我细细说与你详察。起初见你时，多承顾盼留恋，彼此有心。以后月夜我将汗巾赠你，你将合色鞋来酬我。我因无由相会，打听卖花的陆婆在你家走动，先送他十两银子，将那鞋儿来讨信。他来回说：鞋便你收了，只因父亲利害，门户紧急，目下要出去几个月，待起身后，即来相约。是从那日为始，朝三暮四，约了无数日子，已及半年，并无实耗。及至有时见你，却又微笑，教我日夜牵挂，成了思忆之病，在家服药，何尝到你楼上？却来诬害我至此地位！”

寿儿哭道：“负心贼！你还要赖哩！那日你教陆婆将鞋来约会了，定下计策，教我等爹妈睡着，听下边咳嗽为号，把布接长，垂下来与你为梯。到次夜，你果然在下边咳嗽，我依法用布引你上楼，你出鞋为信。此后每夜必来。不想爹妈有些知觉，将我盘问几次。我对你说：此后且莫来，恐防事露，大家坏了名声。等爹妈不提防了，再图相会。哪知你这狠心贼，就衔恨我爹妈。昨夜不知怎生上楼，把来杀了。如今倒还抵赖，连前面的事，都不肯承认！”

张荩想了一想道：“既是我与你相处半年，那形体声音，料必识熟。你且细细审视，可不差么？”众人道：“张大爷这话说得极是。若果然不差，你也须不是人了，不要说问斩罪，就问凌迟也不为过！”寿儿见说，踌躇了半晌，又睁目把他细细观看。张荩连问道：“是不是？快些说出，不要迟疑！”寿儿道：“声音甚是不同，身子也觉大似你。向来都是黑暗中，不能详察，只记得你左腰间有个疮痕肿起，大如铜钱，只这个便是色认[1]。”众人道：“这个一发容易明白。张大爷，你且脱下衣来看。若果然没有，明日禀知太爷，我众人与你为证，出你罪名。”

张荩满心欢喜道：“多谢列位！”连忙把衣服褪下。众人看时，遍身洁白如玉，腰间哪有疮痕？寿儿看了，哑口无言。张荩道：“小娘子！如今可知不是我么？”众人道：“不消说了，这便真正冤枉，明日与你禀官。”当下依旧扶到一个房头，住了一宵。

明早，太守升堂，众禁子跪下，将昨夜张荩与潘寿儿面证之事，一一禀知。太守大惊，即便吊出二人复审。先唤张荩上去，从头至尾，细诉一遍。太守道：“你那只鞋儿付与陆婆去后，不曾还你？”张荩道：“正是。”又唤寿儿上去，寿儿也把前后事，又细细呈说。太守道：“那鞋儿果是原与陆婆拿去，明晚张荩到楼，付你的么？”寿儿道：“正是。”太守点头道：“这等，是陆婆卖了张荩，将鞋另

---

1 色认：记号。

与别人冒名奸骗你了。”即便差人去拿那婆子。

不多时，婆子拿到。太守先打四十，然后问道：“当初张荩央你与潘寿儿通信，既约了明晚相会，你如何又哄张荩不教他去，却把鞋儿与别人冒名去奸骗？从实说来，饶你性命！若半句虚了，登时敲死！”那婆子被这四十打得皮开肉绽，那敢半字虚妄。把那卖花为由，定策期约，连寻张荩不遇，回来帮儿子杀猪，落掉鞋子，并儿子恐吓说话，已后张荩来讨信，因无了鞋子，含糊哄他等情，一一细诉。其奸骗杀人情由，却不晓得。

太守见说话与二人相合，已知是陆五汉所为。即又差人将五汉拿到。太守问道：“陆五汉，你奸骗了良家女子，却又杀他父母，有何理说！”陆五汉赖道：“爷爷！小人是市井愚民，哪有此事？这是张荩央小人母亲做脚，奸了潘家女儿，杀了他父母，怎推到小人身上？”

寿儿不等他说完，便喊道：“奸骗奴家的声音，正是那人！爷爷止验他左腰可有肿起疮痕，便知真假！”太守即教皂隶剥下衣服看时，左腰间果有疮痕肿起。陆五汉方才口软，连称情愿偿命，把前后奸骗，误杀潘用夫妻等情，一一供出。太守喝打六十，问成斩罪，追出行凶尖刀上库。寿儿依先原拟斩罪。陆婆说诱良家女子，依律问徒。张荩不合希图奸骗，虽未成奸，实为祸本，亦问徒罪，召保纳赎。当堂一一判定罪名，备文书申报上司。那潘寿儿思想：“却被陆五汉奸骗，父母为我而死，出乖露丑！”懊悔不及，无颜再活，立起身来，望丹墀阶沿青石上一头撞去，脑浆迸出，顷刻死于非命。

可怜慕色如花女，化作含冤带血魂。

太守见寿儿撞死，心中不忍，喝教把陆五汉再加四十，凑成一百，下在死囚牢里，听候文书转日，秋后处决。又拘邻里，将寿儿尸骸抬出，把潘用房产家私尽皆变卖，备棺盛殓三尸，买地埋葬，余银入官上库。不在话下。

且说张荩见寿儿触阶而死，心下十分可怜，想道："皆因为我，致他父子丧身亡家。"回至家中，将银两酬谢了公差、狱卒等辈，又纳了徒罪赎银。调养好了身子，到僧房道院礼经忏超度潘寿儿父子三人。自己吃了长斋，立誓再不奸淫人家妇女，连花柳之地也绝足不行，在家清闲自在，直至七十而终。时人有诗叹云：

> 赌近盗兮奸近杀，古人说话不曾差。
> 奸赌两般都不染，太平无事做人家。

# 第八卷　薛录事鱼服证仙

借问白龙缘底事？蒙他鱼服区区。虽然纵适在河渠，失其云雨势，无乃困余且[1]。要识灵心能变化，须教无主常虚。非关喜里乍昏愚；庄周曾作蝶，薛伟亦为鱼。

话说唐肃宗乾元年间，有个官人姓薛，名伟，吴县人氏，曾中天宝末年进士。初任扶风县尉，名声颇著，升为蜀中青城县主簿。夫人顾氏，乃是吴门第一个大族；不唯容止端丽，兼且性格柔婉。夫妻相得，爱敬如宾。不觉在任又经三年，大尹升迁去了。上司知其廉能，即委他署摄县印。

那青城县本在穷山深谷之中，田地硗瘠，历年岁歉民贫，盗贼生发。自薛少府署印，立起保甲之法，凡有盗贼，协力缉捕。又设立义学，教育人材。又开义仓，赈济孤寡。每至春间，亲往各乡，课农布种。又把好言劝谕，教他本分为人。因此处处田禾大熟，盗贼尽化为良民。治得县中真个夜不闭户，路不拾遗。百姓戴恩怀德，编成歌

1 余且：神话中的渔夫。

谣，称颂其美。歌云：

> 秋至而收，春至而耘。吏不催租，夜不闭门。百姓乐业，立学兴文。教养兼遂，薛公之恩。自今孩童，愿以名存。将何字之？薛儿薛孙。

那薛少府不但廉谨仁慈，爱民如子，就是待郡同僚，却也谦恭虚己，百凡从厚。原来这县中有一个县丞，一个主簿，两个县尉。那县丞姓邹，名滂，也是进士出身，与薛少府恰是同年好友。两个县尉，一个姓雷，名济；一个姓裴，名宽。这三位官人为官也都清正，因此臭味[1]相投。每遇公事之暇，或谈诗，或弈棋，或在花前竹下，开樽小饮，彼来此往，十分款洽。

一日正值七夕，薛少府在衙中与夫人乞巧饮宴。原来七夕之期，不论大小人家，少不得具些酒果为乞巧穿针之宴。你道怎么叫做乞巧穿针？只因天帝有个女儿，唤作织女星，日夜辛勤织纴。天帝爱其勤谨，配与牵牛星为妇。谁知织女自嫁牛郎之后，贪欢眷恋，却又好梳妆打扮，每日只是梳头，再不去调梭弄织。天帝嗔怒，罚织女住在天河之东，牛郎住在天河之西。一年只许相会一度，正是七月七日。

到这一日，却教喜鹊替他在天河上填河而渡。因此世人守他渡河时分，皆于星月之下，将彩线去穿针眼。穿得过的，便为得巧；穿不过的，便不得巧，以此卜一年的巧拙。你想那牛郎、织女眼巴巴盼了一年，才得相会，又只得三四个时辰，忙忙的叙述想念情悰，还恐说不了，哪有闲工夫又到人间送巧？岂不是个荒唐之说！

---

1 臭味：气味。臭，同“嗅”。

且说薛少府当晚在庭中，与夫人互相劝酬，不觉坐到夜久更深，方才入寝。不道却感了些风露寒凉，遂成一病，浑身如炭火烧的一般，汗出如雨。渐渐三餐不进，精神减少，口里只说道：“我如今顷刻也挨不过了！你们何苦留我在这里！不如放我去罢！”

你想病人说出这样话头，明明不是好消息了。吓得那顾夫人心胆俱落。难道就这等坐视他死了不成？少不得要去请医问卜，求神许愿。

原来县中有一座青城山，是道家第五洞天。山上有座庙宇，塑着一位老君，极有灵感，真是祈晴得晴，祈雨得雨，祈男得男，祈女得女，香火最盛。因此夫人写下疏文，差人到老君庙祈祷。又闻灵签最验，一来求他保佑少府，延福消灾；二来求赐一签，审问凶吉。其时三位同僚闻得，都也素服角带，步至山上行香，情愿减损自己阳寿，代救少府。刚是同僚散后，又是合县父老，率着百姓们，一齐拜祷。显见得少府平日做官好处，能得人心如此。只是求的签是第三十二签，那签诀道：

百道清泉入大江，临流不觉梦魂凉。
何须别向龙门去？自有神鱼三尺长。

差人抄这签诀回衙，与夫人看了，解说不出。想道：“闻得往常间人求的皆如活见一般，不知怎地我们求的却说起一个鱼来，与相公的病全无着落？是吉是凶，好生难解！”以此心上就如十五六个吊桶打水，七上八落的，转加忧郁。又想道：“这签诀已不见怎的，且去访个医人来调治，倒是正经。”即差人去体访，却访得成都府有个道人李八百，他说是孙真人第一个徒弟，传得龙宫秘方有八百个，因此人都叫他作李八百。真个请他医的，手到病除，极有神效。他门上写下一对春联道：

药按韩康无二价，杏栽董奉有千株。

但是请他的，难得就来。若是肯来，这病人便有些生机了。他要的谢仪，却又与人不同：也有未曾开得药箱，先要几百两的；也有医好了，不要分文酬谢，只要吃一醉的。也有闻召即往的，也有请杀不去的。甚是捉他不定，大抵只要心诚他便肯来。

夫人知得有这个医家，即差下的当人赍了礼物，星夜赶去请那李八百。恰好他在州里，一请便来，夫人心下方觉少宽。岂知他一进门来，还不曾诊脉，就道："这病势虽则像个死的，却是个不死的，也要请我来则甚？"

当下夫人备将起病根由，并老君庙里占的签诀，尽数说与太医知道，求他用药。那李八百只是冷笑道："这个病从来不上医书的，我也无药可用。唯有死后常将手去摸他胸前，若是一日不冷，一日不可下棺。待到半月二旬之外，他思想食吃，自然渐渐苏醒回来。那老君庙签诀，虽则灵应，然须过后始验，非今日所能猜度得的。"到底不肯下药，竟自去了。也不知少府这病当真不消吃药，自然无事；还是病已犯拙，下不得药的，故此托辞而去。正是：

青龙共白虎同行，吉凶事全然未保。

夫人因见李八百去了，叹道："这等有名的医人，尚不肯下药，难道还有别一个敢来下药？定然病势不救！唯有奄奄待死而已。"只见热了七日七夜，越加越重。忽然一阵昏迷，闭了眼去，再叫也不醒了。

夫人一边啼哭，一边教人禀知三位同僚，要办理后事。那同僚正来问候，得了这个凶信，无不泪下，急至衙中向尸哭了一回。然后与夫人相见，又安慰一番。因是初秋时候，天气还热，分头去备办衣衾棺椁。到第三日，诸色完备，理当殡殓入棺。其时夫人扶尸恸哭，觉得胸前果然有微微暖气，以此信着李八百道人的说话，还要停在床里。

只见家人们都道："从来死人胸前尽有三四日暖的，不是一死便冷，此何足据！现今七月天道，炎热未退，倘遇一声雷响，这尸首就登时涨将起来，怎么还进得棺去？"夫人道："李道人原说胸前一日不冷，一日不可入棺。如今既是暖的，就做不信他，守到半月二十多日，怎忍便三日内带热的将他殓了？况且棺木已备，等我自己日夜守他。只待胸前一冷，就入棺去，也不为迟。天哪！但愿李道人的说话灵验，守得我相公重醒回来，何但救了相公一命，却不连我救了两命！"众人再三解说，夫人终是不听。拗他不过，只得依着，停下少府在床，谨谨看守，不在话下。

却说少府病到第七日，身上热极，便是顷刻也挨不过，一心思量要寻个清凉去处消散一消散，或者这病还有好的日子。因此悄地里背了夫人，瞒了同僚，竟提一条竹杖，私离衙斋，也不要一人随从。倏忽之间，已至城外，就如飞鸟辞笼，游鱼脱网一般，心下甚喜，早把这病都忘了。

你道少府是个官，怎么出衙去，就没一个人知道？原来想极成梦，梦魂儿觉得如此，这身子依旧自在床上，怎么去得？单苦了守尸的哭哭啼啼，无明无夜，只望着死里求生。岂知他做梦的飘飘忽忽，无碍无拘，倒也自苦中取乐。

薛少府出了南门，便向山中游去。来到一座山，叫做龙安山，山上有座亭子，乃是隋文帝封儿子杨秀做蜀王，建亭于此，名为避暑亭。前后左右，皆茂林修竹，长有四面风来，全无一点日影。所以蜀王每到炎天，便率领宾客来此亭中避暑。

果然好个清凉去处！少府当下看见，便觉心怀开爽。“若使我不出城，怎知山中有这般境界？但是我在青城县做了许多时，尚且不曾到此；想那三位同僚，怎么晓得？只合与他们知会，同携一尊，为避暑之宴。可惜有了胜地，少了胜友，终是一场欠事。”眼前景物可人，遂作诗一首。诗云：

偷得浮生半日闲，危梯绝壁自跻攀。
虽然呼吸天门近，莫遣乘风去不还。

薛少府在亭子里坐了一会，又向山中行去。那山路上没有些树木荫蔽，怎比得亭子里这般凉爽。以此越行越闷。渐渐行了十余里，远远望见一条大江。你道这江是什么江？昔日大禹治水，从岷山导出岷江。过了茂州、威州地面，又导出这个江水来，叫做沱江。至今江岸上垂着大铁链，也不知道有多少长，沉在江底，乃是大禹锁着应龙的去处。

原来禹治江水，但遇水路不通，便差那应龙前去。随你几百里的高山巨石，只消他尾子一抖，登时就分开做了两处。所以世称大禹叫个“神禹”。若不会驱使这样东西，焉能八年之间，洪水底定[1]？至今泗江水上，也有一条铁链，锁着水母[2]，其形似猕猴一般。这沱江却是应龙，皆因水功既成，锁着以镇后害，岂不是个圣迹！

1 底定：平定、安定。
2 水母：水神。

当下少府在山中行得正闷，况又患着热症的，忽见这片沱江，浩浩荡荡，真个秋水长天一色，自然觉得清凉，直透骨髓。就恨不得把三步并作一步，风车似奔来。岂知从山上望时甚近，乃至下得山来，又远还不曾到得沱江，却被一个东潭隔住。这潭也好大哩，水清似镜一般，不论深浅去处，无不见底。况又映着两岸竹树，秋色可掬。少府便脱下衣裳，向潭中洗澡。

原来少府是吴人，生长泽国，从幼学得泅水。成人之后，久已不曾弄这本事。不意今日到此游戏，大快夙心，偶然叹道：“人游到底不如鱼健！怎么借得这鱼鳞生在我身上，也好到处游去，岂不更快！”只见旁边有个小鱼，却觑着少府道：“你要变鱼不难，何必假借。待我到河伯处，为你图之！”说声未毕，这小鱼早不见了。把少府吃上一惊，想道：“我怎知这水里是有精怪的？岂可独自一个在里面洗澡！不如早早抽身去罢！”岂知少府既动了这个念头，便少不得堕了那重业障。只教：

衣冠暂解人间累，鳞甲俄看水上生。

薛少府正在沉吟，恰待穿了衣服，寻路回去。忽然这小鱼来报道：“恭喜！河伯已有旨了。”早见一个鱼头人，骑着大鱼，前后导从的小鱼，不计其数，来宣河伯诏曰：

城居水游，浮沉异路。苟非所好，岂有兼通。尔青城县主簿薛伟，家本吴人，官亦散局[1]。乐清江之浩渺，放意而游；厌尘世

1 散局：比较清闲而不负主要职责的官员。

之喧嚣，拂衣而去。暂从鳞化，未便终身。可权充东潭赤鲤。呜呼！纵远适以忘归，必受神明之罚；昧纤钩而贪饵，难逃刀俎之灾。无或失身，以羞吾党。尔其勉之！

少府听诏罢，回顾身上，已都生鳞，全是一个金色鲤鱼。心下虽然骇异，却又想道："事已如此，且待我恣意游玩一番，也晓得水中的意趣。"自此三江五湖，随其意向，无不游适。原来河伯诏书上说充东潭赤鲤，这东潭便似分定的地方一般，不论游到哪里，少不得要回到那东潭安歇。单则那一件，也觉得有些儿不自在。

过了几日，只见这小鱼又来对薛少府道："你岂不闻山西平阳府有一座山，叫个龙门山，是大禹治水时凿将开的，山下就是黄河。只因山顶上有水接着天河的水，直冲下来，做黄河的源头，所以这个去处，叫做河津。目今八月天气，秋潦将降，雷声先发。普天下鲤鱼，无有不到那里去跳龙门的。你如何不禀辞河伯，也去跳龙门？若跳得过时，便做了龙，岂不更强似做鲤鱼！"

原来少府正在东潭里面住得不耐烦，听见这个消息，心中大喜。即便别了小鱼，竟到河伯处所。但见宫殿都是珊瑚作柱，玳瑁为梁，真个龙宫海藏，自与人世各别。

其时河伯管下的地方，岷江、沱江、巴江、渝江、涪江、黔江、平羌江、射洪江、濯锦江、嘉陵江、青衣江、五溪、泸水、七门滩、瞿塘三峡，哪一处鲤鱼不来禀辞要去跳龙门的。只有少府是金色鲤鱼，所以各处的都推他为首，同见河伯。旧规有个公宴，就如起送科举的酒席一般。少府和各处鲤鱼一齐领了宴，谢了恩，同向龙门跳去。岂知又跳不过，点额而回。你道怎么叫做点额？因为鲤鱼要跳龙门，逆水上去，把周身的精血都积聚在头顶心里，就如被朱笔在额上点了一点的。以此世人称下第的皆为点额，盖本于此。正是：

龙门浪急难腾跃，额上羞题一点红。

却说青城县里有个渔户叫做赵干，与妻子在沱江上网鱼为业。岂知网着一个癞头鼋，被他把网都牵了去，连赵干也几乎掉下江里。那妻子埋怨道："我们专靠这网做本钱，养活两口。今日连本钱都弄没了，哪里还有余钱再讨得个网来？况且县间官府，早晚常来取鱼，你把什么应付？"以此整整争了一夜。赵干被他絮聒不过，只得装一个钓竿，商量来东潭钓鱼。

你道赵干为何舍了这条大江，却向潭里钓鱼？原来沱江流水最急，正好下网，不好下钓，故因想到东潭另做此一行生意。那钓钩上钩着香香的一大块油面，没下水中。

薛少府自龙门点额回来，也有许多没趣，好几日躲在东潭，不曾出去觅食，肚中饥甚。忽然间赵干的渔船摇来，不免随着他船游去看看。只闻得饵香，便思量去吃他的。已是到了口边，想道："我明明知他饵上有个钩子。若是吞了这饵，可不被他钓了去？我虽是暂时变鱼耍子，难道就没处求食，偏只吃他钓钩上的？"

再去船旁周围游了一转，怎当那饵香得酷烈，恰似钻入鼻孔里的一般，肚中又饥，怎么再忍得住！想道："我是个人身，好不多重，这此一钓钩怎么便钓得我起？便被他钓了去，我是县里三衙，他是渔户赵干，岂不认得？自然送我归县，却不是落得吃了他的？"方才把口就饵上一合，还不曾吞下肚子，早被赵干一掣，掣将去了。这便叫做眼里识得破，肚里忍不过。

那赵干钓得一个三尺来长金色鲤鱼，举手加额，叫道："造化！

造化！我再钓得这等几个，便有本钱好结网了。”少府连声叫道：“赵干！你是我县里渔户，快送我回县去！”那赵干只是不应，竟把一根草索贯了鱼鳃，放在舱里。只见他妻子说道：“县里不时差人取鱼。我想这等一个大鱼，若被县里一个公差看见，取了去，领得多少官价？不如藏在芦苇之中，等贩子投来，私自卖他，也多赚几文钱用。”赵干说道：“有理！”便把这鱼拿去藏在芦苇中，把一领破蓑衣遮盖。回来对妻子说：“若多卖得几个钱时，拚得沽酒来与你醉饮。今夜再发利市，安知明日不钓了两个？”

那赵干藏鱼回船，还不多时候，只见县里一个公差叫做张弼，来唤赵干道：“裴五爷要个极大的鱼做鲊吃。今早直到沱江边来唤你，你却又移到这个所在，教我团团寻遍，走得个汗流气喘。快些拣一尾大的，同我送去！”

赵干道：“有累上下走着屈路了。不是我要移到这里，只为前日弄没了网，无钱去买，没奈何，只得权到此钓几尾去做本钱。却又没个大鱼上钓，只有小鱼三四斤在这里，要便拿了去。”张弼道：“裴五爷吩咐要大鱼，小的如何去回话？”扑的跳下船，揭开舱板一看，果然通是小的。欲要把去权时答应，又想道：“这般宽阔去处，难道没个大鱼？一定这厮奸诈，藏在哪里。”即便上岸各处搜看，却又不见。次后寻到芦苇中，只见一件破蓑衣掀上掀下的乱动。张弼料道必是鱼在底下，急走上前，揭起看时，却是一个三尺来长的金色鲤鱼。赵干夫妻望见，口里只叫得苦。

张弼不管三七廿一，提了那鱼便走，回头向赵干说道：“你哄得我好！待禀了裴五爷，着实打你这厮。”少府大声叫道：“张弼！张弼！你也须认得我。我偶然游到东潭，变鱼耍子，你怎么见我不叩头，倒提着我走？”张弼全然不理，只是提了鱼，一直奔回县去。

赵干也随后跟来。那张弼一路走，少府也一路骂。提到城门口，只见一个把门的军，叫做胡健，对张弼说道：“好个大鱼！只是裴五爷请各位爷饮宴，专等鱼来做鲊吃，道你去了许久不到，又飞出签来叫你，你可也走紧些！”少府抬头一看，正前日出来的那一座南门，叫做迎薰门，便叫把门军道：“胡健！胡健！前日出城时节，曾吩咐你道：我自私行出去的，不要禀知各位爷，也不要差人迎接。难道我出城不上一月，你就不记得了？如今正该去禀知各位爷，差人迎接才是，怎么把我不放在眼里，这等无状[1]！”岂知把门军胡健也不听见，却与张弼一般。

那张弼一径的提了鱼，进了县门。薛少府还叫骂不止。只见司户吏与刑曹吏，两个东西相向在大门内下棋。那司户吏道：“好怕人子！这等大鱼，可有十多斤重？”那刑曹吏道：“好一个活泼泼的金色鲤鱼，只该放在后堂绿漪池里养他看耍子，怎么就舍得做鲊吃了？”少府大叫道：“你两个吏，终日在堂上伏事我的，便是我变了鱼，也该认得，怎么见了我都不站起来，也不去报与各位爷知道？”

那两个吏依旧在那里下棋，只不听见。少府想道：“俗谚有云：‘不怕官，只怕管。’岂是我管你不着，一些儿不怕我？莫不是我出城这几日，我的官被勾了？纵使勾了官，我不曾离任，到底也还管得他着。且待我见同僚时，把这起奴才从头告诉，教他一个个打得皮开肉绽！”看官们牢记下这个话头，待下回表白。

且说顾夫人谨守薛少府的尸骸，不觉过了二十多日，只见肌肉如故，并不损坏。把手去摸着心头，觉得比前更暖些，渐渐的上至喉咙，下至肚脐，都不甚冷了。想起道人李八百的说话，果然有些灵

1 无状：不成体统、不像样。

验。因此在指顶上刺出鲜血来，写成一疏，请了几个有名的道士，在青城山老君庙里建醮，祈求仙方，保护少府回生。许下重修庙宇，再塑金身的愿心。宣疏之日，三位同僚与通县吏民，无不焚香代祷，如当日一般。

我想古语有云：吉人天相。难道薛少府这等好官，况兼合县的官民又都来替他祈祷，怕就没有一些儿灵应？只是已死二十多日的人，要他依旧又活转来，虽则老君庙里许下愿的，从无不验之人；但是阎王殿前投到过的，哪有退回之鬼！正是：

须知作善还酬善，莫道无神定有神。

却说是夜道士在醮坛上面，铺下七盏明灯，就如北斗七星之状。原来北斗第七个星，叫做斗杓，春指东方，夏指南方，秋指西方，冬指北方，在天上旋转的。只有第四个星，叫做天枢，他却不动。以此将这天枢星上一灯，特为本命星灯。若是灯明，则本身无事，暗则病势淹缠，灭则定然难救。

其时道士手举法器，朗诵灵章，虔心禳解，伏阴而去，亲奏星官，要保佑薛少府重还魂魄，再转阳间。起来看这七盏灯时，尽皆明亮，觉得本命那一盏尤加光彩，显见不该死的符验，便对夫人贺喜道：“少府本命星灯，光彩倍加，重生当在旦夕；切不可过于哀泣，恐惊动他魂魄不安，有难回转。”夫人含着两行眼泪谢道：“若得如此，也不枉做这个道场，和那昼夜看守的辛苦。”

得了这个消息，心中少觉宽解。岂知朦胧睡去，做成一梦。明明见少府慌慌忙忙，精赤剥的跑入门来，满身都是鲜血，把两只手掩着脖子叫道：“晦气！晦气！我在江上泛舟，情怀颇畅，忽然狂风陡作，大浪掀天，把舟覆了，却跌在水去。幸遇江神怜我阳寿未绝，赠我一领黄金锁子甲，送得出水。正待寻路入城，不意遇着剪径的强人，要谋这领金甲，一刀把我杀了。你若念夫妻情分，好生看守魂魄，送我回去。”

夫人一闻此言，不觉放声大哭，就惊醒了。想道：“适间道士只说不死，如何又有此恶梦？我记得梦书上有一句道：‘梦死得生。’莫非他眼下灾晦脱尽，故此身上全无一丝一缕，亦未可知。只是紧紧的守定他尸骸便了。”

到次日，夫人将醮坛上牺牲诸品，分送三位同僚，这个叫做“散福”。

其日就是裴县尉做主，会请各衙，也叫做“饮福”。因此裴县尉差张弼去到渔户家取个大鱼来做鲊，好配酒吃。终是邹二衙为着同年情重，在席上叹道：“这酒与平常宴会不同，乃为薛公祈祷回生，半是醮坛上的品物。今薛公的生死未知何如，教我们食怎下咽？”

裴五衙便道：“古人临食不叹，偏是你念同年，我们不念同僚的？听得道士说他回生，不在昨晚，便是今日。我们且待鱼来做鲊下酒，拚吃个酩酊，只在席上等候他一个消息，岂不是公私两尽？”

当日直到未牌时分，张弼方才提着鱼到阶下。原来裴五衙在席上做主，单为等鱼不到，只得停了酒，看邹二衙与雷四衙打双陆[1]，自己在旁边吃着桃子。忽回转头看见张弼，不觉大怒道：“我差你取鱼，如何去了许久？若不是飞签催你，你敢是不来了么？”张弼只是叩头，把渔户赵干藏过大鱼的情节，备细禀上一遍。裴五衙便叫当值的把赵干拖翻，着实打了五十下皮鞭，打得皮开肉绽，鲜血迸流。

1 双陆：古代一种棋类游戏。

你道赵干为何先不走了，偏要跟着张弼到县，自讨打吃？他只恋着这几文的官价，思量领去，却被打了五十皮鞭，价又不曾领得，岂不与这尾金色鲤鱼为贪着香饵上了他的钩儿一般！正是：

世上死生皆为利，不到乌江不肯休。

裴五衙把赵干赶了出去，取去来看，却是一尾金色鲤鱼，有三尺多长，喜叹："此鱼甚好，便可付厨上做鲊来吃！"当下薛少府大声叫道："我哪里是鱼？就是你的同僚，岂可错认得我了？我受了许多人的侮慢，正要告诉列位与我出这一口恶气，怎么也认我做鱼，便付厨上做鲊吃？若要做鲊，可不屈我杀了！枉做这几时同僚，一些儿契分安在？"

其时同僚们全然不理。少府便情急了，只得又叫道："邹年兄，我与你同登天宝末年进士，在都下往来最为交厚，今又在此同官，与他们不同。怎么不发一言，坐视我死？"只见邹二衙对裴五衙道："以下官愚见，这鱼还不该做鲊吃。那青城山上老君祠前有老大的一个放生池，尽有建醮的人买着鱼鳖螺蛤等物投放池内。今日之宴，既是薛衙送来的散福，不若也将此鱼投于放生池内，见我们为同僚的情分，种此因果。"

那雷四衙便从旁说道："放鱼甚善！因果之说，不可不信。况且酒席美肴馔尽够多了，何必又要鲊吃？"此时薛少府在阶下听见叹道："邹年兄好没分晓！既是有心救我，何不就送回衙里去，怎么又要送我上山，却不渴坏了我？虽然如此，也强如死在庖人[1]之手。待

1 庖人：厨子。

我到放生池内，依还变了转来，重换冠带，再坐衙门。且莫说赵干这起狗才，看那同僚把甚嘴脸来见我？”

正在踌躇，又见那裴五衙答道：“老长官要放这鱼，是天地好生之心，何敢不听。但打醮是道家事，不在佛门那一教，要修因果，也不在这上。想道天生万物，专为养人。就如鱼这一种，若不是被人取吃，普天下都是鱼，连河路也不通了。凡人修善，全在一点心上，不在一张口上。故谚语有云：‘佛在心头坐，酒肉穿肠过。’又云：‘若依佛法，冷水莫呷。’难道吃了这个鱼，便坏了我们为同僚的心？眼见得好鱼不做鲊吃，倒平白地放了他去。安知我们不吃，又不被水獭吃了？总只一死，还是我们自吃了的是。”少府听了这话，便大叫道：“你看两个客人都要放我，怎么你做主人的偏要吃我？这等执拗！莫说同僚情薄，原来宾主之礼，也一些没有的。”

原来雷四衙是个两可的人，见裴五衙一心要做鱼鲊吃，却又对邹二衙道：“裴长官不信因果，多分这鱼放生不成了。况今日是他做主人，要以此奉客，怎么好固拒他？我想这鱼不是我等定要杀他，只算今日是他数尽之日，救不得罢了！”

当下少府即大声叫道：“雷长官，你好没主意，怎么两边撺掇！既是劝他放我，他便不听，你也还该再劝才是。怎么反劝邹年兄也不要救我？敢则你衙斋冷淡，好几时没得鱼吃了，故此待他做鲊来，思量饱餐一顿么？”只得又叫邹二衙道：“年兄！年兄！你莫不是乔做人情么，故假意劝了这几句，便当完了？你是再也不出半声了！自古道得好：‘一死一生，乃见交情。’若非今日我是死的，你是活的，怎知你为同年之情淡薄如此！到底有个放我时节，等我依旧变了转来，也少不得学翟廷尉的故事[1]，将那两句题在我衙门之上，与你看看！年兄！年兄！只怕你悔之晚矣！”

少府虽则乱叫乱嚷，宾主都如不闻。当时裴五衙便唤厨役叫做王士良，因有手段，最整治得好鲊，故将这鱼交付与他，说道：“又要好吃，又要快当。不然，照着赵干样子，也奉承你五十皮鞭！”

那王士良一头答应，一头就伸过手提鱼，急得少府顶门上飞散了三魂，脚板底荡掉了七魄，便大声哭起来道：“我平昔和同僚们如兄若弟，极是交好，怎么今日这等哀告，只要杀我？哎，我知道了，一定是妒忌我掌印，起此一片恶心。须知这印是上司委把我的，不是我谋来掌的。若肯放我回衙，我就登时推印，有何难哉！”说了又哭，哭了又说。岂知同僚都做不听见。竟被王士良一把提到厨下，早取过一个砧头来放在上面。

少府举眼看时，却认得是他手里一向做厨役的，便大叫道：“王士良，你岂不认得我是薛三爷？若非我将吴下食谱传授与你，看你整治些甚样肴馔出来，能使各位爷这般作兴你？你今日也该想我平昔抬举之恩，快去禀知各位爷，好好送回衙去。却把我来放在砧头上待要怎的？”

岂知王士良一些不理，右手拿刀在手，将鱼头着实按上一下。激得少府心中不胜大怒！便骂：“你这狗才，敢只会奉承裴五衙，全不怕我！难道我就没摆布你处？”一挣挣起来，将尾子向王士良脸上只一泼，就似打个耳聒子一般，打得王士良耳鸣眼暗，连忙举手掩面不迭，将那把刀直抛在地下去了。一边拾刀，一边却冷笑道：“你这

1 翟廷尉的故事：翟公为廷尉时，宾客盈门；罢官后，无人上门；后来复职，宾客们又要来。翟公在大门上写道：一生一死，乃知交情；一贫一富，乃知交态；一贵一贱，交情乃见。

鱼！既是恁地健浪，停一会等我送你到滚锅儿里再游游去！”原来做鲊的，最要刀快，将鱼切得雪片也似薄薄的，略在滚水里面一转，便捞起来，加上椒料，泼上香油，自然松脆鲜美。因此王士良再把刀去磨一下。

其时少府叫他不应，叹口气道：“这次磨快了刀来，就是我命尽之日了。想起我在衙虽则患病，也还可忍耐。如何私自跑出，却受这般苦楚！若是我不见这个东潭；便见了东潭，也不下去洗澡；便洗个澡，也不思量变鱼；便思量变鱼，也不受那河伯的诏书，也不至有今日！总只未变鱼之先，被那小鱼十分撺掇；既变鱼之后，又被那赵干把香饵来哄我，都是命里凑着，自作自受，好埋怨哪个？只可怜见我顾夫人在衙，无儿无女，将谁倚靠？怎生寄得一信与他，使我死也瞑目！”

正在号啕大哭，却被王士良将新磨的快刀，一刀剁下头来。正是：三寸气在，谁肯输半点便宜；七尺躯亡，都付与一场春梦。眼见得少府这一番真个呜呼哀哉了！

未知少府生回日，已见鱼儿命尽时。

这里王士良刚把这鱼头一刀剁下，那边三衙中薛少府在灵床之上，猛地跳起来坐了。莫说顾夫人是个女娘家，就险些儿吓得死了；便是一家们在那里守尸的，哪一个不摇首咋舌，叫道：“好古怪！好古怪！我们一向紧紧的守定在此，从没个猫儿在他身上跳过，怎么就把死尸吊了起来[1]？”

只见少府叹了口气，问道：“我不知人事有几日了？”夫人答

---

1 死尸吊了起来：即起僵尸，尸首坐起来。旧说猫如果从尸身上跳过，就会起僵尸。

道："你不要吓我！你已死去了二十五日，只怕不会活哩！"少府道："我何曾死！只做得一个梦，不意梦去了这许多日。"便唤家人："去看三位同僚，此时正在堂上，将吃鱼鲊。教他且放下了箸，不要吃，快请到我衙里来讲话。"

果然同僚们在堂上饮酒，刚刚送到鱼鲊，正待举箸，只见薛衙人禀说："少府活转来了，请三位爷莫吃鱼鲊，便过衙中讲话。"惊得那三位都暴跳起来，说道："医人李八百的把脉，老君庙里铺灯，怎么这等灵验得紧！"忙忙的走过薛衙，连叫："恭喜！恭喜！"

只见少府道："列位可晓得么？适才做鲊的这尾金色鲤鱼便是不才。若不被王士良那一刀，我的梦几时够醒。"那三位茫茫不知其故，都说道："天下岂有此事！且请老长官试说一番，容下官们洗耳恭听。"

薛少府道："适才张弼取鱼到时，邹年兄与雷长官打双陆，裴长官在旁吃桃子。张弼禀渔户赵干藏了大鱼，把小鱼搪塞。裴长官大怒，把赵干鞭了五十，这事有么？"三位道："果是如此。只是老长官如何晓得恁详细？"少府道："再与我唤赵干、张弼和那把守迎薰门军士胡健，户曹刑曹二吏，并厨役王士良来，待我问他。"那三位即便差人，都去唤到。

少府问道："赵干，你在东潭钓鱼，钓得个三尺来长金色鲤鱼，你妻子教你藏在芦苇之中，上头盖着旧蓑衣。张弼来取鱼时，你只推没有大鱼。却被张弼搜出，提到迎薰门下。门军胡健说道：'裴五爷下飞签催你，你可走快些！'到得县门，门内二吏东西相向，在那里下棋。一个说：'鱼大得怕人子！做鲊来一定好吃。'一个说：'这鱼可爱，只该畜在后堂池里，不该做鲊。'王士良把鱼按在砧头上，却被鱼跳起尾来，脸上打了一下，又去磨快了刀，方才下手。这事可都有么？”

赵干等都惊道：“事俱有的！但不知三爷何由知得？”少府道：“这鱼便是我做的。我自被钓之后，哪一处不高声大叫，要你们送我回衙，怎么都不听我，却是甚主意？”赵干等都叩头道：“小的们实是不听见，若听见时，怎么敢不送回？”少府又问裴县尉道：“老长官要做鱼鲊之时，邹年兄再三劝你放生，雷长官在旁边撺掇，只是不听，催唤王士良提去。我因放声大哭，说：‘枉做这几时同僚，今日定要杀我，岂是仁者所为！’莫说裴长官不埋，连邹年兄、雷长官，也更无一言。这是何意？”

三位相顾道：“我们何尝听见些儿！”一齐起身请罪。少府笑道：“这鱼不死，我也不生。已作往事，不必再提了。”遂把赵干等打发出去，同僚们也作别回衙。将鱼鲊投弃水中，从此立誓再不吃鱼。原来少府叫哭，哪曾有什么声响，但见这鱼口动而已。乃知三位同僚与赵干等，都不听见，盖有以也[1]。

且说顾夫人想起老君庙签诀的句语，无一字不验。乃将求签打醮事情，备细说与少府知道，就要打点了愿。少府惊道：“我在这里几多时，但闻得青城山上有座老君庙，是极盛的香火，怎知道灵应如此！”即便清斋七日，备下明烛净香，亲诣庙中偿愿。一面差人估计木料，妆严金像，合用若干工价，将家财俸资凑来买办，择日兴工。

到第七日早上，屏去左右，只带一个十二三岁的小门子，自出了衙门，一步一拜，向青城山去。刚至半山，正拜在地，猛然听得有人叫道：“薛少府，你可晓得么？”少府不觉吃了一惊。抬头观看，乃是一个牧童，头戴箬笠，横坐青牛，手持短笛，从一个山坡边转出来的。

---

1 盖有以也：大概是有原因的。

当下少府问道："你要我晓得什么？"那牧童道："你晓得神仙中有个琴高，他本骑着赤鲤升天去的。只因在王母座上，把那弹云璈的田四妃，觑了一眼，动了凡心，故此两个并谪人世。如今你的前身，便是琴高，你那顾夫人，便是田四妃。为你到官以来，迷恋风尘，不能脱离，故又将你权充东潭赤鲤，受着诸般苦楚，使你回头。你却怎么还不省得？敢是做梦未醒哩！"

少府道："依你说，我的前身，乃是神仙。今已迷惑，又须得一个师父来提醒便好。"牧童道："你要个提醒的人，远不远千里，近只在目前。这成都府道人李八百，却不是个神仙？他本在汉时叫做韩康，一向卖药长安市上，口不二价。后来为一女子识破了，故此又改名为李八百。人只说他传授得孙真人八百个秘方，正不知他道术还在孙真人之上，实实活过八百多岁了。今你夫妻谪限将满，合该重还仙籍。何不去问那李八百，教他与你打破尘障？"

原来夫人只与少府说得香愿的事，不曾说起李八百把脉情由，因此牧童说着李八百名姓，少府一些也不晓得。心下想道："山野牧童知道什么？无过信口胡谈，荒唐之说，何足深信。我只是一步一拜，还愿便了！"岂知才回顾头来，那牧童与牛化作一道紫气，冲天而去。正是：

当面神仙犹不识，前生世事怎能知！

少府因自己做鱼之事，来得奇怪。今番看见牧童化风而去，心下越发惶惑，定道连那牧童也是梦中，好生委决不下。不一时，拜到山顶老君座前，叩谢神明保佑，再得回生。只在早晚选定吉日，偿还愿心。拜罢起来，看那老君神像，正是牧童的面貌。又见座旁塑着一头青牛，也与那牧童骑的一般。方悟道：“方才牧童分明是太上老君指引我重还仙籍，如何有眼无珠，当面错过？”乃再拜请罪。

回至衙中，备将牧童的话，细细述与夫人知道。夫人方说起：“病危时节，曾请成都府道人李八百来看脉。他说：‘是死而不死之症。须待死后半月二旬，自然慢慢的活将转来，不必下药。’临起身时，又说：‘这签诀灵得紧。直到看见鱼时，方有分晓。’我想他能预知过去未来之事，岂不真是个仙人！莫说老君已经显出化身，指引你去；便不是仙人，既劳他看脉一场，且又这等神验，也该去谢他！”少府听罢，乃道：“原来又有这段姻缘！如何不去谢他。”又清斋了七日，徒步自往成都府去，访那道人李八百。

恰好这一日，李八百正坐在医铺里面。一见少府，便问道：“你做梦可醒了未？”少府扑地拜下，答道：“弟子如今醒了。只求师父指教，使弟子脱离风尘，早闻大道！”李八百笑道：“你须不是没根基的，要去烧丹炼火。你前世原是神仙谪下，太上老君已明明的对你说破。自家身子，还不省得，还来问人？敢是你只认得青城县主簿么？”

当下少府恍然大悟，拜谢道：“弟子如今真个醒了！只是老君庙里香愿，尚未偿还。待弟子了愿之后，即便弃了官职，挈了妻子，同师父出家，证还仙籍，未为晚也！”遂别了李八百，急回至青城县，把李八百的话述语夫人知道。夫人也就言上省悟，前身原是西王母前弹云璈的田四妃，因动尘念堕落。当夜便与少府各自一房安下，焚香静坐，修证前因。

次日，少府将印送与邹二衙署摄，备文申报上司。一面催趱工役，盖造殿庭，妆严金像，极其齐整。刚到工完之日，那邹二衙为着当时许愿，也要分俸相助，约了两个县尉，到少府衙舍，说知此事。

家人只道还在里边静坐，进去通报。只见案上遗下一诗，竟不知少府和夫人都在哪里去了。家人拿那首诗递与邹二衙观看，乃是留别同僚吏民的。诗云：

鱼身梦幻欣无恙，若是鱼真死亦真。
到底有生终有死，欲离生死脱红尘。

邹二衙看了这诗，不胜嗟叹，乃道："年兄总要出家修行，也该与我们作别一声，如今觉道忒歉然了！谅来他去还未远。"即差人四下寻访，再也没些踪迹。正在惊讶，裴五衙笑道："二位老长官好不睹事！想他还掉不下水中滋味，多分又去变鲤鱼玩耍去了。只到东潭上抓他便了。"

不提同僚们胡猜乱想。再说少府和夫人不往别处，竟至成都去见那李八百。那李八百对着少府笑道："你前身原是琴高，因为你升仙不远，故令赤鲤专在东潭相候。今日依先还你赤鲤，骑坐上升何如？"又对夫人道："自你谪后，西王母前弹云璈的暂借董双成，如今依旧该是你去弹了。"

自然神仙一辈，叫做会中人，再不消什么口诀，什么心法，都只是一笑而喻。其时少府、夫人也对李八百说道："你先后卖药行医，救度普众，功行亦非小可，何必久混人世！"李八百道："我数[1]合与你同升，故在此相候。"顷刻间，祥云缭绕，瑞霭缤纷，空中仙音嘹亮，鸾鹤翱翔，仙童仙女，各执幢幡宝盖，前来接引。少府乘着赤鲤，夫人驾了紫霞，李八百跨上白鹤，一齐升天。遍成都老幼，哪一

1 数：命定。

个不看见，尽皆望空瞻拜，赞叹不已。至今升仙桥圣迹犹存。诗云：

茫茫宇宙事端新，人既为鱼鱼复人。
识破幻形不碍性，体形修性即仙真。

# 第九卷　十五贯戏言成巧祸

聪明伶俐自天生，懵懂痴呆未必真。

嫉妒每因眉睫浅，戈矛时起笑谈深。

九曲黄河心较险，十重铁甲面堪憎。

时因酒色亡家国，几见诗书误好人。

这首诗，单表为人难处。只因世路窄狭，人心叵测。大道既远，人情万端。熙熙攘攘，都为利来；蚩蚩蠢蠢，皆纳祸去。持身保家，万千反覆。所以古人云：颦有为颦，笑有为笑。颦笑之间，最宜谨慎。

这回书，单说一个官人，只因酒后一时戏笑之言，遂至杀身破家，陷了几条性命。且先引下一个故事来，权做个德胜头回。

却说故宋朝中，有一个少年举子，姓魏，名鹏举，字冲霄，年方一十八岁，娶得一个如花似玉的浑家。未及一年，只因春榜动，选场[1]开，魏生别了妻子，收拾行囊，上京取应[2]。临别时，浑家吩咐丈

1 选场：指会试。
2 取应：赶考、应考。

夫："得官不得官，早早回来，休抛闪了恩爱夫妻！"魏生答道："功名二字，是俺本领前程，不索贤卿忧虑。"

别后登程到京，果然一举成名，除授一甲第二名榜眼及第，在京甚是华艳动人。少不得修了一封家书，差人接取家眷入京。书上先叙了寒温及得官的事，后却写下一行，道是："我在京中早晚无人照管，已讨了一个小老婆，专候夫人到京，同享荣华。"

家人收了书程，一径到家，见了夫人，称说贺喜，因取家书呈上。夫人拆开看了，见是如此如此，这般这般，便对家人道："官人直恁负恩！甫能得官，便娶了二夫人。"家人便道："小人在京，并没见有此事，想是官人戏谑之言。夫人到京，便知端的，休得忧虑。"夫人道："恁地说，我也罢了！"却因人舟未便，一面收拾起身，一面寻觅便人，先寄封平安家书到京中去。那寄书人到了京中，寻问新科魏榜眼寓所，下了家书，管待酒饭自回，不提。

却说魏生接书拆开来看了，并无一句闲言闲语，只说道："你在京中娶了一个小老婆，我在家中也嫁了一个小老公，早晚同赴京师也！"魏生见了，也只道是夫人取笑的说话，全不在意。未及收好，外面报说："有个同年相访！"京邸寓中，不比在家宽转，那人又是相厚的同年，又晓得魏生并无家眷在内，直至里面坐下，叙了些寒温。魏生起身去解手，那同年偶翻桌上书帖，看见了这封家书，写得好笑，故意朗诵起来，魏生措手不及，通红了脸，说道："这是没理的话！因是小弟戏谑了他，他便取笑写来的。"那同年呵呵大笑道："这节事却是取笑不得的！"别了就去。

那人也是一个少年，喜谈乐道，把这封家书一节，顷刻间遍传京邸。也有一班妒忌魏生少年登高科的，将这桩事只当作风闻言事的一个小小新闻，奏上一本，说这魏生年少不检，不宜居清要之职，降处外任。魏生懊恨无及。后来毕竟做官蹭蹬不起，把锦片也似一段美前程，等闲放过去了。

这便是一句戏言，撒漫了一个美官。今日再说一个官人，也只为酒后一时戏言，断送了堂堂六尺之躯，连累两三个人，枉屈害了性命。却是为着甚的？有诗为证：

世路崎岖实可哀，旁人笑口等闲开。
白云本是无心物，又被狂风引出来。

却说南宋时，建都临安，繁华富贵，不减那汴京故国。去那城中箭桥左侧，有个官人姓刘，名贵，字君荐。祖上原是有根基的人家，到得君荐手中，却是时乖运蹇。先前读书，后来看看不济，却去改业做生意，便是半路上出家的一般。买卖行中，一发不是本等伎俩，又把本钱消折去了。渐渐大房改换小房，赁得两三间房子，与同浑家王氏，年少齐眉。后因没有子嗣，娶下一个小娘子，姓陈，是陈卖糕的女儿，家中都呼为二姐。这也是先前不十分穷薄的时做下的勾当。至亲三口，并无闲杂人在家。那刘君荐，极是为人和气，乡里见爱，都称他刘官人。“你是一时运限不好，如此落寞，再过几时，定须有个亨通的日子！”说便是这般说，哪得有些些好处？只是在家纳闷，无可奈何！

却说一日闲坐家中，只见丈人家里的老王，年近七旬，走来对刘官人说道：“家间老员外生日，特令老汉接取官人娘子，去走一遭。”刘官人便道：“便是我日逐愁闷过日子，连那泰山[1]的寿诞，

1 泰山：岳父。

也都忘了。”便同浑家王氏，收拾随身衣服，打叠个包儿，交与老王背了，吩咐二姐：“看守家中，今日晚了，不能转回，明晚须索来家。”说了就去。离城二十余里，到了丈人王员外家，叙了寒温。当日坐间客众，丈人女婿，不好十分叙述许多穷相。到得客散，留在客房里宿歇。

直至天明，丈人却来与女婿攀话，说道：“姐夫，你须不是这般算计，坐吃山空，立吃地陷。咽喉深似海，日月快如梭。你须计较一个常便！我女儿嫁了你，一生也指望丰衣足食，不成只是这等就罢了。”刘官人叹了一口气道：“是！泰山在上，道不得个上山擒虎易，开口告人难。如今的时势，再有谁似泰山这般怜念我的。只索守困，若去求人，便是劳而无功。”丈人便道：“这也难怪你说。老汉却是看你们不过，今日赍助你些少本钱，胡乱去开个柴米店，撰得些利息来过日子，却不好么？”刘官人道：“感蒙泰山恩顾，可知是好。”

当下吃了午饭，丈人取出十五贯钱来，付与刘官人道：“姐夫，且将这些钱去，收拾起店面，开张有日，我便再应付你十贯。你妻子且留在此过几日，待有了开店日子，老汉亲送女儿到你家，就来与你作贺，意下如何？”

刘官人谢了又谢，驮了钱一径出门。到得城中，天色却早晚了，却撞着一个相识，顺路在他家门首经过。“那人也要做经纪的人，就与他商量一会，可知是好。”便去敲那人门时，里面有人应喏，出来相揖，便问：“老兄下顾，有何见教？”刘官人一一说知就里。那人便道：“小弟闲在家中，老兄用得着时，便来相帮。”刘官人道：“如此甚好！”当下说了些生意的勾当。那人便留刘官人在家，现成杯盘，吃了三杯两盏。刘官人酒量不济，便觉有些朦胧起来，抽身作别，便道：“今日相扰，明早就烦老兄过寒家，计议生理。”那人又送刘官人至路口，作别回家，不在话下。

若是说话的同年生，并肩长，拦腰抱住，把臂拖回，也不见得受这般灾悔！却教刘官人死得不如《五代史》李存孝，《汉书》中彭越[1]。

却说刘官人驮了钱，一步一步挨到家中，敲门已是点灯时分。小娘子二姐独自在家，没一些事做，守得天黑，闭了门，在灯下打瞌睡，刘官人打门，他那里便听见。敲了半晌，方才知觉，答应一声："来了！"起身开了门。

刘官人进去，到了房中，二姐替刘官人接了钱，放在桌上，便问："官人何处哪移这项钱来，却是甚用？"那刘官人一来有了几分酒，二来怪他开得门迟了，且戏言吓他一吓，便道："说出来，又恐你见怪；不说时，又须通你得知。只是我一时无奈，没计可施，只得把你典与一个客人，又因舍不得你，只典得十五贯钱。若是我有些好处，加利赎你回来；若是照前这般不顺溜，只索罢了！"

那小娘子听了，欲待不信，又见十五贯钱堆在面前；欲待信来，他平白与我没半句言语，大娘子又过得好，怎么便下得这等狠心辣手！疑狐不决，只得再问道："虽然如此，也须通知我爹娘一声。"刘官人道："若是通知你爹娘，此事断然不成。你明日且到了人家，我慢慢央人与你爹娘说通，他也须怪我不得。"小娘子又问："官人今日在何处吃酒来？"刘官人道："便是把你典与人，写了文书，吃他的酒才来的。"小娘子又问："大姐姐如何不来？"刘官人道："他因不忍见你分离，待得你明日出了门才来。这也是我没计奈何，一言为定。"说罢，暗地忍不住笑。不脱衣裳，睡在床上，不觉睡去了。

那小娘子好生摆脱不下："不知他卖我与甚色样人家？我须先

1 李存孝、彭越：前者被车裂，后者被告发谋反，诛三族。

去爹娘家里说知。就是他明日有人来要我，寻到我家，也须有个下落。”沉吟了一会，却把这十五贯钱，一垛儿堆在刘官人脚后边。趁他酒醉，轻轻的收拾了随身衣服，款款的开了门出去，拽上了门。却去左边一个相熟的邻舍，叫做朱三老儿家里，与朱三妈借宿了一夜，说道："丈夫今日无端卖我，我须先去与爹娘说知。烦你明日对他说一声，既有了主顾，可同我丈夫到爹娘家中来，讨个分晓，也须有个下落。”那邻舍道："小娘子说得有理，你只顾自去，我便与刘官人说知就里。”过了一宵，小娘子作别去了，不提。正是：

鳌鱼脱却金钩去，摆尾摇头再不回。

放下一头。却说这里刘官人一觉直至三更方醒，见桌上灯犹未灭，小娘子不在身边。只道他还在厨下收拾家伙，便唤二姐讨茶吃。叫了一回，没人答应，却待挣扎起来，酒尚未醒，不觉又睡了去。不想却有一个做不是的，日间赌输了钱，没处出豁，夜间出来掏摸些东西。却好到刘官人门首，因是小娘子出去了，门儿拽上不关，那贼略推一推，豁地开了。蹑手蹑脚，直到房中，并无一人知觉。

到得床前，灯火尚明。周围看时，并无一物可取。摸到床上，见一人朝着里床睡去，脚后却有一堆青钱，便去取了几贯。不想惊觉了刘官人，起来喝道："你须不近道理！我从丈人家借办得几贯钱来，养身活命，不争你偷了我的去，却是怎的计结！”

那人也不回话，照面一拳，刘官人侧身躲过，便起身与这人相持。那人见刘官人手脚活动，便拔步出房。刘官人不舍，抢出门来，一径赶到厨房里。恰待声张邻舍起来捉贼，那人急了，正好没出豁，却见明晃晃一把劈柴斧头，正在手边，也是人急计生，被他绰起一斧，正中刘官人面门，扑地倒了，又复一斧，斫倒一边。眼见得刘官人不活了，呜呼哀哉，伏惟尚飨[1]！那人便道："一不做，二不休，却是你来赶我，不是我来寻你。"索性翻身入房，取了十五贯钱，扯条单被，包裹得停当，拽扎得爽俐，出门，拽上了门就走。不提。

次早邻舍起来，见刘官人家门也不开，并无人声息，叫道："刘官人，失晓[2]了。"里面没人答应。挨将进去，只见门也不关。直到里面，见刘官人劈死在地。"他家大娘子两日前已自往娘家去了，小娘子如何不见？"免不得声张起来。

却有昨夜小娘子借宿的邻家朱三老儿说道："小娘子昨夜黄昏时，到我家宿歇，说道刘官人无端卖了他，他一径先到爹娘家里去了。教我对刘官人说，既有了主顾，可同到他爹娘家中，也讨得个分晓。今一面着人去追他转来，便有下落。一面着人去报他大娘子到来，再作区处。"众人都道："说得是！"先着人去到王老员外家报了凶信。老员外与女儿大哭起来，对那人道："昨日好端端出门，老汉赠他十五贯钱，教他将来做本，如何便恁地被人杀了？"

那去的人道："好教老员外、大娘子得知，昨日刘官人归时，已自昏黑，吃得半酣，我们都不晓得他有钱没钱，归迟归早。只是今早刘官人家门儿半开，众人推将进去，只见刘官人杀死在地，十五贯钱一文也不见，小娘子也不见踪迹。声张起来，却有左邻朱三老儿出来，说道：'他家小娘子昨夜黄昏时分，借宿他家。小娘子说道：刘官人无端把他典与人了，小娘子要对爹娘说一声。住了一宵，今日径自去了。'如今众人计议，一面来报大娘子与老员外，一面着

---

1 呜呼哀哉，伏惟尚飨：旧时祭文末尾的两句套话，表示哀痛，请灵魂来享祭祀。
2 失晓：睡过头。

人去追小娘子。若是半路里追不着的时节，直到他爹娘家中，好歹追他转来，问个明白。老员外与大娘子，须索去走一遭，与刘官人执命[1]。”老员外与大娘子急急收拾起身，管待来人酒饭，三步做一步，赶入城中。不提。

却说那小娘子清早出了邻舍人家，挨上路去，行不上一二里，早是脚疼走不动，坐在路旁。却见一个后生，头戴万字头巾，身穿直缝宽衫，背上驮了一个搭膊，里面却是铜钱，脚下丝鞋净袜，一直走上前来。到了小娘子面前，看了一看，虽然没有十二分颜色，却也明眉皓齿，莲脸生春，秋波送媚，好生动人。正是：

野花偏艳目，村酒醉人多。

那后生放下搭膊，向前深深作揖：“小娘子独行无伴，却是往哪里去的？”小娘子还了万福，道：“是奴家要往爹娘家去，因走不上，权歇在此。”因问：“哥哥是何处来？今要往何方去？”那后生叉手不离方寸：“小人是村里人，因往城中卖了丝帐，讨得些钱，要往褚家堂那边去的。”小娘子道：“告哥哥则个，奴家爹娘也在褚家堂左侧。若得哥哥带挈奴家，同走一程，可知是好。”那后生道：“有何不可！既如此说，小人情愿服侍小娘子前去。”

两个厮赶着，一路正行，行不到二三里田地，只见后面两个人脚不点地赶上前来，赶得汗流气喘，衣襟敞开。连叫：“前面小娘子慢走！我却有话说知。”小娘子和那后生看见赶得跷蹊，都立住了脚。后边两个赶到跟前，见了小娘子与那后生，不容分说，一家扯了一

---

1 执命：追查凶手偿命。

个，说道：“你们干得好事！却走往哪里去？”小娘子吃了一惊，举眼看时，却是两家邻舍，一个就是小娘子昨夜借宿的主人。

小娘子便道：“昨夜也须告过公公得知，丈夫无端卖我，我自去对爹娘说知。今日赶来，却有何说？”朱三老道：“我不管闲账，只是你家里有杀人公事，你须回去对理。”小娘子道：“丈夫卖我，昨日钱已驮在家中，有甚杀人公事？我只是不去。”朱三老道：“好自在性儿，你若真个不去，叫起地方有杀人贼在此，烦为一捉。不然，须要连累我们，你这里地方也不得清净。”

那个后生见不是话头，便对小娘子道：“既如此说，小娘子只索回去，小人自家去休！”那两个赶来的邻舍，齐叫起来说道：“若是没有你在此便罢，既然你与小娘子同行同止，你须也去不得！”那后生道：“却也作怪，我自半路遇见小娘子，偶然伴他行一程路儿，却有甚皂丝麻线，要勒掯[1]我回去？”

朱三老道：“他家现有杀人公事，不争放你去了，却打没对头官司！”当下不容小娘子和那后生做主。看的人渐渐立满，都道：“后生你去不得！你日间不做亏心事，半夜敲门不吃惊。便去何妨？”那赶来的邻舍道：“你若不去，便是心虚，我们却和你罢休不得！”四个人只得厮挽着一路转来。

到得刘官人门首，好一场热闹！小娘子入去看时，只见刘官人斧劈倒在地死了，床上十五贯钱分文也不见。开了口合不得，伸了舌缩不上去。那后生也慌了，便道：“我恁地晦气！没来由和那小娘子同走一程，却做了干连人。”众人都和哄着。

正在那里分豁不开，只见王老员外和女儿一步一攧走回家来，见

1 勒掯：强迫、刁难。

了女婿身尸，哭了一场，便对小娘子道："你却如何杀了丈夫，劫了十五贯钱，逃走出去？今日天理昭然，有何理说！"小娘子道："十五贯钱委是有的。只是丈夫昨晚回来，说是无计奈何，将奴家典与他人，典得十五贯身价在此，说过今日便要奴家到他家去。奴家因不知他典与甚色样人家，先去与爹娘说知，故此趁他睡了，将这十五贯钱一垛儿堆在他脚后边，拽上门，借朱三老家住了一宵，今早自去爹娘家里说知。临去之时，也曾央朱三老对我丈夫说，既然有了主顾，可同到我爹娘家里来交割。却不知因甚杀死在此？"

那大娘子道："可又来！我的父亲昨日明明把十五贯钱与他驮来做本，养赡妻小，他岂有哄你说是典来身价之理？这是你两日因独自在家，勾搭上了人；又见家中好生不济，无心守耐；又见了十五贯钱，一时见财起意，杀死丈夫，劫了钱。又使见识，往邻舍家借宿一夜，却与汉子通同计较，一处逃走。现今你跟着一个男子同走，却有何理说，抵赖得过？"

众人齐声道："大娘子之言，甚是有理。"又对那后生道："后生，你却如何与小娘子谋杀亲夫？却暗暗约定在僻静处等候，一同去逃奔他方，却是如何计结？"那人道："小人自姓崔，名宁，与那小娘子无半面之识。小人昨晚入城，卖得几贯丝钱在这里，因路上遇见小娘子，小人偶然问起往哪里去的，却独自一个行走。小娘子说起是与小人同路，以此做伴同行，却不知前后因依。"

众人哪里肯听他分说，搜索他搭膊中，恰好是十五贯钱，一文也不多，一文也不少。众人齐发起喊来道："是天网恢恢，疏而不漏。你却与小娘子杀了人，拐了钱财，盗了妇女，同往他乡，却连累我地方邻里打没头官司！"

当下大娘子结扭了小娘子，王老员外结扭了崔宁，四邻舍都是证见，一哄都入临安府中来。

那府尹听得有杀人公事，即便升厅。便叫一干人犯，逐一从头说来。先是王老员外上去，告说："相公在上，小人是本府村庄人氏，年近六旬，只生一女，先年嫁与本府城中刘贵为妻。后因无子，娶了陈氏为妾，呼为二姐。一向三口在家过活，并无片言。只因前日是老汉生日，差人接取女儿、女婿到家，过了一夜。次日，因见女婿家中全无活计，养赡不起，把十五贯钱与女婿做本，开店养身。却有二姐在家看守。到得昨夜，女婿到家时分，不知因甚缘故，将女婿斧劈死了！二姐却与一个后生，名唤崔宁，一同逃走，被人追捉到来。望相公可怜见老汉的女婿，身死不明；奸夫淫妇，赃证现在，伏乞相公明断！"

府尹听得如此如此，便叫陈氏上来："你却如何通同奸夫，杀死了亲夫，劫了钱，与人一同逃走，是何理说？"二姐告道："小妇人嫁与刘贵，虽是做小老婆，却也得他看承得好，大娘子又贤慧，却如何肯起这片歹心？只是昨晚丈夫回来，吃得半酣，驮了十五贯钱进门。小妇人问他来历，丈夫说道：为因养赡不周，将小妇人典与他人，典得十五贯身价在此。又不通我爹娘得知，明日就要小妇人到他家去。小妇人慌了，连夜出门，走到邻舍家里，借宿一宵。今早一径先往爹娘家去，教他对丈夫说，既然卖我有了主顾，可到我爹妈家里来交割。才走得到半路，却见昨夜借宿的邻家赶来，捉住小妇人回来，却不知丈夫杀死的根由。"

那府尹喝道："胡说！这十五贯钱分明是他丈人与女婿的，你却说是典你的身价，眼见得没巴臂的说话了。况且妇人家如何黑夜行走？定是脱身之计。这桩事须不是你一个妇人家做的，一定有奸夫帮你谋财害命，你却从实说来。"

那小娘子正待分说，只见几家邻舍一齐跪上去告道："相公的言语，委是青天。他家小娘子昨夜果然借宿在左邻第二家的，今早他自去了。小的们见他丈夫杀死，一面着人去赶，赶到半路，却见小娘子和那一个后生同走，苦死不肯回来。小的们勉强捉他转来，却又一面着人去接他大娘子与他丈人，到时，说昨日有十五贯钱付与女婿做生理的。今者女婿已死，这钱不知从何而去。再三问那小娘子时，说道：他出门时，将这钱一堆儿堆在床上。却去搜那后生身边，十五贯钱分文不少。却不是小娘子与那后生通同作奸？赃证分明，却如何赖得过？”

府尹听他们言言有理，便唤那后生上来道：“帝辇之下，怎容你这等胡行？你却如何谋了他小老婆，劫了十五贯钱，杀死了亲夫？今日同往何处？从实招来！”

那后生道：“小人姓崔，名宁，是乡村人氏。昨日往城中卖了丝，卖得这十五贯钱。今早偶然路上撞着这小娘子，并不知他姓甚名谁，哪里晓得他家杀人公事？”府尹大怒，喝道：“胡说！世间不信有这等巧事！他家失去了十五贯钱，你却卖的丝恰好也是十五贯钱，这分明是支吾的说话了。况且他妻莫爱，他马莫骑，你既与那妇人没甚首尾[1]，却如何与他同行共宿？你这等顽皮赖骨，不打如何肯招？”

当下众人将那崔宁与小娘子，死去活来拷打一顿。那边王老员外与女儿并一干邻佑人等，口口声声，咬他二人。府尹也巴不得结了这段公案。拷讯一回，可怜崔宁和小娘子受刑不过，只得屈招了，说是一时见财起意，杀死亲夫，劫了十五贯钱，同奸夫逃走是实。左邻右舍都指画了十字，将两人大枷枷了，送入死囚牢里。将这十五贯钱给

---

1 首尾：指不正当关系、男女私情。

还原主，也只好奉与衙门中人做使用，也还不够哩。

府尹叠成文案，奏过朝廷，部覆申详，倒下圣旨，说："崔宁不合奸骗人妻，谋财害命，依律处斩。陈氏不合通同奸夫，杀死亲夫，大逆不道，凌迟示众。"当下读了招状，大牢内取出二人来，当厅判一个斩字，一个剐字，押赴市曹，行刑示众。两人浑身是口，也难分说。正是：

哑子谩尝黄蘖味，难将苦口对人言。

看官听说，这段公事，果然是小娘子与那崔宁谋财害命的时节，他两人须连夜逃走他方，怎的又去邻舍人家借宿一宵？明早又走到爹娘家去，却被人捉住了？这段冤枉，仔细可以推详出来。谁想问官糊涂，只图了事，不想捶楚之下，何求不得。冥冥之中，积了阴骘，远在儿孙近在身。他两个冤魂，也须放你不过。所以做官的，切不可率意断狱，任情用刑，也要求个公平明允。道不得个死者不可复生，断者不可复续，可胜叹哉！

闲话休提。却说那刘大娘子到得家中，设个灵位，守孝过日。父亲王老员外劝他转身[1]，大娘子说道："不要说起三年之久，也须到小祥之后。"父亲应允自去。光阴迅速，大娘子在家，巴巴结结[2]，将近一年。父亲见他守不过，便叫家里老王去接他来，说："叫大娘子收拾回家，与刘官人做了周年，转了身去罢！"大娘子没计奈何，细思："父言亦是有理。"收拾了包裹，与老王背了，与邻舍家作

---

1 转身：改嫁。
2 巴巴结结：勉勉强强。

别，暂去再来。

一路出城，正值秋天，一阵乌风猛雨，只得落路，往一所林子去躲，不想走错了路。正是：

猪羊入屠宰之家，一脚脚来寻死路。

走入林子里来，只听他林子背后，大喝一声："我乃静山大王在此！行人住脚，须把买路钱与我。"大娘子和那老王吃那一惊不小，只见跳出一个人来：

头戴乾红凹面巾，身穿一领旧战袍，腰间红绢搭膊裹肚，脚下蹬一双乌皮皂靴，手执一把朴刀。

舞刀前来。那老王该死，便道："你这剪径[1]的毛团！我须是认得你，做这老性命着与你兑了罢！"一头撞去，被他闪过空。老人家用力猛了，扑地便倒。那人大怒道："这牛子好生无礼！"连搠一两刀，血流在地，眼见得老王养不大了。

那刘大娘子见他凶猛，料道脱身不得，心生一计，叫做脱空计，拍手叫道；"杀得好！"那人便住了手睁圆怪眼，喝道："这是你什么人？"那大娘子虚心假气的答道："奴家不幸丧了丈夫，却被媒人哄诱，嫁了这个老儿，只会吃饭。今日却得大王杀了，也替奴家除了一害！"

那人见大娘子如此小心，又生得有几分颜色，便问道："你肯跟

---

1 剪径：拦路抢劫。

我做个压寨夫人么？”大娘子寻思，无计可施，便道：“情愿服侍大王。”那人回嗔作喜，收拾了刀杖，将老王尸首撺入涧中。领了刘大娘子到一所庄院前来，甚是委曲。只见大王向那地上，拾些土块，抛向屋上去，里面便有人出来开门。到得草堂之上，吩咐杀羊备酒，与刘大娘子成亲。两口儿且是说得着。正是：

明知不是伴，事急且相随。

不想那大王自得了刘大娘子之后，不上半年，连起了几主大财，家间也丰富了。大娘子甚是有识见，早晚用好言语劝他：“自古道：瓦罐不离井上破，将军难免阵中亡。你我两人下半世也够吃用了，只管做这没天理的勾当，终须不是个好结果！却不道是梁园虽好，不是久恋之家。不若改行从善，做个小小经纪，也得过养身活命。”那大王早晚被他劝转，果然回心转意，把这门道路撇了。却去城市间赁下一处房屋，开了一个杂货店。遇闲暇的日子，也时常去寺院中，念佛持斋。

忽一日在家闲坐，对那大娘子道：“我虽是个剪径的出身，却也晓得冤各有头，债各有主。每日间只是吓骗人东西，将来过日子。后来得有了你，一向买卖顺溜。今已改行从善，闲来追思既往，只曾枉杀了两个人，又冤陷了两个人，时常挂念，思欲做些功果，超度他们，一向未曾对你说知。”

大娘子便道：“如何是枉杀了两个人？”那大王道：“一个是你的丈夫，前日在林子里的时节，他来撞我，我却杀了他。他须是个老人家，与我往日无仇，如今又谋了他老婆，他死也是不肯甘心的。”大娘子道：“不恁地时，我却哪得与你厮守？这也是往事，休提了！”又问：“杀那一个，又是甚人？”

那大王道：“说起来这个人，一发天理上放不过去，且又带累了两个人，无辜偿命。是一年前，也是赌输了，身边并无一文，夜间便去掏摸些东西。不想到一家门首，见他门也不闩，推进去时，里面并无一人。摸到门里，只见一人醉倒在床，脚后却有一堆铜钱，便去摸他几贯。正待要走，却惊醒了。那人起来说道：这是我丈人家与我做本钱的，不争你偷去了，一家人口都是饿死。起身抢出房门，正待声张起来。是我一时见他不是话头，却好一把劈柴斧头在我脚边，这叫做人急计生，绰起斧来，喝一声道：不是我，便是你。两斧劈倒。却去房中将十五贯钱，尽数取了。后来打听得他，却连累了他家小老婆，与那一个后生，唤作崔宁，说他两人谋财害命，双双受了国家刑法。我虽是做了一世强人，只有这两桩人命，是天理人心打不过去的！早晚还要超度他，也是该的。”

那大娘子听说，暗暗地叫苦：“原来我的丈夫也吃这厮杀了，又连累我家二姐与那个后生无辜被戮。思量起来，是我不合当初执证他两人偿命。料他两人阴司中，也须放我不过。”当下权且欢天喜地，并无他说。明日捉个空，便一径到临安府前，叫起屈来。

那时换了一个新任府尹，才得半月。正值升厅，左右捉将那叫屈的妇人进来。刘大娘子到于阶下，放声大哭。哭罢，将那大王前后所为：“怎的杀了我丈夫刘贵，问官不肯推详，含糊了事，却将二姐与那崔守，朦胧偿命。后来又怎的杀了老王，奸骗了奴家。今日天理昭然，一一是他亲口招承。伏乞相公高抬明镜，昭雪前冤！”说罢又哭。

府尹见他情词可悯，即着人去捉那静山大王到来，用刑拷讯，与大娘子口词一些不差。即时问成死罪，奏过官里。待六十日限满，倒下圣旨来："勘得静山大王谋财害命，连累无辜。准律：杀一家非死罪三人者，斩加等，决不待时。原问官断狱失情，削职为民。崔宁与陈氏枉死可怜，有司访其家，谅行优恤。王氏既系强徒威逼成亲，又能伸雪夫冤，着将贼人家产，一半没入官，一半给与王氏养赡终身。"

刘大娘子当日往法场上，看决了静山大王，又取其头去祭献亡夫，并小娘子及崔宁，大哭一场。将这一半家私，舍入尼姑庵中，自己朝夕看经念佛，追荐亡魂，尽老百年而绝。有诗为证：

善恶无分总丧躯，只因戏语酿殃危。
劝君出话须诚信，口舌从来是祸基。

# 第十卷　一文钱小隙造奇冤

世上何人会此言，休将名利挂心田。
等闲倒尽十分酒，遇兴高歌一百篇。
物外烟霞为伴侣，壶中日月任婵娟。
他时功满归何处？直驾云车入洞天。

这八句诗，乃回道人所作。那道人是谁？姓吕，名岩，号洞宾，岳州河东人氏。大唐咸通中应进士举，游长安酒肆，遇正阳子钟离先生，点破了黄粱梦，知宦途不足恋，遂求度世之术。钟离先生恐他立志未坚，十遍试过，知其可度。欲授以黄白秘方，使之点石成金，济世利物，然后三千功满，八百行圆。

洞宾问道："所点之金，后来还有变异否？"钟离先生答道："直待三千年后，还归本质。"洞宾愀然不乐道："虽然遂我一时之愿，可惜误了三千年后遇金之人，弟子不愿受此方也！"钟离先生呵呵大笑道："汝有此好心，三千八百尽在于此。吾向蒙苦竹真君吩咐道：'汝游人间，若遇两口的，便是你的弟子。'遍游天下，从没见有两口之人。今汝姓吕，即其人也。"遂传以分合阴阳之妙。

洞宾修炼丹成，发誓必须度尽天下众生，方肯上升。从此混迹尘途，自称为回道人。回字也是二口，暗藏着吕字。尝游长沙，手持小小瓷罐乞钱，向市上大言：“我有长生不死之方，有人肯施钱满罐，便以方授之。”市人不信，争以钱投罐，罐终不满，众皆骇然。忽有一僧人推一车子钱从市东来，戏对道人说：“我这车子钱共有千贯，你罐里能容之否？”道人笑道：“连车子也推得进，何况钱乎？”那僧不以为然，想着：“这罐子有多少大嘴，能容得车儿？明明是说谎！”

道人见其沉吟，便道：“只怕你不肯布施，若道个肯字，不愁这车子不进我罐儿里去。”此时众人聚观者极多，一个个肉眼凡夫，谁人肯信，都去撺掇那僧人。那僧人也道必无此事，便道：“看你本事，我有何不肯？”道人便将罐子侧着，将罐口向着车儿，尚离三步之远，对僧人道：“你敢道三声‘肯’么？”僧人连叫三声：“肯！肯！肯！”每叫一声肯，那车儿便近一步。到第三个“肯”字，那车儿却像罐内有人扯拽一般，一溜子滚入罐内去了。众人一个眼花，不见了车儿，发声喊，齐道：“奇怪！奇怪！”都来张那罐口，只见里面黑洞洞地。那僧人就有不悦之意，问道：“你那道人是神仙，还是幻术？”道人口占八句道：

> 非神亦非仙，非术亦非幻。
> 天地有终穷，桑田经几变。
> 此身非吾有，财又何足恋。
> 苟不从吾游，骑鲸腾汗漫。

那僧人疑心是个妖术，欲同众人执之送官。道人道：“你莫非懊悔，不舍得这车子钱财么？我今还你就是。”遂索纸笔，写一道符投入罐内，喝声“出！出！”众人千百只眼睛，看着罐口，并无动静。道人说道：“这罐子贪财，不肯送将出来，待贫道自去讨来还你。”

说声未了，耸身望罐口一跳，如落在万丈深潭，影儿也不见了。那僧人连呼：“道人出来！道人快出来！”罐里并不则声。僧人大怒，提起罐儿，向地下一掷，其罐打得粉碎，也不见道人，也不见车儿，连先前众人布施的散钱并无一个，正不知哪里去了？只见有字纸一幅，取来看时，题得有诗四句道：

寻真要识真，见真浑未悟。
一笑再相逢，驱车东平路。

众人正在传观，只见字迹渐灭，须臾之间，连这幅白纸也不见了。众人才信是神仙，一哄而散。只有那僧人失脱了一车子钱财，意气沮丧，忽想着诗中“一笑再相逢，驱车东平路”之语，汲汲回归，行到东平路上，认得自家车儿，车上钱物宛然，分毫不动。那道人立于车旁，举手笑道：“相待久矣！钱车可自收之。”又叹道：“出家之人，尚且惜钱如此，更有何人不爱钱者？普天下无一人可度，可怜哉！可痛哉！”言讫腾云而去。那僧人惊呆了半晌，去看那车轮上，每边各有一口字，二口成吕，乃知吕洞宾也。懊悔无及！正是：

天上神仙容易遇，世间难得舍财人。

方才说吕洞宾的故事，因为那僧人舍不得这一车子钱，把个活神仙当面错过。有人论：这一车子钱，岂是小事，也怪那僧人不得；世上还有一文钱也舍不得的。依在下看来，舍得一车子钱，就从那舍得一文钱这一念推广上去；舍不得一文钱，就从那舍不得一车子钱这一念算计入来。不要把钱多钱少，看作两样。如今听在下说这一文钱小小的故事。列位看官，各宜警醒，惩忿窒欲，且休望超凡入道，也是保身保家的正理。诗云：

不争闲气不贪钱，舍得钱时结得缘。
除却钱财烦恼少，无烦无恼即神仙。

话说江西饶州府浮梁县，有景德镇，是个码头去处。镇上百姓，都以烧造瓷器为业，四方商贾，都来载往苏杭各处贩卖，尽有利息。就中单表一人，叫做丘乙大，是窑户家一个做手[1]。浑家杨氏，善能描画。乙大做就瓷胚，就是浑家描画花草人物，两口俱不吃空。住在一个冷巷里，尽可度日有余。那杨氏年三十六岁，貌颇不丑，也肯与人活动[2]。只为老公利害，只好背地里偶一为之，却不敢明当做事。所生一子，名唤丘长儿，年一十四岁，资性愚鲁，尚未会做活，只在家中走跳。

忽一日杨氏患肚疼，思想椒汤吃，把一文钱教长儿到市上买椒。长儿拿了一文钱，才走出门，刚刚遇着东间壁一般做瓷胚刘三旺的儿子，叫做再旺，也走出门来。那再旺年十三岁，比长儿倒乖巧，平日喜的是攧钱耍子。怎的样攧钱？也有八个六个，攧出或字或背，一色的谓之浑成。也有七个五个，攧去一背一字间花儿去的，谓之背间。再旺和长儿闲常有钱时，多曾在巷口一个空阶头上耍过来。

1 做手：师傅、好手。
2 活动：私通。

这一日巷中相遇，同走到常时耍钱去处，再旺又要和长儿耍子。长儿道：“我今日没有钱在身边。”再旺道：“你往哪里去？”长儿道：“娘肚疼，叫我买椒泡汤吃。”再旺道：“你买椒，一定有钱。”长儿道：“只有得一文钱。”再旺道：“一文钱也好耍，我也把一文与你赌个背字，两背的便都赢去，两字便输，一字一背不算。”长儿道：“这文钱是要买椒的，倘或输与你了，把什么去买？”再旺道：“不妨事，你若赢了是造化；若输了时，我借与你，下次还我就是。”

长儿一时不老成，就把这文钱撇在地上。再旺在兜肚里也摸出一个钱丢下地来。长儿的钱是个背，再旺的是个字。这攧钱也有先后常规，该是背的先攧。长儿捡起两文钱，摊在第二手指上，把大拇指掐住，曲一曲腰，叫声：“背！”攧将下去，果然两背，长儿赢了。收起一文，留一文在地。再旺又在兜肚里摸出一文钱来，连地下这文钱捡起，一般样摊在第二手指上，把大拇指掐住，曲一曲腰，叫声：“背！”攧将下去，却是两个字，又是再旺输了。长儿把两个钱都收起，和自己这一文钱，共是三个。长儿赢得顺溜，动了赌兴，问再旺：“还有钱么？”再旺道：“钱尽有，只怕你没造化赢得。”

当下伸手在兜肚里摸出十来个净钱，捻在手里，啧啧夸道：“好钱！好钱！”问长儿：“还敢攧么？”又丢下一文来。长儿又攧了两背，第四次再旺攧，又是两字。一连攧了十来次，都是长儿赢了，共得了十二文。分明是掘藏一般，喜得长儿笑容满面，拿了钱便走。再旺哪肯放他，上前拦住，道：“你赢了我许多钱，走哪里去？”长儿道：“娘肚疼，等椒汤吃，我去去，闲时再来。”再旺道：“我还有钱在腰里，你赢得时，都送你。”

长儿只是要去，再旺发起猴急来，便道：“你若不肯攧时，还了我的钱便罢。你把一文钱来骗了我许多钱，如何就去？”长儿道：“我是攧得有彩，须不是白夺你的。”再旺索性把兜肚里钱，尽数取出，约莫有二三十文，做一垛儿堆在地下道：“待我输尽了这些钱，便放你走。”

长儿是个小厮家，眼孔浅，见了这钱，不觉贪心又起；况且再旺抵死缠住，只得又攧。谁知风无常顺，兵无常胜。这番彩头又轮到再旺了。照前攧了一二十次，虽则中间互有胜负，却是再旺赢得多。到结末来，这十二文钱，依旧被他复去，长儿刚刚原剩得一文钱。

自古道：赌以气胜。初番长儿攧赢了一两文，胆就壮了，偶然有些彩头，就连赢数次。到第二番又攧时，不是他心中所愿，况且着了个贪心，手下就觉有些矜持。到一连攧输了几文，去一个舍不得一个，又添了个吝字，气便索然。怎当再旺一股愤气，又且稍粗胆壮，自然赢了。

大凡人富的好过，贫的好过，只有先富后贫的，最是难过。据长儿一文钱起手时，赢得一二文也是够了，一连得了十二文钱，一拳头捻不住，就似白手成家，何等欢喜！把这钱不看作傥来之物[1]，就认作自己东西，重复输去，好不气闷，痴心还想再像初次赢将转来。“就是输了，他原许下借我的，有何不可？”这一交，合该长儿攧了，忍不住按定心坎，再复一攧，又是二字，心里着忙，就去抢那钱，手去迟些，先被再旺抢到手中，都装入兜肚里去了。

长儿道：“我只有这文钱，要买椒的，你原说过赢时借我，怎的都收去了？”再旺怪长儿先前赢了他十二文钱就要走，今番正好出气。君子报仇，直待三年；小人报仇，只在眼前。怎么还肯把这文钱

---

1 傥来之物：无意间得来的东西。

借他？把长儿双手挡开，故意的一跳一舞，跑入巷去了。急得长儿且哭且叫，也回身进巷扯住再旺要钱，两个扭作一堆厮打。

孙庞斗智谁为胜，楚汉争锋哪个强？

却说杨氏专等椒来泡汤吃，望了多时，不见长儿回来。觉得肚疼定了，走出门来张看，只见长儿和再旺扭住厮打，骂道："小杀才！教你买椒不买，倒在此寻闹，还不撒开。"两个小厮听得骂，都放了手。再旺就闪在一边。杨氏问长儿："买的椒在哪里？"长儿含着眼泪回道："那买椒的一文钱，被再旺夺去了。"再旺道："他与我攧钱，输与我的。"杨氏只该骂自己儿子，不该攧钱，不该怪别人。况且一文钱，所值几何，既输了去，只索罢休。单因杨氏一时不明，惹出一场大祸，辗转的害了多少人的性命。正是：

事不三思终有悔，人能百忍自无忧。

杨氏因等候长儿不来，一肚子恶气，正没出豁，听说赢了他儿子的一文钱，便骂道："天杀的野贼种！要钱时，何不教你娘趁汉，却来骗我家小厮攧钱！"口里一头说，一头便扯再旺来打。恰正抓住了兜肚，凿下两个栗暴。那小厮打急了，把身子负命一挣，却挣断了兜肚带子，落下地来。索郎一声响，兜肚子里面的钱，撒作一地。杨氏道："只还我那一文便了。"长儿得了娘的口气，就势抢了一把钱，奔进自屋里去。

再旺就叫起屈来。杨氏赶进屋里，喝教长儿还了他钱。长儿被娘逼不过，把钱望着街上一撒。再旺一头哭，一头骂，一头捡钱。捡起时，少了六七文钱，情知是长儿藏下，拦着门只顾骂。杨氏道："也不见这天杀的野贼种，恁地撒泼！"把大门关上，走进去了。

再旺敲了一回门，又骂了一回，哭到自屋里去。母亲孙大娘正在灶下烧火，问其缘故。再旺哭诉道："长儿抢了我的钱，他的娘不说他不是，倒骂我天杀的野贼种，要钱时何不教你娘趁汉。"孙大娘不听时，万事全休，一听了这句不入耳的言语，不觉：

怒从心上起，恶向胆边生。

原来孙大娘最痛儿子，极是护短，又兼性暴，能言快语，是个揽事的女都头。若相骂起来，一连骂十来日，也不口干，有名叫做"绰板婆"。他与丘家只隔得三四个间壁居住，也晓得杨氏平日有些不三不四的毛病，只为从无口面[1]，不好发挥出来。

一闻再旺之语，太阳里爆出火来，立在街头，骂道："狗泼妇！狗淫妇！自己瞒着老公趁汉子，我不管你罢了，倒来谤别人。老娘人便看不像，却替老公争气。前门不进师姑，后门不进和尚，拳头上立得人起，臂膊上走得马过。不像你那狗淫妇，人硬货不硬，表壮里不壮，做成老公戴了绿帽儿，羞也不羞？还亏你老着脸在街坊上骂人。便臊贱时，也不是恁般做作！我家小厮年小，连头带脑，也还不够与你补空，你休得缠他！臊发时还去寻那旧汉子，是多寻几遭，多养了几个野贼种，大起来好做贼！"

一声泼妇，一声淫妇，骂一个路绝人稀。杨氏怕老公，不敢揽事，又没处出气，只得骂长儿道："都是你那小天杀的，不学好，引

---

1 口面：口角、争吵。

这长舌妇开口！”提起木柴，把长儿劈头就打，打得长儿头破血淋，嚎啕大哭。

丘乙大正从窑上回来，听得孙大娘叫骂，侧耳多时，一句句都听在肚里，想道：“是哪家婆娘不秀气，替老公妆幌子，惹得绰板婆叫骂。”及至回家，见长儿啼哭，问起缘由，倒是自家家里招揽的是非。丘乙大是个硬汉，怕人耻笑，声也不啧，气忿忿地坐下。远远的听得骂声不绝，直到黄昏后，方才住口。

丘乙大吃了几碗酒，等到夜深人静，叫老婆来盘问道：“你这贱人瞒着我干的好事！趁的许多汉子，姓甚名谁？好好招将出来，我自去寻他说话。”那婆娘原是怕老公的，听得这句话，分明似半空中响一个霹雳，战兢兢还敢开口？

丘乙大道：“泼贱妇！你有本事偷汉子，如何没本事说出来？若要不知，除非莫为。瞒得老公，瞒不得邻里，今日教我如何做人？你快快说来，也得我心下明白。”杨氏道：“没有这事，教我说谁来？”丘乙大道：“真个没有？”杨氏道：“没有。”丘乙大道：“既是没有时，他们如何说你？你如何凭他说，不则一声？显是心虚口软，应他不得。若是真个没有，是他们作说[1]你时，你今夜吊死在他门上，方表你清白，也出脱了我的丑名。明日我好与他讲话。”

那婆娘怎肯走动，流下泪来，被丘乙大三两个巴掌，掇出大门，把一条麻索丢与他，叫道：“快死！快死！不死便是恋汉子了。”说罢，关上门儿进来。长儿要来开门，被乙大一顿栗暴，打得哭了一场，睡去了。乙大有了几分酒意，也自睡了。单撇杨氏在门外好苦，上天无路，入地无门。千不是，万不是，只是自家不是，除却死，别

---

1 作说：编派、捏造。

无良策。自悲自怨了多时，恐怕天明，慌慌张张的取了麻索，去认那刘三旺的门首。

也是将死之人，失魂颠智，刘家本在东间壁第三家，却错走到西边去。走过了五六家，到第七家，见门面与刘家相像，忙忙的把几块乱砖衬脚，搭上麻索于檐下，系颈自尽。可怜伶俐妇人，只为一文钱斗气，丧了性命。正是：

地下新添恶死鬼，人间不见画花人。

却说西邻第七家，是个打铁的匠人门首。这匠人诨名叫做白铁，每夜四更便起来打铁。偶然开了大门撒溺，忽然一阵冷风，吹得毛骨悚然，定睛看时，吃了一惊。

不是傀儡场中鲍老[1]，竟像秋千架上佳人。

檐下挂着一件物事，不知是哪里来的，好不怕人！犹恐是眼花，转身进屋，点个亮来一照，原来是新缢的妇人，咽喉气断，眼见得救不活了。欲待不去照管他，到天明被做公的看见，却不是一场飞来横祸，辨不清的官司。思量一计："将他移在别处，与我便无干了。"耽着惊恐，上前去解这麻索。那白铁本来有些蛮力，轻轻的便取下挂来，背出正街，心慌意急，不暇致详，向一家门里撇下。头也不回，竟自归家，兀自连打几个寒噤，铁也不敢打了，复上床去睡卧。不在话下。

---

1 傀儡场中鲍老：木偶戏中的鲍老，滑稽角色，常假面披发，口吐狼牙烟火，如鬼神之状。

且说丘乙大黑早起来开门，打听老婆消息，走到刘三旺门前，并无动静，直走到巷口，也没些踪影，又回来坐地寻思："莫不是这贱妇逃走他方去了？"又想："他出门稀少，又是黑暗里，如何行动？"又想道："他若不死时，麻索必然还在。"再到门前看时，地下不见了麻绳。"定是死在刘家门首，被他知觉，藏过了尸首，与我白赖。"又想："刘三旺昨晚不回，只有那绰板婆和那小厮在家，哪有力量搬运？"又想道："虫蚁也有几只脚儿，岂有人无帮助？且等他开门出来，看他什么光景，见貌辨色，可知就里。"

等到刘家开门，再旺出来，把钱去市心里买馍馍点心，并不见有一些惊慌之意。丘乙大心中委决不下。又到街前街后闲荡，打探一回，并无影响。回来看见长儿还睡在床上打齁，不觉怒起，掀开被，向腿上四五下，打得这小厮睡梦里直跳起来。丘乙大道："娘也被刘家逼死了，你不去讨命，还只管睡！"这句话，分明丘乙大教长儿去惹事，看风色。

长儿听说娘死了，便哭起来，忙忙的穿了衣服，带着哭，一径直赶到刘三旺门首，大骂道："狗娼根！狗淫妇！还我娘来？"那绰板婆孙大娘见长儿骂上门，如何耐得，急赶出来，骂道："千人射的野贼种，敢上门欺负老娘么？"便揪着长儿头发，却待要打，见丘乙大过来，就放了手。这小厮满街乱跳乱舞，带哭带骂讨娘。丘乙大已耐不住，也骂起来。绰板婆怎肯相让，旁边钻出个再旺来相帮，两下干骂一场，邻里劝开。

丘乙大教长儿看守家里，自去街上央人写了状词，赶到浮梁县告刘三旺和妻孙氏人命事情。大尹准了状词，差人拘拿原被告和邻里干证，到官审问。原来绰板婆孙氏平昔口嘴不好，极是要冲撞人，邻里都不欢喜。因此说话中间，未免偏向丘乙大几分，把相骂的事情，增添得重大了，隐隐的将这人命，射实在绰板婆身上。

这大尹见众人说话相同，信以为实。错认刘三旺将尸藏匿在家，希图脱罪。差人搜检，连地也翻了转来，只是搜寻不出，故此难以定罪。且不用刑，将绰板婆拘禁，差人押刘三旺寻访杨氏下落，丘乙大讨保在外。这场官司好难结哩！有分教：

绰板婆消停口舌，瓷器匠耽误生涯。

这事且搁过不提。再说白铁将那尸首，却撇在一个开酒店的人家门首。那店主人王公，年纪六十余岁，有个妈妈，靠着卖酒过日。是夜睡至五更，只听得叩门之声，醒时又不听得。刚刚合眼，却又闻得砰砰声叩响。心中惊异，披衣而起，即唤小二起来，开门观看。只见街头上，不横不直，挡着这件物事。

王公还道是个醉汉，对小二道："你仔细看一看，还是远方人，是近处人？若是左近邻里，可叩他家起来，扶了去。"小二依言，俯身下去认看，因背了星光，看不仔细。见颈边拖着麻绳，却认作是条马鞭，便道："不是近边人，想是个马夫。"王公道："你怎么晓得他是个马夫？"小二道："见他身边有根马鞭，故此知得。"王公道："既不是近处人，由他罢！"

小二欺心，要拿他的鞭子，伸手去拾时，却拿不起，只道压在身底下，尽力一扯，那尸首直竖起来，把小二吓了一跳，叫道："啊呀！"连忙放手，那尸扑的倒下去了。连王公也吃一惊，问道："这怎么说？"小二道："只道是根鞭儿，要拿他的，不想却是缢死的人，颈下扣的绳子。"

王公听说，慌了手脚，欲待叫破地方，又怕这没头官司惹在身上；不报地方，这事只怕洗身不清。便与小二商议，小二道：“不打紧！只教他离了我这里，就没事了。”王公道：“说得有理，还是拿到哪里去好？”小二道：“撇他在河里罢！”当下二人动手，直抬到河下。远远望见岸上有人打着灯笼走来，恐怕被他撞见，不管三七二十一，撇在河边，奔回家去了，不在话下。

且说岸上打灯笼来的是谁？那人乃是本镇一个大户，叫做朱常，为人奸诡百出，变诈多端，是个好打官司的主儿。因与隔县一个姓赵的人家争田，这一早要到田头去割稻，同着十来个家人，拿了许多扁挑、索子、镰刀，正来下船。

那提灯的在前，走下岸来，只见一人横倒在河边，也认作是个醉汉，便道：“这该死的，贪这样脓血！若再一个翻身，却不滚在河里，送了性命？”内中一个家人，叫做卜才，是朱常手下第一出尖的帮手，他只道醉汉身边有些钱钞，就蹲倒身，伸手去摸他腰下，却冰一般冷，吓得缩手不迭，便道：“原来死的了！”朱常听说是死人，心下顿生不良之念。忙叫：“不要嚷，把灯来照看，是老的？是少的？”众人在灯下仔细打一认，却是个缢死的妇人。朱常道：“你们把他颈里绳子快解掉了，扛下艄里去藏好。”众人道：“老爹！这妇人正不知是甚人谋死的，我们如何却倒去招揽是非？”朱常道：“你莫管，我自有用处。”众人只得依他，解去麻绳，叫起看船的扛上船，藏在艄里，将平基盖好。

朱常道：“卜才，你回去，媳妇子叫五六个来。”卜才道：“这二三十亩稻，够什么砍，要这许多人去做甚？”朱常道：“你只管叫来，我自有用处。”卜才不知是甚意见，即便提灯回去。不一时叫到，坐了一船，解缆开船，两人荡桨，离了镇上。

众人问道：“老爹载这东西去，有甚用处？”朱常道：“如今去割稻，赵家定来拦阻，少不得有一场相打，到告状结杀。如今天赐这东西与我，岂不省了打官司！还有许多妙处。”众人道：“老爹怎见省了打官司？又有何妙处？”朱常道：“有了这尸首时，只消如此如此，这般这般，却不省了打官司，你们也有些财采。他若不见机，弄到当官，定然我们占个上风，可不好么？”众人都喜道：“果然妙计！小人们怎省得？”正是：

算定机谋夸自己，安排圈套害他人。

这些人都是愚野村夫，晓得什么利害？听见家主说得都有财采，当作瓮中取鳖，手到擒来的事，乐极了，巴不得赵家的人这时就到船边来厮闹便好。银子心急，发狠荡起桨来。这船恰像生了七八个翅膀一般，顷刻就飞到了。

此时天色渐明，朱常教把船歇在空阔无人居住之处，离田中尚有一箭之路。众人都上了岸，寻出一条一股连一股断的烂草绳，将船缆在一棵草根上，只留一人坐在艄上看守，众男女都下田斫稻。

朱常远远的站在岸上打探消耗，原来这地方叫做鲤鱼桥，离景德镇只有十里多远，再过去里许，又唤作太白村，乃南直隶徽州府婺源县所管。因是两省交界之处，人民错壤而居。与朱常争田这人名唤赵完，也是个大富之家，原是浮梁县人户，却住在婺源县地方，两县俱置得有田产。那争的田，只得三十余亩，乃赵完族兄赵宁的。先把来抵借了朱常银子，却又卖与赵完，恐怕出丑，就揽来佃种，两边影射[1]了三四年。不想近日身死，故此两家相争。这稻子还是赵宁所种。

1 影射：隐藏。

说话的，这田在赵完屋脚跟头，如何不先砟了，却留与朱常来割？看官有所不知，那赵完也是个强横之徒，看得自己大了，道这田是明中正契买族兄的，又在他的左近；朱常又是隔省人户，料必不敢来砟稻，所以放心托胆。哪知朱常又是个专在虎头上做窠，要吃不怕死的魍魉，竟来放对。正在田中砍稻，早有人报知赵完。赵完道："这厮真是吃了大虫的心，豹子的胆，敢来我这里撩拨！想是来送死么！"儿子赵寿道："爹！自古道：来者不惧，惧者不来。也莫轻觑了他！"

赵完问报人道："他们共有多少人在此？"答道："十来个男子，六七个妇人。"赵完道："既如此，也教妇人去。男对男，女对女，都拿回来，敲断他的孤拐子，连船都拔他上岸，那时方见我的手段。"即便唤起二十多人，十来个妇人，一个个粗脚大手，裸臂揎拳，如疾风骤雨而来。赵完父子随后来看。

且说众人远远的望着田中，便喊道："偷稻的贼不要走！"朱常家人、媳妇，看见赵家有人来了，连忙住手，望河边便跑。到得岸旁，朱常连叫快脱衣服。众人一齐卸下，堆作一处，叫一个妇人看守，覆身转来，叫道："你来！你来！若打输与你，不为好汉！"

赵完家有个雇工人，叫做田牛儿，自恃有些气力，抢先飞奔向前。朱家人见他势头来得勇猛，两边一闪，让他冲将过来，才让他冲进时，男子、妇人，一裹转来围住。田牛儿叫声："来得好！"提起升箩般拳头，拣着个精壮村夫面上，一拳打去，只指望先打倒了一个硬的，其余便如摧枯拉朽了。谁知那人却也来得，拳到面上时，将头略偏一偏，这拳便打个空，刚落下来，就顺手牵羊，把拳留住。田牛儿挣脱不得，急起左拳来打，手尚未起，又被一人接住，两边扯开。田牛儿便施展不得。朱家人也不打他，推的推，扯的扯，倒像八抬八绰[1]一般，脚不点地，竟拿上船。那烂草绳系在草根上，有甚筋骨，初踏上船就断了。艄上人已预先将篙拦住，众人将田牛儿纳在舱中乱打。

赵家后边的人，见田牛儿捉上船去，蜂拥赶上船抢人。朱家妇女都四散走开，放他上去。说时迟，那时快，拦篙的人一等赵家男子、妇人上齐船时，急掉转篙，望岸上用力一点，那船如箭一般，向河心中直荡开去。人众船轻，三四晃便翻将转来。两家男女四十多人，尽都落水。这些妇人各自挣扎上岸，男子就在水中相打，纵横搅乱，激得水溅起来，恰如骤雨相似。把岸上看的人眼都耀花了，只叫莫打，有话上岸来说。

正打之间，卜才就人乱中，把那缢死妇人尸首，直掇过去，便喊起来道："地方救护，赵家打死我家人了！"朱常同那六七个妇人，在岸边接应，一齐喊叫，其声震天动地。赵家的妇人，正绞挤湿衣，听得打死了人，带水而逃。水里的人，一个个吓得胆战心惊，正不知是哪个打死的，巴不能攞脱逃走，被朱家人乘势追打，吃了老大的亏。挣上了岸，落荒逃奔。此时只恨父母少生了两只脚儿。

朱家人欲要追赶，朱常止住道："如今不是相打的事了，且把尸首收拾起来，抬放他家屋里了再处。"众人把尸首拖到岸上，卜才认作妻子，假意啼啼哭哭。朱常又教捞起船上篙桨之类，寄顿佃户人家。又对看的人道："列位地方邻里，都是亲眼看见，活打死的，须不是诬陷赵完，倘到官司时，少不得要相烦做个证见，但求实说罢了。"

这几句乃朱常引人来兜揽处和的话。此时内中若有个有力量的出

---

1 八抬八绰：指八人大轿。

来担当，不教朱常把尸首抬去赵家，说和这事，也不见得后来害许多人的性命。只因赵完父子，平日是个难说话的，恐怕说而不听，反是一场没趣。况又不晓得朱常心中是甚样个意儿，故此并无一人招揽。朱常见无人招架，教众人穿起衣服，把尸首用芦席卷了，将绳索络好，四人扛着，望赵完家来。看的人随后跟来，观看两家怎地结局?

铜盆撞了铁扫帚，恶人自有恶人磨。

且说赵完父子随后走来，远望着自家人追赶朱家的人，心中欢喜。渐渐至近，只见妇女、家人，浑身似水，都像落汤鸡一般，四散奔走。赵完惊讶道："我家人多，如何反被他都打下水去？"急挪步上前。众人看见，乱喊道："阿爹不好了！快回去罢。"赵寿道："你们怎地恁般没用？都被打得这模样！"众人道："打是小事，只是他家死了人，却怎处？"赵完听见死了个人，吓得就酥了半边，两只脚就像钉了，半步也行不动。赵寿与田牛儿，两边挟着胳膊而行，扶至家中坐下，半晌方才开言，问道："如何就打死了人？"众人把相打翻船之事，细说一遍，又道："我们也没有打妇人，不知怎地死了？想是淹死的。"赵完心中没了主意，只叫："这事怎好？"那时合家老幼，都丛在一堆，人人心下惊慌。正说之间，人进来报："朱家把尸首抬来了。"赵完又吃这一吓，恰像打坐的禅和子[1]，急得身色一毫不动。

自古道：物极则反，人急计生。赵寿忽地转起一念，便道："爹莫慌！我自有对付他的计较在此。"便对众人道："你们都向外边闪

---

1 禅和子：参禅的和尚。

过，让他们进来之后，听我鸣锣为号，留几个紧守门口，其余都赶进来拿人，莫教走了一个。解到官司，见许多人白日抢劫，这人命自然从轻。”众人得了言语，一齐转身。赵完恐又打坏了人，吩咐：“只要拿人，不许打人！”众人应允，一阵风出去。

赵寿只留下一个心腹义孙赵一郎道：“你且在此。”又把妇女妻小打发进去，吩咐：“不要出来！”赵完对儿子道：“虽则告他白日打抢，终是人命为重，只怕抵当不过。”赵寿走到耳根前，低低道：“如今只消如此这般。”赵完听了大喜，不觉身子就健旺起来，乃道：“事不宜迟，快些停当！”赵寿先把各处门户闭好，然后寻了一把斧头，一个棒棰，两扇板门，都已完备，方教赵一郎到厨下叫出一个老儿来。

那老儿名唤丁文，约有六十多岁，原是赵完的表兄，因有了个懒黄病，吃得做不得，却又无男无女，挨在赵完家烧火，搏口饭吃。当下那老儿不知头脑，走近前问道：“兄弟有甚话？”赵完还未答应，赵寿闪过来，提起棒槌，看正太阳，便是一下。那老儿只叫得声：“啊呀！”翻身跌倒。赵寿赶上，又复一下，登时了账。

当下赵寿动手时，以为无人看见，不想田牛儿的娘田婆，就住在赵完宅后，听见打死了人，恐是儿子打的，心中着急，要寻来问个仔细，从后边走出，正撞着赵寿行凶。吓得蹲倒在地，便立不起身。口中念声：“阿弥陀佛！青天白日，怎做这事！”赵完听得，回头看了一看，把眼向儿子一颠，赵寿会意，急赶近前，照顶门一棒槌打倒，脑浆鲜血一齐喷出。还怕不死，又向肋上三四脚，眼见得不能够活了。只因这一文钱上起，又送了两条性命。正是：

　　耐心终有益，任意定生灾。

且说赵一郎起初唤丁老儿时，不道赵寿怀此恶念，蓦见他行凶，惊得直缩到一壁角边去。丁老儿刚刚完事，接脚又撞个田婆来凑成一对，他恐怕这第三棒槌轮到头上，心下着忙，欲待要走，这脚上却像被千百斤石头压住，哪里移得动分毫。

正在慌张，只见赵完叫道："一郎快来帮一帮！"赵一郎听见叫他相帮，方才放下肚肠，挣扎得动，向前帮赵寿拖这两个尸首，放在遮堂背后，寻两扇板门压好，将遮堂都起浮了窠臼。又吩咐赵一郎道："你切不可泄露，待事平了，把家私分一股与你受用。"赵一郎道："小人靠阿爹洪福过日的，怎敢泄露？"刚刚准备停当，外面人声鼎沸，朱家人已到了。赵完三人退入侧边一间屋里，掩上门儿张看。

且说朱常引家人、媳妇，扛着尸首赶到赵家，一路打将进去。直到堂中，见四面门户紧闭，并无一个人影。朱常教："把尸首居中停下，打到里边去，拿赵完这老亡八出来，锁在死尸脚上！"众人一齐动手，乒乒乓乓将遮堂乱打，那遮堂已是离了窠臼的，不消几下，一扇扇都倒下去，尸首上又压上一层。

众人只顾向前，哪知下面有物。赵寿见打下遮堂，把锣筛起。外边人听见，发声喊，抢将入来。朱常听得筛锣，只道有人来抢尸首，急掣身出来，众人已至堂中，两下你揪我扯，搅作一团，滚作一块。

里边赵完三人大喊："田牛儿！你母亲都被打死了，不要放走了人！"田牛儿听见，急奔来问："我母亲如何却在这里？"赵完道："他刚同丁老官走来问我，遮堂打下，压死在内。我急走得快，方逃得性命。若迟一步儿，这时也不知怎地了！"田牛儿与赵一郎将遮堂搬开，露出两个尸首。田牛儿看娘时，头已打开，脑浆鲜血满地，放声大哭。朱常听见，还只道是假的，急抽身一望，果然有两个尸首，着了忙，往外就跑。这些家人、媳妇，见家主走了，各要攞脱逃走，一路揪扭打将出来。哪知门口有人把住，一个也走不脱，都被拿住。

赵完只叫："莫打坏了人！"故此朱常等不十分吃亏。赵寿取出链子绳索，男子、妇女锁作一堂。田牛儿痛哭了一回，心中忿怒，跳起身道："我把朱常这狗亡八，照依母亲打死罢了！"赵完拦住道："不可！不可！如今自有官法治了，你打他做甚？"教众人扯过一边。此时已哄动远近村坊，地方邻里，无有不到赵家观看。赵完留到后边，备起酒饭款待，要众人具个白昼劫杀公呈。那些人都是赵完的亲戚佃户，雇工人等，谁敢不依。

赵完连夜装起四五只大船，载了地邻干证人等，把两只将朱常一家人锁缚在舱里。行了一夜，方到婺源县中。候大尹早衙升堂，地方人等先将呈子具上。这大尹展开，观看一过，问了备细，即差人押着地方并尸亲赵完、田牛儿、卜才前去，将三个尸首盛殓了，吊来相验。朱常一家人，都发在铺里羁候。那时朱常家中，自有佃户报知，儿子朱太星夜赶来看觑，自不必说。

有句俗语道得好：官无三日急。那尸棺便吊到了，这大尹如何就有工夫去相验。隔了半个多月，方才出牌，着地方备办登场法物，铺中取出朱常一干人，都到尸场上。仵作人逐一看报道："丁文太阳有伤，周围二寸有余，骨头粉碎。田婆脑门打开，脑髓漏尽，右肋骨踢折三根。二人实系打死。卜才妻子颈下有缢死绳痕，遍身别无伤损，此系缢死是实。"

大尹见报，心中骇异道："据这呈子上，称说船翻落水身死，如何却是缢死的？"朱常就禀道："爷爷！众耳众目所见，如何却是缢死的？这明明仵作人得了赵完银子，妄报老爷！"大尹恐怕赵完将别个尸首颠换了，便唤卜才："你去认这尸首，正是你妻子的么？"卜才上前一认，回复道："正是小人妻子！"

大尹道：“是昨日登时死的？”卜才道：“是。”大尹问了详细，自走下来，把三个尸首逐一亲验，仵作人所报不差，暗称奇怪！吩咐把棺木盖上封好，带到县里来审。

大尹在轿上，一路思想，心下明白。回县坐下，发众犯都跪在仪门外，单唤朱常上去，道：“朱常，你不但打死赵家二命，连这妇人，也是你谋死的。须从实招来。”朱常道：“这是家人卜才的妻子余氏，实被赵完打下水死的，地方上人，都是见的，如何反是小人谋死？爷爷若不信，只问卜才便见明白。”

大尹喝道：“胡说！这卜才乃你一路之人，我岂不晓得！敢在我面前支吾！夹起来。”众皂隶一齐答应上前，把朱常鞋袜去了，套上夹棍，便喊起来。那朱常本是富足之人，虽然好打官司，从不曾受此痛苦，只得一一吐实：“这尸首是浮梁江口不知何人撇下的。”大尹录了口词，叫跪在丹墀下。又唤卜才进来，问道：“死的妇人果是你妻子么？”卜才道：“正是小人妻子。”大尹道：“既是你妻子，如何把他谋死了，诈害赵完？”卜才道：“爷爷！昨日赵完打下水身死，地方上人都看见的。”

大尹把气拍[1]在桌上一连七八拍，大喝道：“你这该死的奴才！这是谁家的妇人，你冒认作妻子，诈害别人！你家主已招称，是你把他谋死。还敢巧辩，快夹起来！”卜才见大尹像道士打灵牌一般，把气拍一片声乱拍乱喊，将魂魄都惊落了。又听见家主已招，只得禀道：“这都是家主教小人认作妻子，并不干小人之事。”大尹道：“你一一从实细说。”卜才将下船遇见尸首，定计诈赵完前后事细说一过，与朱常无二。大尹已知是实，又问道：“这妇人虽不是你谋

---

1 气拍：惊堂木。

死，也不该冒认为妻，诈害平人。那丁文、田婆却是你与家主打死的，这须没得说。”卜才道：“爷爷！其实不曾打死，就夹死小人，也不招的。”大尹也教跪下丹墀。又唤赵完并地方来问，都执朱常扛尸到家，乘势打死。

大尹因朱常造谋诈害赵完事实，连这人命也疑心是真，又把朱常夹起来。朱常熬刑不起，只得屈招。大尹将朱常、卜才各打四十，拟成斩罪，下在死囚牢里。其余十人，各打二十板，三个充军，七个徒罪，亦各下监。六个妇人，都是杖罪，发回原籍。其田断归赵完，代赵宁还原借朱常银两。又行文关会浮梁县，查究妇人尸首来历。

那朱常初念，只要把那尸首做个媒儿，赵完怕打人命官司，必定央人兜收私处，这三十多亩田，不消说起归他，还要扎诈一注大钱，故此用这一片心机。谁知激变赵寿做出没天理事来对付，反中了他计。当下来到牢里，不胜懊悔，想道：“这早若不遇这尸首，也不见得到这地位！”正是：

早知更有强中手，却悔当初枉用心。

朱常料道此处定难翻案，叫儿子吩咐道：“我想三个尸棺，必是钉稀板薄，交了春气，自然腐烂。你今先去会了该房[1]，捺住关会文书。回去教妇人们莫要泄露这缢死尸首消息。一面向本省上司去告准，挨至来年四五月间，然后催关去审，那时烂没了缢死绳痕，好与他白赖。一事虚了，事事皆虚，不愁这死罪不脱！”朱太依了父亲，前去行事，不在话下。

1 该房：指文案房、公事房。

却说景德镇卖酒王公家小二因相帮撇了尸首，指望王公些东西，过了两三日，却不见说起。小二在口内野唱[1]，王公也不在其意。又过了几日，小二不见动静，心中焦躁，忍耐不住，当面明明说道："阿公，前夜那话儿，亏我把去出脱了还好；若没我时，到天明地方报知官司，差人出来相验，饶你硬挣，不使酒钱，也使茶钱。就拌上十来担涎吐，只怕还不得干净哩！如今省了你许多钱钞，怎么竟不说起谢我？"

大凡小人度量极窄，眼孔最浅，偶然替人做件事儿，侥幸得效，便道是天大功劳，就来挟制那人，责他厚报；稍不遂意，便把这事翻局来害，往往人家用错了人，反受其累。譬如小二不过一时用得些气力，便想要王公的银子。那王公若是个知事的，不拘多寡与他些也就罢了；谁知王公又是舍不得一文钱的悭吝老儿，说着要他的钱，恰像割他身上的肉，就面红颈赤起来了。

当下王公见小二要他银子，便发怒道："你这人忒没理！吃黑饭，护漆柱。吃了我家的饭，得了我的工钱，便是这些小事，略走得几步，如何就要我钱？"小二见他发怒，也就嚷道："啊呀！就不把我，也是小事，何消得猴急？用得我着，方吃得你的饭，赚得你的钱，须不是白把我用的。还有一句话，得了你工钱，只做得生活，原不曾说替你拽死尸的。"王婆便走过来道："你这蛮子，真个惫懒？自古道：茄子也让三分老。怎么一个老人家，全没些尊卑，一般样与他争嚷。"

小二道："阿婆！我出了力，不把银子与我，反发猴急，怎不要嚷？"王公道："什么是我谋死的，要诈我钱！"小二道："虽不是

1 野唱：不明说。

你谋死，便是擅自移尸，也须有个罪名。”王公道：“你倒去首了我来。”小二道：“要我首也不难，只怕你当不起这大门户。”王公赶上前道：“你去首，我不怕。”望外劈颈就扠。那小二不曾提防，捉脚不定，翻筋斗直跌出门外，磕碎了脑后，鲜血直淌。小二跌毒了，骂道：“老亡八！亏了我，反打么！”就地下拾起一块砖来，望王公掷去。谁知数合当然，这砖不歪不斜，恰恰正中王公太阳，一跤跌倒，再不则声。王婆急上前扶时，只见口开眼定，气绝身亡。跌脚叫苦，便哭起天来。只因这一文钱上，又送一条性命。

总为惜财丧命，方知财命相连。

小二见王公死了，爬起来就跑。王婆喊叫邻里赶上拿转，锁在王公脚上。问王婆因甚事起，王婆一头哭，一头将前情说出，又道："烦列位与老身做主则个！"众人道："这厮原来恁地可恶！先教他吃些痛苦，然后解官。"三四个邻里走上前，一顿拳头脚尖，打得半死，方才住手。教王婆关闭门户，同到县中告状。此时纷纷传说，远近人都来观看。

且说丘乙大正访问妻子尸首不着，官司难结，心中气闷。这一日闻得小二打死王公的根由，想道："这妇人尸首，莫不就是我妻子么？"急走来问，见王婆正锁门要去告状。丘乙大上前问了详细，计算日子，正是他妻子出门这夜，便道："怪道我家妻子尸首，当朝就不见踪影，原来却是你们撇掉了。如今有了实据，绰板婆却白赖不过了，我同你们见官去！"

当下一干人牵了小二，直到县里。次早大尹升堂，解将进去。地方将前后事细禀，大尹又唤王婆问了备细。小二料道情真难脱，不待用刑，从实招承。打了三十，问成死罪，下在狱中。丘乙大禀说妻子被刘三旺谋死，正是此日，这尸首一定是他撇下的。证见已确，要求审结。此时婺源县知会文书未到，大尹因没有尸首，终无实据，原发落出去寻觅。

再说小二，初时已被邻里打伤，那顿板子，又十分利害。到了狱中，没有使用[1]，又遭一顿拳脚，三日之间，血崩身死。为这一文钱起，又送一条性命。

见因贪白镪，番自丧黄泉。

且说丘乙大从县中回家，正打白铁门首经过，只听得里边叫天叫地的啼哭。原来白铁自那夜担着惊恐，出脱这尸首，冒了风寒，回家上得床，就发起寒热，病了十来日，方才断命，所以老婆啼哭。眼见为这一文钱，又送一条性命。

化为阴府惊心鬼，失却阳间打铁人。

丘乙大问知白铁已死，叹口气道："恁般一个好汉，有得几日，却又了账，可见世人真是没根的！"走到家里，单单只有这个小厮，鬼一般缩在半边，要口热水，也不能够。看了那样光景，方懊悔前日逼勒老婆，做了这桩拙事。如今又弄得不尴不尬，心下烦恼，连生意也不去做，终日东寻西觅，并无尸首下落。

看看挨过残年，又早五月中旬。那时朱常儿子朱太已在按院告准

---

1 使用：花钱打点。

状词，批在浮梁县审问，行文到婺源县关提人犯尸棺。起初朱太还不上紧，到了五月间，料得尸首已是腐烂，大大送个东道与婺源县该房，起文关解。那赵完父子因婺源县已经问结，自道没事，毫无畏惧，抱卷赴理。两县解子领了一干人犯，三具尸棺，直至浮梁县当堂投递。大尹将人犯羁禁，尸棺发置官坛候检，打发婺源回文，自不必说。

不则一日，大尹吊出众犯，前去相验。那朱太合衙门通买嘱了，要胜赵完。大尹到尸场上坐下，赵完将浮梁县案卷呈上。大尹看了，对朱常道："你借尸扎诈，打死二命，事已问结，如何又告？"朱常禀道："爷爷！赵完打余氏落水身死，众目共见；却买嘱了地邻仵作，妄报是缢死的。那丁文、田婆，自己情慌，谋害抵饰，硬诬小人打死。且不要论别件，但据小人主仆俱被拿住，赵完是何等势力，却容小人打死二命？况死的俱年七十多岁，难道恁地不知利害，只拣垂死之人来打？爷爷推详这上，就见明白。"

大尹道："既如此，当时怎就招承？"朱常道："那赵完衙门情熟，用极刑拷逼，若不屈招，性命已不到今日了。"赵完也禀道："朱常当日倚仗假尸，逢着的便打，阖家躲避。那丁文、田婆年老，奔走不及，故此遭了毒手。假尸缢死绳痕，是婺源县大爷亲验过的，岂是仵作妄报！如今日久腐烂，巧言诳骗爷爷，希图漏网反陷。但求细看招卷，曲直立见。"大尹道："这也难凭你说。"即教开棺检验。

天下有这等作怪的事？只道尸首经了许多时，已腐烂尽了，谁知都一毫不变，宛然如生。那杨氏颈下这条绳痕，转觉显明，倒教仵作人没做理会。你道为何？他已得了朱常钱财，若尸首烂坏了，好从中作弊，要出脱朱常，反坐赵完。如今伤痕见在，若虚报了，恐大尹还要亲验。实报了，如何得朱常银子？正在踌躇，大尹蚤已瞧破，就走下来亲验。那仵作人被大尹监定，不敢隐匿，一一实报。朱常在旁暗暗叫苦。

大尹把所报伤处，将卷对看，分毫不差，对朱常道：“你所犯已实，怎么又往上司诳告？”朱常又苦苦分诉。大尹怒道：“还要强辩！夹起来！快说这缢死妇人是哪里来的？”朱常受刑不过，只得招出：“本日早起，在某处河沿边遇见，不知是何人撇下。”那大尹极有记性，忽地想起：“去年丘乙大告称，不见了妻子尸首；后来卖酒王婆告小二打死王公，也称是日抬尸首撇在河沿上起衅。至今尸首没有下落，莫不就是这个么？”暗记在心。当下将朱常、卜才都责三十，照旧死罪下狱，其余家人减徒召保。赵完等发落宁家，不提。

且说大尹回到县中，吊出丘乙大状词，并王小二那宗案卷查对，果然日子相同，撇尸地处一般，更无疑惑。即着原差，唤到丘乙大、刘三旺干证人等，监中吊出绰板婆孙氏，齐到尸场认看。

此时正是五月天道，监中瘟疫大作，那孙氏刚刚病好，还行走不动，刘三旺与再旺扶挟而行。到了尸场上，仵作揭开棺盖，那丘乙大认得老婆尸首，放声号恸，连连叫道：“正是小人妻子！”干证地邻也道：“正是杨氏！”大尹细细鞫问致死情由，丘乙大咬定：“刘三旺夫妻登门打骂，受辱不过，以致缢死。”刘三旺、孙氏，又苦苦折辩。地邻俱称是孙氏起衅，与刘三旺无干。

大尹喝教将孙氏拶起。那孙氏是新病好的人，身子虚弱，又行走这番，劳碌过度，又费唇费舌折辩，渐渐神色改变。经着拶子，疼痛难忍，一口气收不来，翻身跌倒，呜呼哀哉！只因这一文钱上起，又送一条性命。正是：

阴府又添长舌鬼，相骂今无绰板声。

大尹看见，即令放拶。刘三旺向前叫唤，喊破喉咙，也唤不转。再旺在旁哀哀啼哭，十分凄惨。大尹心中不忍，向丘乙大道："你妻子与孙氏角口而死，原非刘三旺拳手相交。今孙氏亦亡，足以抵偿。今后两家和好，尸首各自领归埋葬，不许再告，违者定行重治。"众人叩首依命，各领尸首埋葬。不在话下。

再说朱常、卜才下到狱中，想起枉费许多银两，反受一场刑杖，心中气恼，染起病来，却又沾着瘟气，二病夹攻，不够数日，双双而死。只因这一文钱上起，又送两条性命。

> 未诈他人，先损自己。

说话的，我且问你：朱常生心害人，尚然得个丧身亡家之报；那赵完父子活活打死无辜二人，又诬陷了两条性命，他却漏网安享，可见天理原有报不到之处。看官，你可晓得，古老有几句言语么？是哪几句？古语道：

> 善有善报，恶有恶报。
> 不是不报，时辰未到。

那天公算子，一个个记得明白。古往今来，曾放过哪个？这赵完父子漏网受用，一来他的顽福未尽；二来时候不到；三来小子只有一张口，没有两副舌，说了那边，便难顾这边，少不得逐节儿还你个报应。

闲话休提。且说赵完父子，又胜了朱常，回到家中，亲戚邻里，齐来作贺，吃了好几日酒。又过数日，闻得朱常、卜才俱已死了，一发喜之不胜。田牛儿念着母亲暴露，领归埋葬。不提。

时光迅速，不觉又过年余。原来赵完年纪虽老，还爱风月，身边有个偏房，名唤爱大儿。那爱大儿生得四五分颜色，乔乔画画，正在得趣之时。那老儿虽然风骚，到底老人家，只好虚应故事，怎能够满其所欲？看见义孙赵一郎，身材雄壮，人物乖巧，尚无妻室，倒有心看上了。常常走到厨房下，挨肩擦背，调嘴弄舌。

你想世间能有几个坐怀不乱的鲁男子，妇人家反去勾搭，可有不肯之理？两下眉来眼去，不则一日，成就了那事。彼此俱在少年，犹如一对饿虎，哪有个饱期，捉空就闪到赵一郎房中偷一手儿。那赵一郎又有些本领，弄得这婆娘体酥骨软，魄散魂销，恨不时刻并作一块。约莫串了半年有余，一日，爱大儿对赵一郎说道："我与你虽然快活了这几多时，终是碍人耳目，心忙意急，不能够十分尽兴。不如悄地逃往远处，做个长久夫妻。"赵一郎道："小娘子若真心肯跟我，就在此可以做得夫妻，何必远去。"爱大儿道："你便是我心上人了，有甚假意？只是怎地在此就做得夫妻？"

赵一郎道："向年丁老官与田婆，都是老爹与大官人自己打死，诈赖朱家的。当时教我相帮扛抬，曾许事完之日，分一分家私与我。那个棒棍，还是我藏好。一向多承小娘子相爱，故不说起。你今既有此心，我与老爹说，先要了那一分家私，寻个所在住下；然后再央人说，要你为配，不怕他不肯。他若舍不得，那时你悄地径自走了出来，他可敢道个不字么？设或不达时务，便报与田牛儿，同去告官，教他性命也自难保。"爱大儿闻言，不胜欢喜，道："事不宜迟，作速理会！"说罢，闪出房去。

次日，赵一郎探赵完独自个在堂中闲坐，上前说道："向日老爹许过事平之后，分一股家私与我。如今朱家了账已久，要求老爹分一股儿，自去营运。"赵完答道："我晓得了。"再过一日，赵一郎转入后边，遇着爱大儿，递个信儿道：“方才与老爹说了，娘子留心察听，看可像肯的。”爱大儿点头会意，各自开去，不提。

且说赵完叫赵寿到一间厢房中去，将门掩上，低低把赵一郎说话，学与儿子，又道：“我一时含糊应了他，如今还是怎地计较？”赵寿道：“我原是哄他的甜话，怎么真个就做这指望？”老儿道：“当初不合许出了，今若不与他些，这点念头，如何肯息？”赵寿沉吟了一回，又生起歹念，乃道：“若引惯了他，做了个月月红[1]，倒是无了无休的诈端。想起这事，只有他一个晓得，不如一发除了根，永无挂虑！”

那老儿若是个有仁心的，劝儿子休了这念，胡乱与他些小东西，或者免得后来之祸，也未可知。千不合，万不合，却说道：“我也有这念头，但没有个计策。”赵寿道：“有甚难处，明日去买些砒霜，下在酒中，到晚灌他一醉，怕道不就完事。外边人都晓得平日将他厚待的，决不疑惑！”赵完欢喜，以为得计。

他父子商议，只道神鬼不知，哪晓得却被爱大儿瞧见，料然必说此事，悄悄走来覆在壁上窥听。虽则听着几句，不当明白，恐怕出来撞着，急闪入去。欲要报与赵一郎，因听得不甚真切，不好轻事重报。心生一计，到晚间，把那老儿多劝上几杯酒，吃得醉熏熏，到了床上，爱大儿反抱定了那老儿撒娇撒痴，淫声浪语。这老儿迷魂了，乘着酒兴，未免做些没正经事体。方在酣美之时，爱大儿道：“有句话儿要说，恐气坏了你，不好开口。若不说，又气不过。”这老儿正玩得气喘吁吁，借那句话头，就停住了，说道：“是哪个冲撞了你？如此着恼！”爱大儿道：“叵耐一郎这厮，今早把风话撩拨我，我要

1 月月红：月季花，此处指“形成惯例”。

扯他来见你，倒说：‘老爹和大官人性命都还在我手里，料道也不敢难为我。’不知有甚缘故，说这般满话。倘在外人面前，也如此说，必疑我家做甚不公不法勾当，可不坏了名声？那样没上下的人，不如寻个计策摆布死了，也省了后患。”那老儿道：“原来这厮恁般无礼！不打紧，明晚就见功效了。”爱大儿道：“明晚怎地就见功效？”那老儿也是合当命尽，将要药死的话，一五一十说出。

那婆娘得了实信，次早闪来报知赵一郎。赵一郎闻言，吃那惊不小，想道：“这样反面无情的狠人！倒要害我性命，如何饶得他过？”摸了棒槌，锁上房门，急来寻着田牛儿，把前事说与。田牛儿怒气冲天，便要赶去厮闹。赵一郎止住道：“若先嚷破了，反被他做了准备。不如竟到官司，与他理论。”田牛儿道：“也说得是。还到那一县去？”赵一郎道：“当初先在婺源县告起，这大尹还在，原到他县里去。”

那太白村离县只有四十余里，二人拽开脚步，直跑至县中。恰好大尹早堂未退，二人一齐喊叫。大尹唤入，当厅跪下，却没有状词，只是口诉。先是田牛儿哭禀一番，次后赵一郎将赵寿打死丁文、田婆，诬陷朱常、卜才情由细诉，将行凶棒槌呈上。

大尹看时，血痕虽干，鲜明如昨。乃道：“既有此情，当时为何不首？”赵一郎道：“是时因念主仆情分，不忍出首。如今恐小人泄露，昨日父子计议，要在今晚将毒药鸩害小人，故不得不来投生。”大尹道：“他父子计议，怎地你就晓得？”赵一郎急遽间，不觉吐出实话，说道：“亏主人偏房爱大儿报知，方才晓得。”大尹道：“你主人偏房，如何肯来报信？想必与你有奸么？”赵一郎被道破心事，脸色俱变，强词抵赖。大尹道：“事已显然，不必强辩。”即差人押二人去拿赵完父子，并爱大儿前来赴审。到得太白村，天已昏黑，田牛儿留回家歇宿，不提。

且说赵寿早起就去买下砒霜，却不见了赵一郎，问家中上下，都不知道。父子虽然有些疑惑，哪个虑到爱大儿泄露。次日清晨，差人已至，一索捆翻，拿到县中。赵完见爱大儿也拿了，还错认作赵一郎调戏他不从，因此牵连在内。直至赵一郎说出，报他谋害情由，方知向来有奸，懊悔失言。两下辩论一番，不肯招承。怎当严刑锻炼，疼痛难熬，只得一一细招。大尹因害了四命，情理可恨，赵完父子，各打六十，依律问斩。赵一郎奸骗主妾，背恩反噬；爱大儿通同奸夫，谋害亲夫，各责四十，杂犯死罪，齐下狱中。田牛儿发落宁家。一面备文申报上司，具疏题请。

不一日，刑部奉旨，倒下号札[1]，四人俱依拟秋后处决。只因这一文钱，又送了四条性命。虽然是冤各有头，债各有主，若不因那一文钱争闹，杨氏如何得死？没有杨氏的死尸，朱常这诈害一事，也就做不成了。总为这一文钱起，共害了十三条性命。这段话叫做《一文钱小隙造奇冤》。奉劝世人，舍财忍气为上。有诗为证：

> 相争只为一文钱，小隙谁知奇祸连。
> 劝汝舍财兼忍气，一生无事得安然。

［全书完］

---

1 号札：批复。

冯梦龙（1574-1646）

明代文学家、思想家、戏曲家，字犹龙，号墨憨斋主人，江苏苏州人。

代表作“三言”：《喻世明言》《警世通言》《醒世恒言》，是最重要的古代白话小说选。

小说之外，亦有《东周列国志》《挂枝儿》《笑府》等历史、民歌、笔记类作品传世。

三言

产品经理 | 段　冶　　装帧设计 | 江　雪
责任印制 | 刘　淼　　出 品 人 | 路金波

**图书在版编目（CIP）数据**

三言 / ( 明 ) 冯梦龙著 . -- 南昌 : 江西人民出版社，2016.12

ISBN 978-7-210-07500-4

Ⅰ . ①三… Ⅱ . ①冯… Ⅲ . ①话本小说－小说集－中国－明代 Ⅳ . ① I242.3

中国版本图书馆 CIP 数据核字 (2016) 第 308540 号

《三言》

(明) 冯梦龙 著

责任编辑 / 王华

出版发行 / 江西人民出版社

印刷 / 北京文昌阁彩色印刷有限责任公司

版次 /2017 年 3 月第 1 版

2019 年 8 月第 2 次印刷

开本 / 880 毫米 × 1230 毫米　1/32

印张 / 9　印数 / 10, 001-15, 000　字数 / 200 千字

书号 / 978-7-210-07500-4

定价 /39.80 元